나는 사슴이고, 너는 작은 노루
너는 새, 나는 나무
너는 태양, 나는 눈
너는 대낮, 나는 꿈
밤이 되면 잠든 나의 입에서
금빛의 한 마리 새가 너를 향해 날아간다
그 소리는 맑고, 날갯짓은 아름답다
새는 너에게 사랑의 노래를 부른다
사랑의 노래를, 나의 노래를

나의 젊음은 온통 꽃밭의 나라였습니다.
풀밭에는 은빛의 샘물이 솟아오르고
고목들의 옛이야기 같은 푸른 그늘이
거친 내 젊은 날의 꿈의 열정을 식혀 주었습니다.

또다시 심한 갈증에 허덕이며 불볕 길을 걸어갑니다.
내 젊음의 나라는 닫혀 있고
나의 방황을 어리석다는 듯이
울 너머의 장미가 고개를 쳐들고 있습니다.

이별보다 아름다운 사랑

이별보다 아름다운 사랑

초판 인쇄 2026년 1월 20일
초판 발행 2026년 1월 25일

지은이 헤르만 헤세
옮긴이 홍석연
펴낸이 홍철부
펴낸곳 문지사

등록 제25100-2002-000038호
주소 서울특별시 은평구 갈현로 312
전화 02)386-8451/2
팩스 02)386-8453

ISBN 978-89-8308-612-2 (03810)

값 17,500원

이별보다 아름다운 사랑

헤르만 헤세

홍석연 옮김

문지사

〈정원에서의 헤르만 헤세〉 H.U. 슈테거가 그린 캐리커처

이 책을 읽는 분을 위하여

헤세는 소년 시절 죽음의 일보 직전까지 다가선 위기를 스스로
체험하였다.

그 후로 성인이 되어 두 차례에 걸친 세계대전에서는 평화주의
입장을 관철하였기 때문에 생활의 위기에 직면하기도 했다.

이렇듯 노벨문학상은 쓰라린 시련 뒤에 얻은 결과였다.

헤세는 19세 때 쓴 아름다운 회상의 소설 『나의 유년 시절 Me
ime Kimdmeit』을 비롯하여, 『수레바퀴 밑에서』나 『청춘은 아
름다워라』로부터 만년의 산문에 이르기까지, 어린 시절의 이야기
에 대해서 수없이 많은 것을 썼다.

"시인은 인생의 처음을 다른 사람들보다 많이 생각해 낼 수 있
도록 선천적인 기질을 지니고 타고났다."

그가 20세기 무렵에 쓴 몽환적夢幻的 이야기 『섬의 꿈 Der Ins
eltraaum』에서 말하고 있다.

헤세는 그러한 작가이다.

직접 유년 시절을 다룬 단편이나 수상뿐만 아니라, 그가 쓴 장

편의 대부분을, 아주 어린 시절부터 시작하고 있다. 그것도 헤세의 경우는 유난히 어린 시절이 특히, 깊은 의미가 있음을 나타내고 있다.

중편 소설 『로스할테 Rosshalde : 호반의 아틀리에』의 제1장에서 "인간은 그가 받아야 할 것을 유년 시절에서 13, 14세까지 충분히, 그리고 예민하고 신선하게 체험한다. 그는 평생토록 그걸 삶의 양식으로 삼고 있다."라고 주인공이 말하게 한 것도, 실은 헤세 자신의 절실한 고백이다.

이와 같이 그의 유년 시절은 작품의 모태母胎를 이루고 있다고 보인다.

미망인 니논 여사가 헤세의 유고遺稿 가운데서 발견한 소년 시절 헤세의 어머니, 그리고 스승, 친구들로부터의 편지나 수기手記를 읽고 감동하여, 1900년 이전의 유년 시절, 1877~95년에 걸친 편지와 수기에 나타난 헤세의 문장을 편집하게 된 것은, 헤세 문학의 태동을 느꼈기 때문일 것이다.

마울브론 신학교를 발작적으로 뛰쳐나와 퇴학당한 이후 고등학교 시절에는 교과서를 판 돈으로 권총을 사서 자살까지 하려 했다. 이렇듯 헤세에게 인생의 위기는 이미 소년 시절부터 그림자처럼 드리워져 있었다.

결국 헤세는 자기 내면의 갈등을 겪어냄으로써 훌륭한 시인이 될 수 있었다. 만약 이 시련을 이겨내지 못했더라면 끝내는 삶의 고통을 감당할 수 없어 자멸해 버렸을 것이다.

최초의 위기를 잘 극복함으로써 마을에 있는 한 작은 공장의 견습공을 거쳐 서점 점원 노릇을 하면서 고독한 시인의 길을 걸었다.

그 경위는 헤세에게 결정적으로 인생의 전환기를 가져다주었으며, 동시에 젊었을 때 고통의 심연에 처한 자신의 운명에서 벗어나지 못한 수많은 사람들의 아픔이 남의 일 같지 않게 뼈저리게 느끼는 바가 있었을 터이다.

괴테가 그의 자서전에서 '모름지기 한 개인의 가장 중요한 시기는 성장의 시기이다.'라고 언급한 것은, 헤세에게 적합한 말일 것이다.

훌륭한 삶의 마술사가 되겠다고 희망하던, 어린 헤세는 마침내 시인詩人이 못 된다면, 아무것도 되지 않겠다는 생각에 이르게 되어, 결국은 언어의 마술사가 되었다.

하지만 그때까지의 무분별함과 혼미, 고뇌는 이루 말할 수 없었다.

이 책을 엮으면서, 역자는 무엇보다도 불투명한 시기에 중점을 두고 헤세의 생활, 즉 젊은 날 방황의 길에서 겪어야 했던 열정과 사랑에 대한, 그의 작품에 관심과 시선을 모아 보았다.

개인적으로도 헤세는 연상의 여인과의 결혼, 이혼, 또 결혼, 이혼, 결혼을 되풀이하는 숱한 파죽의 시련을 겪었다.

헤세는 그가 쓴 교양소설 『페터 카멘친트』에서 주인공 카멘친트를 통해 세 여인을 사랑하면서 결실하지 못하는 이유를 이렇게 밝히고 있다.

"사랑을 함에 있어서 난 평생토록 소년의 영역을 벗어나지 못했다. 나로서는 여성에 대한 사랑은 항상 마음을 닦는 그리움이었고, 곧바로 타오르는 황홀한 불꽃이었으며, 푸른 하늘에 뻗친 기도의 손이었다."

헤세에게 여성은 욕망의 대상이라기보다 동화적童話的이었으며, 미지의 아름다운 수수께끼였다.

이와 같은 생활상으로 보더라도, 그에게는 오히려 독신생활이 알맞았을 것이다.

'나는 친구와 사귀듯 여성과 사귀었다.'라고 그의 작품 『게르트루트』에서 말하고 있는데, 정말 그대로였다.

역자는 헤세의 수많은 산문 중 나름대로 선택하여 12편을 모아 독자 여러분 앞에 내놓는 바이다.

번역의 오류와 미흡함은 독자 여러분의 깊은 이해와 넓은 양해를 구한다.

역자 씀

차례

내 사랑의 이야기를 시작하면서

나는 사수자리 바로 아래에 있는 목성의 밝고 온화한 빛을 받으며, 세상에 태어났다.

나는 어느 여름날 해 질 무렵, 아무런 두려움 없이 태어났으며, 나의 온 삶을 통해 그때의 따뜻함에 늘 애착을 가졌고, 그 따뜻함을 잃게 되면 감당할 수 없을 만큼의 슬픔과 비애를 느끼곤 했다.

이러한 감정의 섬세한 흐름 속에서 살아온 나는, 추운 나라에서의 생활이란 생각할 수도 없어, 나의 자의적인 모든 여행은 오직 따뜻한 남녘을 향하거나 계획했다.

나는 태어날 때부터 양 같은 온순한 천성을 지니고 있어서 한쪽만 기울어지는 감정의 나약함이 단점이긴 했지만, 그것이 어떠한 것이건 간에 규율에 얽매이는 것을 매우 싫어했다.

나는 다행스럽게도 가장 아름답고 소중한 것들을, 이미 학교생활이 시작되기 이전에 배울 기회를 얻었다.

나는 활달하고 민감하며 섬세한 감각을 지니고 있어서, 언제나 그것에 따르고 즐길 수 있었던 것은, 내 삶을 통해 볼 때 무척 다행스러운 일이었다.

그것은 내 생애를 통해 참으로 많은 것들을 깨닫게 해주고, 또 많은 것을 얻는 힘이 되었다.

학교생활을 통해 배울 수 있었던 라틴어는 나에게 새로운 큰 즐거움을 가져다주어, 모국어인 독일어로 시를 짓는 것과 다름없이 라틴어로 시작에 열중했다.

열세 살 때였으리라. 나는 시인이 되든가 아니면, 아무것도 될 수 없을 것 같은 불안에 휩싸였다. 그러나 다른 모든 길에는 이끌어 주는 제도와 스승과 선배가 있었으나, 시인이 되는 길에는 아무것도 보이지 않음을, 비로소 깨달았다.

시인이 된다는 것은 참으로 막연한 길이었다. 그 길이란 자칫하면 웃음거리가 될 수 있는, 너무나 모호한 환상과 같은 그림자였다.

그러나 나는 오래지 않아 곧 깨닫게 되었다. 시인은 되는 것이 아니라, 오직 존재할 뿐이라는 사실을 체험하게 된 것이다.

시인은, 언제 어디에서나 찬미와 찬탄을 받으며, 그러한 운명에 처한 다른 모든 존재처럼 비범한 운명을 짊어지고 살아가야 한다는 것을, 나는 비로소 절감하게 되었다.

마침내 긴 방황과 고통 끝에 시인이 되는 길을 선택하고 나서부터는, 다른 모든 것들이 모호해지자, 나는 집에서나 학교에서 남들이 이해하기 힘든 사건들을 일으켰다.

그리하여 마침내 나는 다른 도시의 라틴어 학교로, 또 그 이듬해에는 신학교로 옮기지 않으면 안 되었다. 그것은 억압받은 내 청춘의 갈등이, 나를 그곳을 끝끝내 떠나게 만든 것이다.

그런 뒤에도 학업에 대한 주위 사람들의 열망과 나 자신의 온갖 노력에도 불구하고, 결국은 참담한 실패로 끝나고 말았다.

그리하여 나는 여러 방면의 기술 도제|徒弟 : 어려서부터 스승을 따라 기술을 배우는 제자|와 견습공으로 몇 년간 전전하지 않으면 안 되었다.

학업에 실패하고 난 후, 나는 나 스스로 가고자 하는 선택의 길에 내 나름의 수업을 시작했다. 조부 때부터 보관해 온 많은 장서 속에 묻혀서 독서와 습작에 전념할 수 있었던 것은, 너무나 다행스럽고 행복한 순간들이었다.

스무 살에 이르기까지, 나는 내 눈에 띈 문학 서적들을 반쯤은 읽었으며, 철학과 예술사와 언어학 등에도 끈질기게 노력했으며, 또한 수많은 습작을 할 수 있었다.

마침내 내 힘으로 스스로 생활을 꾸려가기 위해 나는 서점 점원으로 취직했다. 책과 더불어 산다는 것은, 다른 어느 것보다도 확실히 나에게 알맞은 직업이었다.

책 속에 묻혀서 나는 처음으로 새로 나온 것들에만 집착하기에 급급했는데, 점차로 오래된 책古書과의 관계를 통해서 보다 더 정신적인 위안을 받으며, 지혜를 터득해 갈 수 있다는 사실을 알게 되었다.

스물여섯 살 때 최초의 문학상이라는 것을 받으면서, 나는 그동안 호구지책으로 하는 책과의 씨름을 그만두기에 이르렀다.

이제 나는 시인으로서 존재하게 되었고, 그와 동시에 세상과의 지루하고 막연하고 쓰디쓴 생존의 싸움을 그만두게 되었으며, 모든 고통의 기억을 잠시 잊을 수 있었다.

이때까지 나에게 낙망하고 있던 가족과 친지들도 다시 미소를 지어 주었다. 비로소 나는 위안과 승리를 누리게 된 것이다.

이제는 어떠한 일을 하더라도 나 자신이 너그러운 심정이 되고, 그동안 얼마나 무서운 고독과 금욕과 위험 속에서 살아온 것인가를 절감하였다. 그리하여 안정과 찬사의 미풍이 불어오면서 나는 만족스러운 인간으로 변모해 가고 있었다.

그 후 나는 빌헬름 2세의 전제적 통치에 반대하는 한 잡지의 창간에 협조했다. 그리고 멀리 인도에 이르기까지 여행했다.

1914년 여름, 엄청난 시대가 도래하기 시작했다. 지금까지의 평온한 생활이 불안한 기반 위에 서 있었다는 것을, 비로소 깨달았다. 또다시 긴 터널과도 같은 그 커다란 삶의 불행한 교육이 시작된 것이다.

전쟁을 겪으면서 그 엄청난 시대를 통하여 의기양양해하는 사람들 가운데서, 나는 참담한 절망에 젖어 있었다.

어느 날, 그와 같은 비참한 심경을 고백하여 나는 수많은 사람들과 신문들로부터 조국의 배신자라는 선고를 받기에 이르렀다.

그러나 그 많은 친구 중에서 나를 옹호하고자 한 사람은 단둘에 불과했다. 낯모르는 사람들로부터 모욕적인 편지가 수도 없이 날아들었다.

나는 모든 것들과 충돌하면서 외톨이가 되었다. 바람직하고 이성적이고, 좋은 일들과 현실 사이에는 심연이 가로놓여 있음을 다시 경험하게 된 것이다.

자기 성찰을 통하여 고통과 책임이 나의 외부에서부터가 아니라, 나 자신의 내부에서 추구하도록 강요당하고 있음을 알았다.

왜냐하면 전 세계의 광기와 포악성을 비난할 권리는 인간에게도 신에게도 없으며, 하물며 나에게는 더욱 없다는 것을 깨달았기 때문이다.

세상의 추세나 동향에 대하여 감당할 수 없는 나 자신과의 충돌은 여러 가지의 혼란을 가져다주었던 것 같다. 실제로 그것은 크나큰 혼란이었다. 내 내면의 혼란을 파악하여 그 정리를 시도한다는 것은, 결코 유쾌한 일은 못 되었다.

그리고 현실과 타협하며 유지하고 있던 평화를 나는 너무 값비싸게 치렀을 뿐만 아니라, 그것은 세계의 외면적인 평화와 마찬가지로, 너무나 터무니없는 장식품과 같은 것들이 아니었던가 싶은 생각을 가졌다.

나는 소년 시절의 오랜 고통스러운 싸움을 통하여 세상에서 한 인간의 지위를 획득할 수 있었고, 이제는 시인이 되었고, 또 그렇게 믿었다. 그동안의 성공과 안락은 나에게 흔히 있는 경우처럼 안일과 나태에 젖게 하였다. 좀 더 살펴보면 오락적인 글을 쓰는 필자와의 구분이 애매했다.

그렇듯 나는 너무나도 안일에 빠져 있었다. 여의치 못하다는 것은 항상 유력하고 좋은 삶의 수업이 되지만, 그에 대해서는 충분히 대처할 수 있게끔 되어 있지 못했다.

그리하여 나는 차츰 세상의 사소한 분쟁은 될 수 있는 한 그대로 내버려두어야 한다는 것을 알게 되었고, 전체의 혼란과 죄과에 대해서는 내 나름대로 적당히 관여하게 되었다. 그러한 점을 나의 작품 속에서 발견할 수 있을지는, 독자의 판단에 맡길 수밖에 없으리라.

시간의 흐름에 따라서 독일 국민 모두는 아니더라도, 사람들 대부분이 새로운 자각과 책임 의식을 통하여 내가 겪은 것과 마찬가지로, 어떻게 해서 사악한 전쟁과 시류에 휘말려 죄를 짓게 되었던가, 그리고 어떻게 속죄할 수 있을 것인가 하는 물음을 제기하게 되었다.

이제 나는 인간이란, 자신의 고뇌와 죄과를 인정하고 끝까지 괴로워하면서, 그 죄를 다른 사람들에게 전가하지 않는다면, 언젠가는 그 죄에서 벗어날 수 있는 존재임을 확신하게 되었다.

나의 작품과 생활에 새로운 변화가 일기 시작하면서 상당수의 친구가 고개를 저으며 멀어져 갔다. 그리고 많은 사람이 나를 외면하기도 했다. 그것은 매우 심각한 생활상의 변모를 요구하는 것이기도 했다.

내가 매일 같이 작별을 고하고, 스스로 이러한 일을 견디어 나갈 수 있을까 하고, 매일 같이 놀라워하면서도 살아가는 고통과 환멸과 상실만 가져다주는 것 같은 이 비정상적인 생활 속에서도, 그 무엇인가를 사랑하던 시절이었다.

그러한 가운데서도 꼭 상기하고 싶은 것은 전쟁 중에도, 나는 좋은 별, 즉 수호천사 같은 존재가 나를 지켜주었다는 사실이다. 나의 고뇌 속에서 괴로워하고 있을 때, 나 자신의 운명을 항상 불행한 것으로 여기고 자학 자조하고 있을 때, 나의 고뇌와 그 고뇌의 상태가 외계에 대한 수호 역으로서 방패로서, 나에게 도움이 되었다.

말하자면 전쟁을 통해 정치니, 첩보니, 애수니, 흥정이니 하는 그 무렵 사회악의 한가운데서, 나는 그렇게 버티며 살았다.

스위스 수도 베른, 그곳은 독일과 중립국, 적국과의 외교 중심지였으며, 하룻밤 사이에 각국의 외교관이라든가, 정치상의 밀사라든가, 스파이와 저널리스트와 모리배와 밀수꾼들로 이미 포화 상태가 되어 버린 도시였다.

그와 같은 도시에서 나는 아무것도 깨닫지 못하고 있었다. 늘 나는 감시당하고, 탐색 당하고, 때로는 중립국 인들로부터 아니면, 자국인들로부터 의심받고 있었건만, 당사자인 나는 그러한 사실을 전혀 모르고 있었다.

훨씬 뒤에서야 비로소 소문을 통해 알게 되었다. 아무튼 이렇다 할 만한 일 없이 지나간 것이 신기할 정도였다.

전쟁이 끝나갈 무렵은 심경의 갈무리와 시련과 고통이 절정에 다다랐을 때였다. 그 고통은 전쟁이나 세계의 운명과는 상관없는 것이었다.

외국에 있던 우리에게는, 몇 년 전부터 예견되었던 독일의 패망이라는 사실조차도, 그 당시에는 이미 놀라운 일이 못 되었다.

나는 나 자신과 나의 운명에 침잠되어 있었다. 그것은 우리 인간의 운명 전체에 관한 것이기도 하다는 느낌을, 나는 자주 감지하기도 했다.

나는 이 세상의 모든 전쟁과 살의와 조잡한 침략 욕과 비겁함을, 나 자신 속에서 재발견하였다. 그리고 나는 자신에 대한 자부심을, 경멸심을 모두 상실했다.

그리하여 혼돈의 저쪽에서, 다시금 자연과 순수성을 발견할 수 있다는 희망이 가끔 불타오르고 꺼지고 했지만, 혼돈을 응시하는 일에 몰두하고 있었다. 눈을 뜬 사람, 진실로 자각한 사람은 누구나 한 번쯤은 통과하는 이 좁은 길을, 필연코 가야만 한다고 생각했다.

친한 친구들로부터 배반당하게 될 때면 비애를 느끼기도 했지만, 결코 불쾌하게 생각하지는 않았다. 그러한 일은, 오히려 나의 길을 더욱 굳건히 해주는 것이라고 믿었다.

그들 즉, 나의 오랜 벗들은 전에는 많은 것을 함께 공감할 수 있었는데, 이제는 인간적인 일들을 초월하는 문제들에 집착하고 있는, 나의 자세나 세계를 이해할 수 없다고 하는 것도 당연하게 여겼다.

그 무렵의 나는 취미생활 같은 것에는 완전히 초월해 있었다. 또한 나의 말을 이해해 줄 만한 사람도 내 주위엔 없었다.

내가 구가하는 글이 아름다움과 조화를 잃고 있다고 우려하는 친구들의 말은 지당했다. 그러나 그러한 비평이나 우려는, 나를 실소케 할 뿐이었다.

짧은 시한부 인생을 살고 있는, 또는 붕괴하는 벽 사이에 끼어 목숨만 유지하려고 발버둥 치는 삶을 살고 있는 인간에게 아름다움이나 조화 따위가, 무슨 소용이란 말인가?

아마도 내 일생의 신조와 상반되게 시인이 아니었더라면, 내 생의 끝은 어떠한 모습일까? 미적인 행위는 모두 하나의 미망에 불과한 것일까? 그런데 왜 그럴까 하는 의문조차도, 이제는 중요하지 않았다.

내가 나를 투시하는 지옥의 순례 같은 괴로운 도정에서 눈을 돌린 것들 대부분은 하찮고 무가치한 것이었다. 아마도 그것은 그러한 무분별한 자신의 천직이나 천분天分에 대한 오판이기도 했을 것이다. 그러나 그러한 것은 아무래도 좋았다.

내가 허영과 순진한 기쁨에 들뜬 나머지 일찍이 나의 사명이라고 간주했던 것도, 이제는 존재하지 않았다. 나는 나의 사명, 사명이라기보다는 차라리 구원의 길을, 이미 오래전부터 서정시라든가, 철학이라든가 하는 전문가의 영역에서 찾지 않고, 오로지 진정으로 살아 있는 힘찬 조그마한 것을 내 마음속에서 살리는 것에서, 마음속에 살아 있다는 것이 느껴지는 사물에 대하여 철저하고 성실하게 대하는 것에서 찾고 있었다. 그것이 바로 생명이며, 신이었다.

마침내 전쟁이 끝난 1919년 봄, 나는 스위스의 한적한 시골에 묻혀 시대의 은둔자가 되었다.

그곳에서도 나는 평생토록 가업家業이기도 한 인도와 중국의 지혜에 관한 연구를 게을리하지 않았다.

나의 새로운 체험이 때로는 동방의 비유에 가득 찬 말로써 표현되었기 때문에, 어떤 이들은 나를 '불교도'라고 부르기도 했다. 하지만 본질적으로 나는 불교 신앙과는 거리가 멀었다.

그러나 나에 대한 그러한 별명 속에는 어떤 진실, 한 알의 진리가 들어 있었다. 그 사실을 나는 나중에야 비로소 깨닫게 되었다.

한 인간이 개인적으로 종교를 선택할 수 있다고 한다면, 나는 마음속으로부터의 동경 때문에 틀림없이 너무나 오래되고 가득 찬 즉, 공자孔子의 말씀을 좇았을지도 모른다.

하지만 나는 우연히도 신앙 깊은 신교도의 집안에서 태어났으며 기질적으로도 신교도라고 단언할 수 있다. 그런데 존재보다도 생성을 더 많이 긍정하도록 촉구한 점에서 본다면 불타|佛陀 : 석가모니|도 프로테스탄트|개신교 신도|였다고 할 수 있지 않을까.

시인으로서의 나와 내 문학작품의 가치에 대한 신념은 이렇게 변화를 겪으면서 내면세계에서 그 뿌리가 뽑히고 말았다. 글을 쓴다는 것은 기쁨이 되지 못했다. 그러나 인간이란, 결국 기쁨을 찾을 수밖에 없는 존재이다.

나 역시 그 어떠한 고통을 당할 때도, 그것을 요구하고 절실하게 원했다. 정의라든가, 이성이라든가, 생활과 세계의 의미를 단념할 수 없는 것과 같은 이치였다.

이렇듯 이 세상은 그러한 추상적인 것이 없어도 존재할 수 있다는 것을, 나는 깨닫고 있었다.

어느 날 갑자기 나는 새로운 기쁨을 발견했다.

어느덧 나는 마흔 살이 되어 있었는데, 그림을 그리기 시작한 것이다. 스스로 화가라고 생각하지도 않았고 화가가 되고 싶다는 마음도 없었다. 다만 그림을 그리는 작업은 기막히게 아름다운, 일이었다. 그것은 사람을 즐겁게 하고 참을성 있게 해주었다. 그림을 그리고 나면, 글을 쓴 뒤처럼 손가락이 시꺼멓게 되지 않고 온통 붉어지는 것이었다.

세상 사람들이 또다시 나를 비난한 것은 당연했는지도 모른다. 그것은 나에게 현실 감각이 떨어져 있다는 점이었다. 내가 짓는 시나, 내가 그리는 그림은 현실과 부합되지 않는다.

창작할 때의 나는 흔히 교양 있는 독자가 정당한 저서에 대해서 요구하는 바를 망각해 버리는 것과 같기 때문이다. 그러므로 현실이란 별로 개의할 필요가 없다고 생각하고 있다.

현존하는 것들이 나에게는 까마득히 멀리 보이기 때문에 대개 남들처럼 미래까지도 과거와 연관 지어 이렇다 할 구별 없이 생각하기도 한다. 이렇듯 나는 적지 않는 시간을 미래 속에서 살고 있었다.

그러므로 나의 전기도 여기에서 끝나는 것이 아니고, 내가 이어갈 삶을 통하여 무난히 상정되어 나갈 수 있을 것이다.

헤세의 유년 시절

1889년 헤세의 가족. 왼쪽부터 헤르만, 아버지, 여동생 마룰라, 어머니, 누나 아델레, 동생 한스

소년 시절의 헤세

헤세가 살던 거리

첫사랑에 눈뜰 무렵

집들이 무질서하게 들어선 시골 거리 한복판에 큰 건물이 하나 외롭게 서 있었다.

작은 창들이 밖으로 무수히 나 있었고, 올라가는 계단이 너무 허술한 나머지 겉모습으로는, 꽤 정성을 기울여 세운 듯했지만, 낡은 모습을 그대로 드러내고 있었다.

카알 바우엘도 늘 그런 생각을 갖고 건물 앞을 지나치곤 했는데, 그는 열여섯 살 난 학생으로 매일 아침과 낮이면 이 건물 즉, 학교에 가 있었다.

이해하기 쉽고 아름다운 내용의 음률로, 언제나 친근감을 주는 라틴어와 고대 독일 옛시인들의 글은, 그런대로 흥미를 주었지만, 늘 어렵기만 한 희랍어와 3학년이 되어도 1학년 때와같이 재미없는 수학에는 많은 애를 먹지 않으면 안 되었다. 고통, 바로 그것이었다.

또한 나이가 지긋한 몇몇 선생님들에게는 그들이 멋지게 기른 턱수염만큼이나 호감이 갔지만, 젊은 두세 선생님들에 대해서는 알 수 없는 저항감을 느끼게 했다.

바로 학교 부근에 낡은 가게가 있었는데, 침침한 계단을 곧장 올라가면, 항상 열려 있는 문으로 손님들이 드나들었다. 그 옆에 붙어 있는 현관의 어두운 복도에서 습기에 젖은 술 냄새와 석유, 치즈 냄새가 함께 풍겼다.

그러나 카알은 그 어둠 속에서도, 모든 것을 식별하고 익숙하게 행동할 수 있었다.

왜냐하면 그 가게의 맨 위층에 그의 방이 있었고, 집주인이면서 가게를 돌보는 할머니에게서 그 다락방을 빌려 하숙하고 있었기 때문이다.

아래층은 늘 어두웠지만, 맨 위층 다락방은 장애물이 없어서 언제나 밝았다.

아침이 되면 엷은 햇살이 방안을 밝히면서 거리의 회색빛 어스름을 걷어갔다. 그래서 그 거리의 지붕을 거의 다 알게 되었고, 하나하나 집 이름을 알아맞힐 정도였다.

가게에는 갖가지 맛있어 보이는 식료품들이 가득 진열되어 있었지만, 가파른 계단을 급히 오르내리는 유일한 하숙생 카알 바우엘에게 제공되는 음식은 언제나 빈약했다.

하숙집 주인 쿠스텔라 노파가 마지못해 만들어 주는 듯한 질 나쁜 식사는 그나마도 부족했다. 하지만 그런 점을 제외하고는 노파와 소년은 비교적 사이가 좋은 편이었다.

소년은 자기 다락방에서만큼은 한 성의 성주와 같았다. 그 안에서는 그를 방해하는 것이라고는 아무것도 없었다. 무슨 일이라도 하고 싶다는 마음만 먹으면 자유롭게 행동할 수 있었다. 그래서 여러 가지 일을 저질러 놓기 일쑤였다.

새장 안에 박새를 두 마리나 기르고 있다는 사실은 얘깃거리도 안 되었다. 방 한구석에 목공 일을 할 수 있는 작업장이 차려져 있었고, 때로는 난롯불로 납이나 주석을 녹여서 자기가 만들고 싶은 주물 모형을 만들기도 했고, 여름이 되면 손수 만든 조그마한 상자 안에 몇 종류의 도마뱀을 기르기도 했다.

하지만, 그 도마뱀들은 얼마 되지 않아 용케도 쇠 그물을 뚫고 도망쳐 버리곤 해서 소년을 실망하게 하기도 했다.

또한 소년은 아주 낡은 바이올린을 가지고 있어 책 읽기에 싫증이 나거나 목공 일을 하지 않을 때는, 밤낮을 가리지 않고 바이올린을 켜는 것이 하나의 취미처럼 보였다.

이렇듯 카알은 하루하루를 유쾌하고 신선하게 지냈으므로 결코 지루한 줄을 느끼지 못했다. 책을 읽고 나면, 또 다른 책을 빌려왔으므로, 언제나 그의 곁에는 새로운 책이 놓여 있었다.

그는 많은 책을 즐겨 읽었지만, 그렇다고 어떤 내용이든 좋아한다고 할 수는 없었다. 특히 그가 애독하는 책은 옛 전설이 담긴 동화집이나 운문으로 된 슬픈 줄거리의 짧은 소설이었다.

그러나 이런 것들이 제아무리 재미있더라도 배가 부를 수는 없었다. 그래서 너무 배가 고파 견딜 수 없게 되면 족제비같이 민첩한 동작으로 낡아빠진 층계를 조심스럽게 내려가서 돌이 깔린 가게 뒤뜰로 갔다.

그곳은 가게에서 희미한 빛이 한 줄기 새어 나올 뿐이었는데,

늘 빈 상자와 팔다 남은 것들이 보관되어 있었다. 커다란 빈 상자 안에 질 좋은 치즈가 남아 있거나 반쯤 들어있는 생선 통조림이 뚜껑이 열린 채 놓여 있었다.

운이 좋은 날에는 노파의 심부름을 해주면서 용감하게 가게 안에까지 들어가 말린 자두랑 배 따위를 두 손으로 한 움큼씩이나 주머니에 집어넣는 일도 가끔 있었다.

때때로 이렇게 무법자 같은 행동을 서슴없이 저지르긴 했지만, 늘 소년다운 마음가짐으로 겁을 먹으면서 비굴하게 행동한 것은 아니었다.

단지 그것은 배고픈 사람의 악의 없는 한때의 기분과 같은 감정에서였고, 또한 심한 죄책감이나 남을 무서워하지 않는 대담하고 자랑스럽게 여기는 위험한 모험심 같은 충동으로 저지르는 그런 느낌이 더 작용했다.

그것은 집주인 노파가 약간 인색해서 잘 주지 않는 것을, 그 아들이 가득 찬 보물단지에서 몇 개쯤 슬쩍하는 것 같은, 인간의 도덕률에 그대로 합당한 일처럼 소년은 생각했다.

이러한 갖가지 장난과 일과 취미 외에도 한 가지 분명한 사실은 학교에 다니지 않으면 안 되었기 때문에, 당연히 그것만으로도 머릿속은 고통 비슷한 것으로 꽉 차 있을 것이었다. 그러나 카알 바우엘은 그것만으로 만족하지는 않았다.

끝없는 욕구에 사로잡힌 나머지 몇몇 학급 친구들의 흉내를 내기도 했고, 문학 서적이라면 가리지 않고 읽은 탓도 있지만, 무엇보다도 스스로 제 갈 길을 터득했기 때문에, 그 무렵의 그는 비로소 젊은이다운 가슴 두근거리는 아름다운 사랑의 나라에 발을 들여놓게 되었다.

그에게 시간은 언제나 황금같이 빛났고, 모든 사물은 사랑의 빛 그대로였다.

무엇보다도 현재 자기의 노력으로는 아무리 작은 사랑을 얻으려 해도 목적을 이룰 수 없을 것이라는 엄연한 사실을 처음부터 깨닫고는 있었지만, 그는 어쩔 수 없이 그 마을에서 가장 아름다운 소녀에게 사랑하는 마음을 갖게 되었다.

그 소녀는 부잣집 딸로, 항상 또래의 다른 소녀들보다 아름다운 옷을 입고 있어서 더욱 뛰어나 보였다.

카알은 하루도 빠짐없이 그녀의 집 앞을 지나쳤다. 그리고 소녀와 얼굴을 마주치게 되면, 학교 선생님에게도 그러지 못할 만큼 모자를 벗고 아주 공손하게 인사했다. 그럴 때면 소녀는 무척이나 당황해하면서 얼굴을 붉히며 재빨리 자리를 피하였다.

이런 생활이 이어질 때, 우연히도 전혀 예기치 않았던 하나의 사건이 그의 일생에 새로운 문을 열었다.

어느 늦은 가을날 밤이었다.

카알은 여느 때와 다름없이 묽은 밀크를 탄 커피 한 잔으로는 만족지 못해서, 더군다나 배까지 고픈 터라 예의 먹이 사냥을 하러 나섰다.

살그머니 도둑고양이처럼 아무도 모르게 계단을 조심스럽게 내려가서 가게 뒷방을 뒤졌다. 옅은 어둠 속에서 이곳저곳을 뒤지노라니 접시에 아주 크고 맛 좋아 보이는 돌배 두 개가 빨간 종이로 싼 오란다 치즈 한 조각과 함께 놓여 있었다.

이 접시는 분명 하숙집 주인의 식탁에 있었던 것이 분명했고, 잠시 가정부가 여기에 보관해 둔 것이라는 것쯤은, 아무리 배고픈 카알도 짐작할 수 있었다.

그러나 기대하지도 않았던 것을 찾아낸 기쁨으로 하여 아니면, 자신의 처지를 불쌍히 여긴 자비로운 하느님의 특별한 배려라는 생각에 앞서서 마음속으로 기뻐하면서, 그 선물을 주머니에 쑤셔 넣었다.

그런데 아직 그가 일을 끝내지 못하고 미쳐 몸을 피하기도 전에, 가정부 바베트가 촛불을 한 손에 들고 발소리도 없이 입구에 모습을 나타냈다. 그녀는 소년의 행동을 보고는 너무 놀란 나머지, 아무 말도 못 하고 그 자리에 서 있었다.

이제 젊은 도둑은 아직도 한 손에 치즈를 쥐고 엉거주춤한 자세로 눈을 내리깔고 있었지만, 가슴은 불같이 달아오르고, 어디선가 쿵쿵거리는 소리가 들리는 것 같고, 너무 부끄러운 나머지 쥐구멍에라도 숨고 싶은 마음뿐이었다.

얼마 동안 그렇게 두 사람은 촛불 빛을 받은 채 그곳에 서 있었다. 지금까지 이 용감한 소년은 자기 나름의 인생에서 더 괴로운 경우를 당해 보기는 했지만, 확실히 지금처럼 괴로운 꼴을 당한 적은 한 번도 없었다.

"카알! 그런 짓을 하면 안 돼요."

이윽고 바베트가 말했다. 이미 범행을 크게 후회하고 있는 카알을 마치 살인범이라도 되는 것처럼 바라보고 있었다. 소년은 할 말을 잃었다.

"용서할 수 없는 일이에요."

그녀가 계속해서 말했다.

"도둑들이 하는 짓이라는 걸 몰랐나요?"

"그런 건 알고 있지만……."

"난 정말 놀랐어요. 도대체 무엇 때문에 이런 짓을 하고 싶어 졌죠?"

"그냥…… 이게 저기 놓여 있었어, 바베트. 그래서 난 생각했던 거야."

"무얼 생각했다는 거죠?"

"너무 배가 고파 견딜 수 없었기 때문에 그만……."

그 말을 듣자, 노처녀 바베트는 눈을 동그랗게 떴다. 그러고는 무척이나 동정과 놀라움과 연민에 가득 찬 눈길로 불쌍하다는 듯 카알을 바라보았다.

"배가 고프다구요? 어쩌면…… 위층에선 아무것도 먹을 걸 주지 않나요?"

"너무 양이 적어요, 바베트! 겨우 배고픔을 면할 정도예요."

"어머. 그래요? 그럼 좋아요. 주머니에 넣은 거 그냥 가져가세요. 치즈도 집엔 얼마든지 있으니까요. 하지만 빨리 나가야 해요. 누가 보면 어쩌려고 그래요."

카알은 어정쩡한 기분으로 자기 방으로 돌아왔다. 그러고는 의자에 앉아 생각에 잠기면서, 우선 오란다 치즈를 몽땅 먹은 다음, 배까지 먹어 치웠다. 그러자 배고픔은 사라지고 한결 기분이 좋아졌다.

그는 "후!"하고 가벼운 기지개를 켰다. 그러고 나서 바이올린으로 짧은 음률로 이루어진 감사의 찬미가를 켰다. 연주가 다 끝나기도 전에 조용히 문을 두들기는 소리가 났다.

열어보니 문밖에 바베트가 서 있었다. 그리고 버터를 듬뿍 바른 커다란 빵을 그에게 내밀었다.

"바이올린 솜씨가 아주 훌륭하네요. 여러 번 들었어요. 그리고 식사에 관한 말씀인데요. 이제부터는 내가 돌봐드리겠어요. 밤이 되면 야식을 꼭 가져다드리죠. 아무도 모르게 말이에요. 아버님께서 하숙비를 충분히 치르고 계실 텐데, 어째서 그런지 모르겠군요."

소년은 수줍어하면서 끝내 사양하려 했지만, 그녀는 아무리 해도 자기 고집을 꺾으려 들지 않았다. 그래서 그는 기쁜 마음으로 받아들이기로 했다. 두 사람은 이런 약속까지 했다.

카알이 배가 고픈 날이면 계단에서 '황금빛 노을'이란 노래를 휘파람으로 분다, 그러면 그녀는 야식을 가져다준다, 만약 그가 다른 노래를 부른다든가, 그러지 않을 때는 그럴 필요가 없었다.

마침내 뉘우침과 감사하는 마음으로 소년은 그녀의 큰 손을 잡았다. 그러자, 그녀는 약속한다는 뜻으로 손에 힘을 주었다.

그리고 이때부터 '김나지움'의 학생 카알은 기쁨과 벅찬 감정으로 마음씨 고운 노처녀의 배려와 마음을 받아들이는 처지가 되었다.

이것은 고향에서 어린 시절을 보낸 이후 처음 있는 일이었다.

카알은 양친이 시골에서 살고 있었으므로 일찍부터 하숙하지 않으면 안 되었다. 그래서 늘 고향에서 있었던 일들과 연관시키는 버릇이 있었다. 그는 바베트가 마치 어머니처럼 자기를 돌봐주고 보살펴 주는데 깊은 위로를 느꼈다.

실제 나이로 따져보더라도 어머니와 거의 비슷한 것 같았다. 마흔 살 안팎의 나이로 고집이 세고 완고하며, 매우 엄격한 성격이었지만, 음식을 훔친 단 한 번의 사건으로 하여 뜻밖에도 소년이 그녀의 친구가 되고, 때로는 보호받는 부양자가 되어 그녀에게 모성애를 느끼게 해주는 존재가 되었기 때문에, 이제까지 잠자고 있던 그녀의 완고한 마음속에서 온화하고 자기희생적인 친절한 마음씨가 서서히 싹튼 것이었다.

이러한 그녀의 감정의 변화는 카알에게는 무척이나 다행스럽고 고마운 일이었다. 그리하여 소년은 때때로 응석을 부리는 일도 있었다. 대개 어린 소년이란, 설혹 그것이 아무리 귀하고 값진 과일일지라도 거침없이, 마치 당연한 권리인 것처럼 받아들이는 법이다.

그리하여 아래층 가게 뒷방에서 처음 마주쳐서 무척 창피를 당했던 일도 며칠 후에는 모두 잊어버리고, 그녀와의 약속대로 매일 밤 당연한 일처럼 층계에 서서 '황금빛 노을'을 휘파람으로 불게 되었다.

그리하여 카알은 바베트에게 무척 감사는 하고 있었지만, 만약 그와 같은 친절이 줄곧 먹는 것에만 한정된다면, 아마도 그는 언제까지나 변함없이 그녀의 일을 기억하지는 않을 것이다.

물론 성장기에는 식욕이 왕성하게 마련이지만, 그에 못지않게 공상을 즐기는 사춘기이기도 하다. 언제까지나 따뜻하게 유대감을 이어가기 위해서는 치즈나 햄, 과일이나 포도주만으로는 충분하지 않았다.

바베트는 쿠스텔라 집안에서 누구보다도 소중한 사람으로 여겨졌을 뿐만 아니라, 이웃 간에도 아주 원만한 여자라고 평판이 나 있었다. 그녀와 함께 있으면, 모든 것이 곧 명랑해졌고 분위기는 부드러웠다.

이웃집 주부들도 그것을 알고 있었기 때문에 자기 집의 하녀 특히, 젊은 하녀들이 바베트와 사귀는 것을 좋아했다. 그녀에게 추천받은 여자는 비교적 좋은 대우를 받았고, 그녀와 친숙하게 교제한 사람은 하녀 모임이나 부녀자협회에 들어 있는 사람들보다 더 우대받을 수 있었다.

이렇듯 바베트는 일을 끝낸 시간 이후, 일요일 오후에는 조용히 혼자 보낼 시간을 빼앗겼다.

항상 자기보다 나이 어린 하녀들에게 둘러싸여 재미있는 놀이를 가르쳐 준다든가, 여자로서 여러 가지 도움이 될 말을 들려주곤 했다. 쓸데없는 잡담으로 시간을 보내는 것이 아니라 여가 시간을 이용해서 최대한 놀이를 한다든가, 노래를 부른다든가, 재치 문답, 수수께끼 놀이 등을 했다.

예외로 약혼자나 남자 동기同氣가 있는 여자는 함께 오는 것을 환영받았지만, 실제로 그들과 함께 오는 일은 극히 드물었다. 왜냐하면 약혼자가 생긴 여자는 차츰 그들로부터 멀어져갔고, 젊은 직공들이나 일꾼들은 여자들만큼 바베트와 친숙할 수가 없어 거리감을 두었다.

바베트는 진실한 사랑이 없는 연애 따위는 용서치 않았다. 모임에 참석하는 아가씨 중에 누군가가 잘못된 길로 빠져들면 그릇됨을 지적하고 엄하게 꾸짖었다. 그래도 고쳐지지 않을 때는 끝내 그 모임에서 제외해 버렸다.

이런 생기 넘치고 활력에 가득 찬 젊은 아가씨들의 모임에 라틴어 학교 학생인 카알이 손님의 자격으로 초대되었다. 아마도 여기서 배운 것이 학교에서 배운 것보다도 더 많았을 것이다.

처음으로 그 모임에 갔던 날 밤의 일을 그는 일생을 통해 잊을 수 없을 것이다.

장소는 뒤뜰이었다. 여자들은 계단이나 빈 상자에 자유스럽게 앉아 있었다. 주위는 서서히 어둠 속으로 묻히고 머리 위에는 저녁 하늘이 네모진 지붕 사이로 푸른빛이 도는 엷은 햇살의 잔영을 남기고 있었다.

카알은 수줍은 듯이 입구 쪽의 가로지른 나무에 기댄 채 아무 말도 하지 않고 서 있었다. 그리고 저녁 어스름 속에 떠오르듯 보이는 여자들의 얼굴을 바라보고 있었다. 형용할 수 없는 작은 감동 같은 것들이 가슴안에 물결쳤다.

그러면서도 그는 학교 친구들이 이렇게 저녁 무렵 젊은 아가씨들과 함께 있는 자기를 보았다면 무엇이라고 할까 하는 생각이 들자, 약간 불안한 마음이 들기까지 했다.

어찌 되었든 간에, 지금 이곳에 모여 있는 여자들의 얼굴, 거의 다 그는 이미 알고 있었지만, 이렇게 짙은 회색빛 어둠이 드리워진 속에 함께 모여 있는 것을 바라보면, 전혀 다른 느낌이 들었다. 또한 그녀들 역시, 마치 수수께끼에 싸인 듯한 시선으로 카알을 바라보았다.

카알은 지금도 여자들의 얼굴과 이름, 그리고 그녀들 일신상의 일들까지 기억하고 있었다.

얼마나 불행한 여자들인가! 그리 대수로워 보이지 않는 고달픈 하녀 생활에서 얼마만큼의 운명, 진실됨, 우아함을 찾아볼 수 있는 것일까!

과수원집의 안나도 와 있었다. 그녀는 아주 어렸을 때, 맨 처음 하녀로 들어갔던 집에서 물건을 훔친 죄로 한 달이나 구속된 적이 있었다.

그런 일이 있고 난 다음부터는 충실하게 열심히 일한 덕분에 지금은 가장 모범적인 여자로 알려졌다. 귀염성은 없으나 커다란 갈색 눈으로 냉정히 예외자인 소년을 신기한 듯이 바라보았다.

경찰서에 구속되었을 때, 그녀를 버렸던 남자는 그동안 다른 여자와 결혼했지만, 아내가 죽어 또다시 혼자 몸이 되었다. 그러자 요즘에는 염치없게도 또 뒤를 쫓아다니며, 어떻게 해서든 그녀를 자기 것으로 만들려고 애쓰고 있었다.

그러나 안나는 그를 냉정하게 대했고, 전혀 상대도 하지 않으려는 듯한 태도를 보이고는 있었지만, 속으로는 아직도 그를 사랑하고 있는 것이 분명했다.

꽃집의 마그리트는 언제나 명랑하여 잘 웃고 떠들었으며 붉은

빛의 블론드 곱슬머리가 태양 빛처럼 반짝였다. 늘 단정한 차림을 하고, 파란 리본이라든가, 꽃을 두세 개 꽂는다든가 하여 몸을 돋보이게 하는 것을 취미로 하고 있었다.

그러나 급료는 한 푼도 쓰지 않고 모두 시골의 의붓아버지에게 보냈다. 그 전부를……

그러나 의붓아버지는 그 돈을 모두 술 마시는데 써버리고는 고맙다는 말 한마디 없었다. 그 후에도 그녀는 여러 가지 불행한 일과 괴로움을 겪었다.

불행한 결혼 생활과 뒤따른 갖가지 재난, 그러면서도 그녀는 선천적으로 쾌활하고 애교가 넘쳤고 늘 단정한 차림을 하고 있었다. 하지만 전보다는 웃음을 많이 잃어버렸으나 여전히 아름다운 미소를 짓고 있었다.

아가씨들 대부분이 그러하듯이 돈과 기쁨, 즐거움은 적었지만, 일과 걱정과 불만은 항상 따라다녔다. 언제나 고난 속에서 굽힘 없이 세파를 헤쳐온 사람들 몇몇을 제외하고는, 모두 남자 이상의 여장부들이었다.

그리하여 조금이라도 틈이 나면, 그 짧은 시간을 놓치지 않고 농담하거나 노래를 부르며, 한 움큼의 호두알이나 리본 같은 대수롭지 않은 일들을 가지고도 유쾌하게 웃고 떠들었다.

무척 잔인한 소문이라도 들으면 분노하면서 몸을 떨기도 했고, 슬픈 노래를 들으면 함께 합창하면서 한숨을 쉬며 눈물까지 흘리는 것이었다. 이렇듯 이들의 일상은 늘 그림자와 같은 것들 속에서 삶을 이어가고 있음이 분명했다.

물론 그중에는 남의 힘담을 좋아하여 불평을 일삼는다든가, 남의 흉만 보는 여자도 몇은 섞여 있었다. 그러나 바베트는 필요한 경우에는 거침없이 야단을 쳤다.

하지만 그런 여자들도 자기 나름의 슬픔과 고통이 있어서 생활이 편한 것은 아니었다.

그들 중에 교회에서 허드렛일하는 그레타는, 너무나도 불행한 여자였다. 그동안 생활에 쪼들리면서 남보다 더 많은 고생을 했고, 너무나 고집스러운 성미 때문에 괴로움을 당했다.

부녀자협회에 대해서도 불신임하고 있었고, 그녀의 눈에는 모든 것이 모순투성이처럼 보이기도 했다.

그래서 주위 사람들로부터 자주 핀잔을 받게 되고, 그러면 혼자서 한숨을 내쉬며 입술을 깨물고 혼잣말로 중얼거렸다.

"바른 사람은 언제나 많은 고통을 받게 마련이야."

해마다 괴로움은 이어졌지만, 그녀에게도 행운이 찾아왔다. 헌 양말에 가득 차 있는 타아렛 은화를 혼자 세어 보고는 감개무량해 슬픔과 기쁨의 눈물을 동시에 흘렸다.

두 번씩이나 공장장과 결혼할 기회가 있었지만, 그녀 쪽에서 먼저 거절해 버렸다. 한 사람은 성격이 불안정해 보였고, 다른 한 사람은 너무 고지식한 훌륭한 성품이었으므로, 그 사람과 함께 있으면 한숨을 쉰다든가 이해해 주지 않는다고 잔소리할 수도 없게 될 듯싶었기 때문이었다.

그런 갖가지 사연을 지닌 아가씨들이 어둠이 깃든 뒤뜰에 모여 앉아 일신상의 잡다한 이야기를 서로 주고받으면서, 오늘 밤에는 무슨 재미있는 일이 없을까 하고 기대감에 싸여 있었다. 그녀들의 태도나 대화 내용은 학교 공부를 하는 소년에게는, 별로 현명하거나 품위 있게 느껴지지 않았다.

그러나 시간이 지남에 따라 그녀들과 자연스럽게 어울리게 되자, 긴장된 기분도 풀어지고 유쾌한 마음으로 이어져 즐거움이 뒤따랐다.

또한 어둠 속에서 어깨를 서로 나란히 하고 앉아 있는 아가씨들이 정다우면서도 유달리 아름다운 한 폭의 그림처럼 보였다.

"여러분, 여기 계신 이분은 라틴어 학교의 학생입니다. 그런데……."

하고 바베트는, 바로 그가 가엾게도 배고픔을 면하려고 저질렀던 사건의 진상에 관해 이야기하려고 했다.

그때 그가 황급히 그녀의 소매를 잡아당겨 아슬아슬하게도 고비를 넘길 수 있었다.

"그럼, 학생은 공부를 열심히 해야겠네요. 장차 어떤 희망을 품고 있나요?"

붉은 머리를 한 꽃집의 마그리트가 물어왔다.

"아직 확실한 건 아니지만, 의사를 지망했으면……."

그 말이 그녀들에게 존경심을 불러일으켰던지 갑자기 주위가 조용해지면서 일제히 시선을 집중했다.

"그럼, 학생은 지금부터 수염을 길러야겠네요."

하고, 약국집 하녀인 레에네가 장난스러운 음성으로 말했다.

그러자 모두 깔깔대고 큰소리로 웃으면서 소년을 놀리기 시작했다. 그때 바베트가 중간에 끼어들지 않았다면, 그는 분명 작게나마 봉변을 당했을 것이다.

마침내 아가씨들은 또 다른 방법으로 카알을 난처한 상황으로 몰아넣으려 했다. 그녀들은 무슨 이야기든지 해 달라고 졸랐다.

카알은 많은 책을 읽었지만, 그 자리에서 떠오른 이야기는 단 한 가지밖에 없었다. 그것은 이 세상에서 무서운 것을 모르는 남자가, 그것을 체험하기 위해 여행을 떠나는 이야기였다. 그러나 그 이야기를 막상 시작하자, 모두 웃어대면서 소리쳤다.

"그 얘긴 옛날부터 알고 있어요."

교회에서 허드렛일하는 그레타가 얕잡아 보듯 말했다.

"그런 이야긴 아이들한테나 들려줘야 해요."

그래서 카알은 창피한 나머지 입을 다물 수밖에 없었다.

그러자 바베트가 그를 변호하며 대신 약속했다.

"다음 기회에 좋은 이야기를 해드리기로 하죠. 이 학생의 방엔 많은 책들이 준비되어 있어요."

그에게는 정말 지옥에서 하느님을 만난 기분이었다. 다음번에는 놀랄 정도로 기쁜 이야기를 이들에게 해주리라고 결심했다.

그의 그런 마음을 알았다는 듯이, 바베트가 고개를 가볍게 끄덕여 보였다.

그러는 동안 하늘에는 마지막으로 남아 있던 푸른 저녁 빛이 스러지고 어둠 속에서 별이 하나 반짝이고 있었다.

"자, 이제는 돌아가야 할 시간이에요."

하고 바베트가 약간은 성급한 목소리로 말했다.

그러자 그녀들은 주저하지 않고 모두 일어서서 머리카락이랑 옷맵시를 가다듬어 바로잡았다. 그러고는 서로 인사를 나눈 다음, 뒷문으로 나가는 측들이 있는가 하면 복도를 통해서 현관으로 돌아나가기도 했다.

카알 바우엘도 인사를 하고 자기 방으로 올라갔다. 오늘 저녁의 일이 만족한 듯도 하고, 그렇지 않은 듯도 한 석연찮은 기분이었다.

젊은이의 자존심과 라틴어 학교 학생으로서의 긍지도 있어 조금은 어리석어 보이기도 했지만, 오늘 저녁에서야 비로소 처음으로 알게 된 여자들에게 자기의 생활과는, 전혀 다른 생활이 있다는 사실을 알게 된 것이다.

이 여자들은 거의 다 근면한 일상생활을 통한 삶에 튼튼한 쇠사슬로 얽매여 있으면서도, 그에게는 동화의 세계같이 알지 못하는 면도 있어, 그에 따르는 여러 가지 능력도 간직하고 있다는 것을 인정하지 않을 수 없었다.

그리고 얼마쯤은 일반 상식을 넘어선 학자적인 자만심도 있어, 거리를 방황하는 걸인들의 타령조 노래나 군가 등 극히 시민적인 것들의 세계 이른바, 소박한 생활이 깃든 시와도 같은 흥미 있는 세계를 가능한 한 깊이 들여다보려고 했다.

하지만, 이 세계가 어떤 점에 있어서는 그가 동경하는 세계보다도, 훨씬 뛰어난 사실이라는 것을 느꼈다. 또 한편으로는 이 세계가 감추고 있는 어떤 폭력적이거나 반항적인 면은 경계해야 할 대상이라고 생각했다.

그렇지만, 지금의 상태로는 그런 위험은 조금도 보이지 않았다. 또한 하녀들의 고된 밤일도 점차 줄어드는 추세에 있었다.

왜냐하면 겨울이 꽤 깊어졌으므로 눈이라도 내리면 그만큼 일감이 적어지게 마련이었기 때문이다.

어쨌든 전번에 약속한 이야기는 실행에 옮겨질 기회가 있었다.

그 이야기란 시인 요한 페터 헤벨이 쓴 『보석상자』라는 책에서 읽은 것으로[쯘데르하의나이 쯘데르프리데]의 이야기였다.

이것은 굉장한 갈채를 그녀들로부터 받았다. 맨 마지막의 교훈은 생략했는데, 바베트가 필요해서였는지, 그것을 보충해서 설명해 주었다.

그레타 이외의 아가씨들은 카알의 이야기가 아주 훌륭했다고 칭찬하고는, 다음 기회에도 그와 같은 이야기를 더 들려 달라고 부탁까지 하였다. 소년은 약속했지만, 그러나 그와 같은 기회가 주어지지 않으리라는 것을 확신했다.

왜냐하면 겨울이 다가와 있었으므로 더 이상 모일 수가 없었기 때문이다. 게다가 크리스마스가 얼마 남아 있지 않았으므로, 모두 다른 즐거운 곳에 마음을 빼앗기고 있었다.

학교에서 돌아오면, 그는 아버지에게 드릴 선물로 담배케이스에 무늬를 조각하고, 새겨 넣을 시를 생각하느라 마음을 빼앗겼다. 하지만 고전적인 멋이 깃든 문구가 떠오르지 않았다.

정말 단적으로 표현할 수 있는 라틴어 2행시가 형태도 갖추어지지 않았기 때문에 고심 끝에 할 수 없이 뚜껑 위에 커다란 문자로 '건강하심을 기원합니다'라고만 써서 글자를 칼로 파고 속돌

[경석]과 초를 곱게 먹여 상자를 문질렀다.

그런 다음 의기양양하게 크리스마스를 맞이했다.

1월은 맑은 날씨가 이어지면서 차가웠다. 카알은 틈만 있으면 스케이팅을 즐겼다.

그런 겨울 어느 날, 얼마쯤은 자신만만해하던 한 아름다운 아가씨에 대한 사랑을 잃는 슬픔을 맛보았다.

그와 마찬가지로 학교 친구들은 한결같이 그녀의 비위를 맞추려고 서로 경쟁했지만, 그녀는 분별력 있게 누구나 똑같이 대해 주었고, 쌀쌀맞은 행동은 젊은이들의 가슴을 더욱 그리움의 열망으로 몰아넣었다.

그런 어느 날, 그는 그녀에게 함께 스케이팅하면 어떻겠느냐고 말을 걸어보았다. 얼굴이 붉어지거나 말을 더듬거리지는 않았지만, 가슴은 몹시 두근거렸다.

그러자 그녀는 기꺼이 승낙하고 보드라운, 가죽장갑을 낀 작은 왼손을 찬 겨울바람에 붉어진 카알의 오른손을 잡고 함께 스케이팅했는데, 그는 너무 당황한 나머지 어쩔 줄 몰라 쩔쩔매면서도, 어떻게든 자기의 속마음을 전달하려고 기회를 찾고 있었다.

나중에는 그녀가 가볍게 고맙다는 짤막한 인사말을 한마디 던지고 멀어져갈 때의 허전함이란 이루 말할 수가 없었다. 더구나 바로 뒤에서 그녀의 친구인 소녀들이 명랑한 음성으로 짓궂게 웃어대는 소리가 들려왔다. 그러면서 소녀들이 흔히 하듯이 그를 이상한 눈길로 바라보았다.

이건 너무 호의를 무시하는 처사라는 생각이 들었다. 이때부터 그는 물론 본마음은 아니었지만, 화가 난 참에 오만불손한 소녀에게는—소녀를 그렇게 부르기로 했는데—스케이트장에서나 길거리에서 만나더라도 두 번 다시 인사를 하지 않는 것으로 보복하리라고 마음먹었다.

괜히 신통치 않은 짝사랑에 얽매여 있는 어수선한 감정에서 벗어나, 또 다른 젊음을 즐길 수 있다는 기쁨을 깨달은 카알은, 다시 밝은 표정으로 저녁때가 되면 두세 명의 장난꾸러기 친구들 틈에 끼어 모험을 즐기기 위해 거리에 나섰다.

순찰 중인 경찰관을 골탕 먹인다든가, 불이 켜져 있는 집 창문을 두드려 댄다든가, 초인종을 눌러 집안 사람을 깨우거나, 벨 누름단추에 성냥개비를 끼워 작동하지 않게 하거나, 쇠사슬에 묶여 있는 개가 짖게 한다든가, 으슥한 골목길에서 휘파람을 불거나 딱총, 불꽃으로 부녀자를 놀라게 하는 따위의 장난들이었다.

카알 바우엘은 겨울의 한가한 어둠을 틈타 이런 장난을 하는 것이 얼마간은 그런대로 재미있었다.

그런 때는 소년다운 들뜬 유쾌한 기분과 가만히 참고 있을 수만은 없는 체험의 강렬한 욕망에 휩싸여, 마침내는 난폭해지고 거침없이 일을 저지르기도 했다. 차츰 겁 없는 소년으로 변모해 갔다.

그리고 가슴이 후련해지는 듯한 두근거림을 아무에게도 밝히지는 않았지만, 술에 취한 듯한 만족감을 맛보았다.

그런 후, 그는 집에 돌아와서 오랫동안 바이올린을 켜거나 모험담을 쓴 책을 뒤적거렸다. 그러면 자기 자신이 마치 약탈하고 돌아온 강도나 용감한 무사 같아서, 피 묻은 칼을 닦아 벽에 걸어 놓고 벽난로에 장작불을 지피며, 그 불이 온화하게 타오르는 듯한 기분에 휩싸였다.

그러나 위험한 놀이를 계속하는 동안 차츰 무엇을 해도, 언제나 똑같은 허황한 소란으로 남에게 피해를 주는 나쁜 장난에 그칠 뿐 마음속에 기대하던 모험은 전혀 바랄 수가 없었다.

그래서 카알은 이런 장난에 싫증을 느끼기 시작했고 실망한 그는 난폭한 친구들과 차츰 멀어지게 되었다. 그런데 마음이 내키지는 않았지만, 마지막으로 놀이에 어울렸던 밤에, 결국 사건이 일어났다.

네 명의 소년은 짧은 단장을 휘두르면서 브르엘의 작은 골목길을 따라 걸으면서, 무슨 장난칠 것이 없을까 하고 머리를 짜내고 있었다. 한 친구는 코에 양철로 만든 코안경을 걸쳤고, 나머지 친구들은 헌팅캡을 뒤로 젖혀 쓰고 있었다.

그러자 한 하녀가 빠른 걸음으로 그들 곁을 앞질러 갔다. 그녀는 커다란 바구니를 팔에 걸치고 있었는데, 그 바구니에서 삐져나온 검은 리본 한끝이 길게 늘어뜨려져서 땅 위에 끌리고 있었다. 검은 리본이 바람에 팔랑거렸다.

카알은 별다른 생각 없이 무의식적으로 그 리본 끝을 잡았다. 그런 줄도 모르고 젊은 하녀는 앞으로 곧장 걸어갔으므로 리본은 점점 길게 풀려나왔다. 그러자 소년들은 큰 소리로 웃으면서 재미있어했다.

그때 아가씨가 뒤를 돌아다보고 사태를 깨닫자, 가던 걸음을 멈추고 되돌아오더니 소년들 앞에 마주 섰다. 블론드 빛깔의 아름다운 젊은 아가씨였다.

리본의 한끝을 잡고 있는 카알을 똑바로 본 다음 순간 따귀를 한 대 힘껏 때리고는, 리본을 재빨리 주워 가지고 돌아가 버렸다.

이번에는 얻어맞은 카알이 웃음의 대상이 되었다. 그러나 카알은 아무 말도 하지 않고 서 있다가, 다음 골목길로 접어드는 갈림길에 다다르자, 그들과 곧바로 헤어졌다.

이상한 기분이었다. 어둠이 깔린 골목길에서 잠깐 보았을 뿐인데, 그 아가씨가 무척 매력적이고 아름답게 느껴진 것이다. 그리고 그녀에게 얻어맞은 일이 무척 창피하기는 했지만, 오히려 후련한 기분이 들기까지 했다.

하지만, 그 귀여운 아가씨에게 어리석고 실없는 장난을 친 탓으로 아마도 자기를 길거리의 불량배로 여길 것이 틀림없으리라고 생각하니 후회와 수치심으로 하여 가슴이 아려왔다.

그는 어둠이 깔린 길을 천천히 걸어서 집으로 돌아왔다. 계단을 휘파람조차 불지 않고 조용하면서도 침울한 기분으로 올라갔다. 방안은 더욱 쓸쓸했다.

소년은 거의 반 시간이나 유리창에 이마를 기댄 채 어둡고 찬 방에 고즈넉이 앉아 있었다. 그러고 나서 바이올린을 꺼내어 조용하고도 애수 띤 곡만 골라 켰다.

그 멜로디 중에는 요 몇 년 사이에 한 번도 타보지 않던 곡도 있었다. 그러면서 그는 고향에 있는 누이동생이나 정원의 이곳저곳, 베란다 옆의 빨간 금련화, 밤나무 그리고, 어머니를 떠올려

보았다.

나중에는 피로에 지쳐 침대에 누웠으나 곧바로 잠들 수가 없었다. 그러는 동안 자기도 모르게 눈물이 하염없이 흘러내렸다. 못된 짓만 골라 했던 한 소년이 흘리는 참회의 눈물이었다. 눈물은 그가 잠들 때까지 계속 흘러내렸다.

이제 카알은 밤이면 같이 행동했던 불량소년들로부터 비겁자라는 말을 듣게 되었다. 그것은 그가 그 일이 있고 난 후부터 밤 외출을 삼갔기 때문이었다.

그 대신 『돈 카루로스』라든가, 엠마누엘 카이벨의 시라든가, 비일나키의 『난파선 이야기』를 읽고 독후감을 쓰든가, 일기를 쓰기 시작했다. 그리고 언제나 친절한 바베트의 도움도 받지 않으려고 노력했다.

바베트는 요즈음 소년이 어딘가 불편한 모양이라고 자기 나름대로 생각하고 있었다. 그러나 소년을 돌봐주기로 이미 약속했으므로 어느 날, 그의 방에 모습을 나타냈다.

물론 먹을 것을 가지고 갔다. 큼직한 리옹제 소시지 한 조각을 가지고 가서, 자기가 보는 앞에서 먹으라고 재촉하였다.

"바베트, 정말 배가 고프지 않아요."

하고 카알이 말했다.

그러나 그녀는 젊은이는 먹는 것을 등한시해서는 안 된다고 고집을 부렸다. 카알이 자기가 말한 대로 하지 않으면 용서치 않겠다는 표정이었다.

그녀는 전해 듣기를 라틴어 학교 학생들은 지나치게 많은 공부를 한다는 사실을 알고 있었다. 하지만 자기가 돌봐주는 카알이 공부를 열심히 하기는커녕 쓸데없는 불량한 놀이에 빠져 있다는 사실을 몰랐기 때문에, 그의 식욕이 전처럼 왕성하지 못하고 줄어든 것은 틀림없이 병이 난 데 원인이 있다고 생각한 것이다.

그런 판단으로 카알을 부드럽게 달래면서 건강 상태를 주의 깊게 살펴보고는 소화제를 곁들인 설사약까지 권하는 데에 놀라지 않을 수 없었다.

카알은 할 수 없이 멋쩍게 웃었다. 그리고 자기는 아무 이상 없이 건강하며 식욕이 줄어든 것은 요즈음 기분이 좋지 않아서 그랬노라 변명하느라고 애썼다. 그러자 그녀는 곧 모든 것을 이해한다는 투로 말했다.

"그런데 요즘은 전혀 휘파람 소리를 듣지 못했어요. 혹시 좋아하는 사람이 생긴 거 아녜요?"

그 말에 카알은 약간 얼굴이 붉어졌지만, 화가 난 듯한 표정을 지으면서 그녀의 말을 완강히 부인했다. 그러고는 기분을 전환하면 괜찮을 것이라고 덧붙여 말해 주었다.

그러자 바베트는 명랑한 어조로 조금은 신이 나서 말했다.

"그렇다면 좋은 일이 있어요. 내일 아래 거리에 살고 있는 리이스의 결혼식이 있어요. 약혼한 지 오래되었거든요. 신랑의 직업은 어느 조그마한 공장의 기술자예요. 좀 더 나은 곳으로 시집갈 수도 있었겠지만, 그 남자는 아주 착실한 사람이고, 뭐 돈만이 행복의 조건은 아니고, 그것을 내세울 수도 없잖아요? 이 결혼식에 참석해 보는 것이 어떻겠어요. 리이스는 이미 학생하고는 친하고, 조용히 하객으로서 축하해 주면 모두 반가워할 거예요. 또 과수원집의 안나, 교회의 그레타도 오기로 약속했어요. 그러니 나하고…… 다른 하객들은 별로 없을 거예요. 비용만 더 들고 뭐 도움 되는 일이 있겠어요. 말하자면 가까운 사람들끼리만 모여서 조촐한 자리를 마련하려는 거죠. 떠들썩한 무도회나 호사스러운 음식은 없지만 즐겁게 보낼 수 있어요."

"그렇지만 난 초대를 받지 않았잖아요."

하고 카알은 망설이는 듯한 투로 말했다.

왜냐하면 별로 재미있는 일도 없을성싶어서였다. 그러나 바베트는 여전히 웃음 띤 얼굴로 말했다.

"그런 것까지 걱정할 필요는 없어요. 내가 다 알아서 할게요. 그리고 저녁 한두 시간이면 충분해요. 참 좋은 생각이 떠올랐어요. 학생의 바이올린을 가지고 가면 좋을 거예요. 알았죠? 더 이상 필요 없는 걱정일랑 말아요. 모두 즐거운 한때를 보낼 수 있을 거고, 학생에게도 감사하게 여길 거예요."

잠시 후 어린 신사는, 그녀의 말에 승낙했다.

다음날, 바베트는 해 질 무렵 카알을 데리러 올라왔다. 그녀는 소중히 간직해 두었던 젊었을 적의 나들이옷을 입고 있었는데, 그동안 몸이 불어서인지 갑갑하고 덥다고 했다. 마치 자기가 결혼식을 올리는 신부인 양 얼굴이 상기되어 있었다.

그러나 카알이 아직 외출복으로 갈아입고 있지 않으므로 더 이상 시간을 지체할 수 없다면서 컬러만 바꿔 달도록 했다. 그러고 나서는 손수 그의 구두를 닦아 주었다.

두 사람은 함께 신랑 신부가 부엌과 침실이 딸린 방에 신혼살림을 차린 교외의 낡은 아파트로 향했다. 카알은 바이올린을 가지고 갔다.

이제는 눈이 녹아내리고 있었으므로 두 사람은 구두를 더럽히지 않으려고 천천히 조심스럽게 걸어갔다. 바베트는 무척 큰 멋없는 우산을 옆에 끼고 어두운 붉은 빛 스커트를 양손으로 치켜들고 걸었으므로, 카알은 어이가 없어서 혹시 함께 가는 것을 다른 사람이 볼까 봐 약간은 부끄러운 생각까지 들었다.

신혼부부의 침실은 회를 바른 허술한 방이었지만, 참나무로 만든 식탁 둘레엔 7, 8명이 이미 자리를 잡고 앉아 있었다.

신랑 신부 외에 신랑 친구가 둘, 신부 측 어머니와 친척, 친구들 세 사람이 참석해 있었다. 하객들을 위해 차린 음식은 샐러드를 곁들인 로스트 포크가 나온 후여서, 식탁에는 과자가 놓여 있었고, 옆의 상에는 커다란 접시가 두 개 놓여 있었다.

바베트와 카알이 들어서자, 모두 자리에서 일어섰다. 그러자 주인인 신랑은 부끄러운 듯 두 번이나 거듭해서 인사했고, 오히려 인사말과 소개는 신부가 했다. 손님들은 나중에 온 사람을 악수로 맞아들였다.

"과자를 좀 드세요."

하고 신부가 말했다. 신랑은 그녀 곁에서 잠자코 새 컵을 두 개 갖다 놓은 다음, 맥주를 따랐다.

아직 램프가 켜져 있지 않았으므로 카알은 인사를 나눌 때 교회의 하녀로 있는 그레타 이외에는 알아보지 못했다. 바베트의 주의를 듣고서야, 카알은 미리 그녀가 준비해 준 축하금을 신부에게 건네주었다. 그리고 축하의 말을 했다. 그러고 나서 권하는 의자에 앉아 맥주 컵을 대하게 되었다.

이때 돌연, 그는 언젠가 브르엘 골목길에서 자기의 얼굴을 때렸던, 그 젊고 아름다운 하녀의 얼굴을 바로 자기 옆자리에서 발견하고는 깜짝 놀랐다. 그러나 그녀는 그를 알아보지 못한 듯한 표정이었다.

그녀는 그의 얼굴을 마주 보고도 아무런 기색이 없었고, 이내 신랑의 선창으로 모두 함께 건배를 들 때도, 그녀는 맵시 있게 그의 잔에 자기의 잔을 맞부딪쳤다.

그래서 좀 안도하게 된 카알은 가슴을 펴고 그녀를 똑바로 바라보았다. 사실은 그때 잠깐 본 이후로 한 번도 본 적이 없는 그 얼굴을, 그는 날마다 마음속으로 몇 번이나 떠올리곤 했었다. 그런데 이상하게도 오늘 본 그녀의 얼굴은 사뭇 달랐다.

그녀는 그가 마음속에 떠올리던 모습보다도 더 부드럽고 화사하고 가냘프게 보였다. 그러면서도 그가 상상했던 대로 아름답고 훨씬 애교가 넘친 모습을 하고 있었다. 그리고 한 가지 중요한 점은, 그녀가 거의 자기와 같은 또래로 보이는 것이었다.

손님들 특히, 바베트와 안나가 이야기에 열중해 있는 동안 카알은 그녀들의 말을 묵묵히 듣고만 있었다. 그리고 맥주 컵을 만지작거리면서 젊은 아가씨에게서 눈을 잠시도 떼지 않았다.

때로는 그녀의 입에 키스하고 싶다고 생각한 적이 얼마나 많았

던가를 생각하자, 부끄러움과 함께 스스로 자신의 용감함에 놀랄
정도였다.

그녀를 오래 눈여겨보면 볼수록 그런 것은 이루어질 수 없는
불가능한 일인 것처럼 느껴졌다.

카알은 한참 동안을 아무 말 없이 흥미 없는 얼굴을 한 그녀에
게 정면으로 맞설 용기가 없었다.

그때 바베트가 그의 이름을 부르고 바이올린을 한 곡 부탁했
다. 카알은 조금 주저하다가 용기를 내어 케이스를 열고 바이올
린을 꺼내 음을 고른 다음에, 모든 사람이 잘 아는 민요를 한 곡
연주했다.

좀 높은 가락으로 연주했지만, 그 자리에 있던 젊은 남녀들은
즉시 그 노래를 따라 불렀다.

그러자 실내의 공기가 부드러워지면서 활기를 찾기 시작했다.
테이블 위에 불이 켜진 램프가 놓이고 더욱 밝아졌다. 손님들도
한 차례씩 노래를 불렀고, 이어 새로운 음식을 계속 차려내 왔다.

카알은 댄스곡을 잘 알지 못했지만, 그중의 한 곡을 켜자, 세
사람이 일어나서 좁은 방안을 웃고 떠들면서 춤추었다.

거의 밤 아홉 시가 다 되어서야 손님들이 돌아가기 시작했다.
블론드의 아가씨가 큰길까지 바베트와 카알을 배웅하듯 함께 걸
었다.

카알은 조금 마음을 가다듬고 그녀에게 말을 걸었다.

"이 거리의 어디서 일하시나요?"

"시장 거리에 있는 콜데라 상회에서 일하고 있어요."

"아! 그러시군요."

"네, 저기 보이죠?"

그리고 잠시 침묵이 흘렀다. 그러나 그는 용기를 내어 다시 물었다.

"이곳에 온 지 오래되셨나요?"

"반년쯤 되었습니다."

"전, 한 번 뵌 적이 있습니다."

"그런데 전 뵌 기억이 전혀 없네요."

"언젠가 저녁때 브르엘 골목길에서 있었던 일, 생각 안 나십니까?"

"글쎄요! 전혀 기억에 없군요. 길거리에서 만나는 사람들을 다 기억할 수야 없죠."

카알은 안도의 숨을 내쉬었다. 그때 그가 장난을 친 사람이었다는 것을 전혀 모르고 있음이 분명했다. 그는 그녀에게 그때의 일을 진심으로 사과하려고 했다.

그러는 사이 어느덧, 그 거리의 길목에 와 있었기 때문에 그녀는 작별하기 위해 잠시 멈춰서서, 바베트의 손을 가볍게 잡았다.

그러고는 카알을 돌아보며 말했다.

"그럼 안녕히 가세요. 오늘은 정말 감사했어요."

"무슨 말씀인지……"

"바이올린, 고운 노래에 대해서요. 그럼, 실례하겠어요."

카알은 그녀가 막 돌아서려고 할 때 손을 내밀었다. 그러자 그녀는 가볍게 그의 손을 잡았다가 놓으며 가던 걸음을 재촉했다.

이윽고 집에 돌아와서 카알이 계단 중간쯤에서 바베트에게 인사할 때, 그녀가 물었다.

"어때요. 재미있어요?"

"아주 훌륭했습니다."

정말, 그는 행복한 기분을 느꼈다. 그리고 어두운 곳이길 천만다행이라고 생각했다.

왜냐하면 얼굴이 뜨겁게 달아오르는 것을 느꼈기 때문이다.

이제는 해가 조금씩 길어졌다. 날이 갈수록 날씨는 더욱 따뜻해지고 푸른 하늘을 볼 수 있는 날이 차츰 많아졌다.

그늘진 개울이나 응달의 정원 구석에 오랫동안 얼어붙어 있던 볼썽사나운 얼음이 녹아 없어지고, 햇살이 밝은 오후에는 불어오는 바람에서도 이제 봄의 기운을 느낄 수 있었다.

먼 산들이 차츰 밝은 빛을 띠어 갔다.

그래서 바베트도 전과 같이 뒤뜰의 모임을 다시 열었다. 그리고 날씨가 허락하는 동안은 지하실 입구 앞에 나란히 앉아서 지난겨울 동안의 잡다한 이야기로 꽃을 피웠다.

그러나 카알은 의도적으로 참여하지 않고 그 아가씨 생각 속에서 지냈다. 자기 방에서 하던 일들, 동물을 기르거나 조각이나 목공 일도 언제부터인가 그만두었다.

그 대신에 크고 무거운 역기를 사다 놓고 바이올린을 켜도 마음이 허전할 때는, 그것을 온몸이 녹초가 되도록 들어 올렸다.

그 밝은 블론드 머리의 젊은 하녀와는 그 후 몇 번인가 마주칠 기회가 있었다. 그때마다 그녀가 더 좋아졌고 더욱 아름답다는 생각이 들었다.

그러나 이야기를 나눌 시간은 없었다. 그럴 가능성이 있을 것 같지도 않았다. 그때마다 카알은 절망감 같은 것을 느끼곤 했다.

그러던 어느 일요일 오후, 그것은 3월의 첫째 일요일 오후였는데, 집을 막 나서려다가 정원으로부터 들려오는 젊은 아가씨들의 생긴 넘친 목소리를 들었다.

문득 호기심에 문 옆에 바짝 붙어 서서 틈 사이로 바라보니, 그레타와 꽃집의 쾌활한 마그리트가 앉아 있는 것이 보였고, 그 두 여자 바로 뒤에 밝은 블론디의 머리가 보였다. 바로 그 아가씨였다.

블론디의 티이네라는 것을 확신하게 되자, 기쁨과 놀라움 때문에 카알은 우선 호흡을 가다듬고 용기를 북돋지 않으면 안 되었다. 그러고는 문을 열고 그녀들이 있는 곳으로 다가갔다.

"우리들은 학생이 높은 분이니까, 다시는 오지 않으리라고 생각했어요."

하고 마그리트가 웃으며 큰 소리로 말했다. 그러고는 맨 먼저 손을 내밀었다.

그러자 바베트는 손가락으로 그를 위협하는 시늉을 하고 나서는, 즉시 자리를 만들어 주며 앉으라고 권했다. 여자들은 하던 이야기를 계속했다.

그러나 카알은 잠시 앉아 있는 척하다가 자리에서 일어나 잠깐 여기저기를 돌아다니다가 티이네가 있는 자리로 갔다.

"아! 아가씨도 오셨군요."

"그럼요. 왜 오면 안 되나요? 전 당신이 언젠가는 오시리라고 생각했어요. 하지만 늘 공부에 열중하시나 보죠?"

"그렇지 않습니다. 학교에서 하는 공부만으로도 충분하니까요. 아가씨가 여기 오셨다는 걸 알았으면 꼭 참석했을 겁니다."

"어머! 농담도 잘하시네요."

"아닙니다. 이건 진심에서 한 말입니다. 참, 그 결혼식 때는 정말 즐거웠습니다."

"네! 저도 재미있었어요."

"당신이 계셔서 더욱 그랬을 겁니다. 그건 사실입니다."

"말솜씨도 좋으시네요. 농담도 잘하시고……."

"아닙니다. 너무 그렇게 섭섭한 말씀 하지 마십시오."

"섭섭한 말이라뇨?"

"사실 전, 이젠 다시 아가씨를 못 만나는 게 아닌가 하고 걱정했답니다."

"그래요? 그럼 만나지 못했다면, 어떡하시겠어요?"

"만일 그렇게 된다면…… 음, 어떻게 했을지, 그건 나도 모르죠. 어쩌면 물속으로 뛰어들었을는지도 모르겠습니다."

"어머머! 그러면 가엽게도 몸이 몽땅 젖으실 텐데……."

"제 말을 당신은, 그저 농담으로 생각하시겠지만……."

"그렇진 않아요. 하지만 당신은, 지금 저를 너무 당황하게 하고 있어요. 말조심하세요. 제가 믿고 싶어지니까요."

"믿어주십시오. 제가 한 말은 모두 진심입니다."

이때 돌연한 그레타의 고함에 이야기가 중단되었다.

그녀는 어느 인정머리 없는 주인이 하녀를 학대하여 식사도 제대로 주지 않고, 병이 나면 사정없이 내쫓는다는 이야기를 언성 높여 떠들어 댔다. 그러자 이 말에 화들이 나서는 제각기 떠들기 시작했고, 바베트가 조용히 하라고 주의를 주었다.

토론에 열중한 한 아가씨가 티이네의 허리를 한 팔로 껴안고 있었으므로, 카알은 그녀와 단둘이서 이야기 나누는 것을 단념하지 않으면 안 되었다.

좀처럼 기회가 오지 않았다. 이럭저럭 두어 시간이 지난 후에 마그리트가 해산 신호를 할 때까지, 그는 인내심을 갖고 기다리고 있어야만 했다. 이미 사방에는 어둠이 깔렸고 날씨마저 선선했다.

카알은 짧게 인사하고는 자리를 떴다.

그로부터 15분쯤 후에 티이네가 그녀의 집 근처에서 맨 마지막으로 동행한 아가씨와 헤어지고는 혼자 걸어가고 있었다.

그때 갑자기 단풍나무 뒤에서 카알이 뛰어나와 그녀 앞으로 다가오며, 약간 수줍어하면서 인사를 했다.

카알의 돌발적인 행동에 그녀는 놀라워하며 성난 시선으로, 그를 노려보며 말했다.

"이봐요, 학생! 대체 무슨 볼일이 있는 거죠?"

그녀는 소년이 침착성을 잃고 표정이 창백하다는 것을 짐작했다. 그래서 약간 부드러운 음성으로 되물었다.

"어떻게 된 거예요?"

그녀의 말에 그는 더욱 더듬거리며 명확하게 말하지 못했다. 그래도 그녀는 그가 무슨 말을 하려 하는지 짐작할 수 있었다. 지금 그의 태도가 진실하다는 것을 알았다.

그리고 소년이 그녀 자신을 진심으로 받아들이고 있는 것을 보고 애처로운 생각도 들었지만, 한편으로는 무한한 자랑과 희열의 기쁨을 느꼈다.

"필요 이상의 생각은 좋지 않아요."

하고 그녀는 부드러운 음성으로 나직하게 말했다. 그리고 애써 눈물을 참고 있는 소년의 표정을 보며 덧붙였다.

"우리 다음에 이야기해요. 오늘은 너무 늦었어요. 그렇게 흥분하면 안 돼요. 안 그래요? 그럼, 우리 다시 만나요."

그렇게 말하고 그녀는 고개를 약간 숙여 보이고 어둠 속으로 걸어갔다. 곧 그녀의 모습은 그의 시야에서 사라졌다.

카알은 어둠 속을 아주 천천히 느린 걸음으로 걸었다. 그러는 사이에 날씨는 더욱 선선해지면서 밤이 되었다.

그는 골목길을 벗어나서 광장을 가로질러 집들과 벽과 정원과 물이 조용히 넘쳐흐르는 샘 옆을 지나 밭과 들판이 있는 곳까지 왔다.

그러고는 다시 거리로 돌아와서 시청 아치 밑을 지나 광장을 따라 걸었다. 그러나 모든 것은 이제 달라져 있었다. 전혀 본 적 없는 다른 광경으로 변화되어 보였다.

자기는 한 여자를 이미 사랑하고 있고, 마침내 그것을 그녀에게 고백한 것이다. 그러자 그녀 역시 자기에게 틀림없이 호의를 갖고 있으며, "우리 다시 만나요."하고 말해 주었다.

오랫동안 그는 어둠 속을 목적도 없이 배회하였다. 그리고 몸이 으스스해 왔으므로 두 손을 바지 주머니에 찔러넣고 걸었다.

자기 하숙집 앞 골목길로 접어든 순간, 문득 꿈에서 깨어난 듯 그는 이미 밤이 깊은 것도 개의치 않고 높고 강한 휘파람을 불기 시작했다. 그 소리는 고요한 밤공기를 타고 더욱 크게 울려 퍼졌고, 쿠스텔라 미망인의 집 차가운 복도 끝에서 멎었다.

티이네는 이번 일을 어떻게 처리하면 좋을까 하고, 여러 가지로 생각하지 않을 수 없었다. 열에 들뜬 것 같은 소년의 달콤한 흥분과 동경에 이성을 잃은 나머지 사물을 올바르게 판단하지 못하는 사랑에 빠진 그보다도, 오히려 그녀 쪽이 더욱 괴로웠다.

이러한 소년의 변화를 마음속으로 생각해 볼수록 그 천진한 소년의 일을 단호하게 거절하거나 비난할 수가 없었다.

또한 무엇보다도 그녀에게는 그와 같은 품위 있고 교양을 갖춘 순진한 젊은이가, 자기에게 호감을 품고 있으며 사랑하고 있다는 사실에 감격하지 않을 수 없었다. 이것은 새로운 기쁨이며 환희이기도 했다.

그러나 진정한 의미에서 생각해 보면, 그녀에게는 상처만 받게 되는 난처한 일일 뿐만 아니라, 경우에 따라서는 서로 슬픔만 간직한 채 끝내야 하는 고통이라는 것을 절감했다.

그렇다고 해서 몰인정한 대답을 하던가, 또 전연 의사를 분명히 표시하지 않음으로써, 그 가엾은 소년을 괴롭게 할 수도 없었다. 가능하면 반은 누이같이 반은 어머니 같은 친절한 마음으로 타이르고 싶었다.

여자란 이 나이쯤 되면 같은 나이의 남자들보다 훨씬 조숙하다. 더군다나 자기 생활을 스스로 꾸려가는 직업여성으로서는 여러 가지 세상일에서 공부만 하는 학생들보다는 많은 것을 경험하였고, 한편으로는 아는 것이 많다.

특히 나이 어린 학생이 맹목적인 사랑에 빠져 자기 의지를 잃고 여자의 마음에 좌우될 때는 더욱 그렇다.

카알이 던진 작은 파문에 어찌할 바를 모르게 된 티이네는 이틀 동안 그 생각에 빠져 고민하지 않으면 안 되었다. 명확하게 거절하는 게 옳은 방법이라고 판단하면서도, 또 다른 그녀의 마음이 그것을 거역하고 있었다.

그녀는 소년을 사랑하는 것은 아니지만, 동정심 같은 따뜻한 호의도 아울러 지니고 있었다.

결국 그녀는 이러한 상황에서 사람들 대부분이 행하는 방법대로 하기로 결심했다. 그것은 자기의 결심을 오랜 시간에 걸쳐 검토해 보면서 상대편의 마음을 살펴보는 일이었다.

그렇게 되면 차츰 흥분해 들떠 있던 마음도 가라앉아 맨 처음의 상태로 되돌아가는 법이다. 그리고 막상 일을 결정해야 하는 순간이 오면, 그때의 형편에 따른다는 것이었다. 그것은 카알 바우엘도 똑같은 마음이었다.

그녀는 사흘째 되던 날 늦은 밤에 물건을 사러 집 밖으로 나왔을 때, 그곳을 배회하던 소년과 마주쳤다. 그때 카알은 공손히 인사했지만, 무척 당황한 것이 역력했다.

두 젊은 남녀는 갑작스러운 만남에 무슨 말을 해야 할지 서로 당황하고 있었다. 티이네는 혹시 남들이 보지 않을까, 두려운 나머지 열려 있던 문 안으로 성급히 몸을 피했다.

그러자 카알도 겁에 질린 채, 그녀를 따라 안으로 들어갔다. 바로 문 옆에 있는 마구간에서 인기척에 놀란 말이 발을 구르는 소리가 났다.

그러자 근처의 어느 집에서, 이제 처음 금관악기를 배우는 듯 서투른 연습 소리가 들려왔다.

"그런데 저 사람은 지금 무슨 곡을 부는 걸까요?"

하고 티이네는 낮은 목소리로 말하며 웃음 지었다.

"티이네!"

"네? 왜 그러세요?"

"티이네……."

소심한 소년은 어떤 선고가 자기를 기다리고 있는지, 또 지금 그녀가 자기를 피하고 있다고는 생각지 않았다.

"당신이 너무 좋아서 그렇습니다."

하고 그는 거의 모깃소리만 한 음성으로 말했다. 그리고 자기가 그녀를 당신이라고 부른 데 대해서 스스로 놀라고 있었다.

티이네는 잠시 아무 말 없이 침묵했다. 그러자 이미 자제력을 잃은 카알은 그녀의 손을 잡았다. 그러면서도 그는 수줍어하고, 그녀의 손을 잡은 소년의 손은 너무 긴장한 탓인지 촉촉이 젖어 있었으므로, 티이네는 혼내줘야 한다고 생각하면서도 그렇게 할 수가 없었다.

오히려 그녀는 이 연약한 젊은 연인의 머리카락을 조용히 어루만져 주었다.

"정말 화난 것이 아니지요?"

그는 행복한 듯한 음성으로 물었다.

"그럼요. 화가 날 일이에요. 그렇지만, 이젠 나갔다가 와야 해요. 집에서 다들 기다리고 있어요. 난 지금 소시지를 사러 가던 참이었어요."

하고 티이네는 부드럽게 웃으면서 말했다.

"함께 가면 안 될까요?"

"그건 안 돼요. 먼저 댁으로 돌아가세요. 우리가 함께 있는 걸 남들이 보면 안 돼요."

"그럼, 안녕! 티이네!"

"그래요. 오늘은 그냥 돌아가는 것이 좋겠어요."

카알은 좀 더 여러 가지 물어보고 싶은 것이 있었고, 부탁하고 싶은 말도 있었지만, 이제는 그런 것들을 모두 잊어버리고 행복한 걸음으로 걸어갔다.

잔돌이 깔린 보도가 마치 부드러운 잔디밭이기라도 한 것처럼 가볍고 경쾌한 걸음걸이였다. 그리고 눈이 부시도록 밝은 곳에 막 도착한 것처럼 눈앞이 황홀해져서, 아무것도 보이지 않고 다만, 마음속에 떠오르는 모습만 어른거릴 뿐이었다.

티이네와는 대화다운 이야기도 나눠보지 못했지만, 그는 그녀를 연인처럼 당신이라고 불렀고, 그녀도 그렇게 말하도록 허락해 준 셈이었다.

그때 그는 아가씨의 손을 꼭 움켜쥐었다. 그러자 티이네는 자기의 머리를 어루만져 주기까지 하였다. 그런 생각만 해도 그는 한없이 기뻤다.

그리고 오랜 세월이 지난 뒤에도 그날 밤의 일을 떠올릴 때마다, 그는 행복과 환희에 찬 감사의 마음이 고요한 물 위에 등불이 비치듯이, 그의 마음을 채워 줄 것이다.

며칠이 지나서 티이네는 그때의 일을 돌이켜 보고, 어떻게 해서 그렇게 되었는지, 전혀 이해할 수가 없었다. 그러나 카알이 그밤의 일을 행복하게 여기고, 또 그녀에게 매우 고맙게 여긴다는 사실을 확연히 느낄 수 있었다.

무엇보다도 학생인 그가 소년다운 순진한 수줍음이 있어서 큰 걱정거리가 되리라고는 생각되지 않았다.

어쨌든 이 지혜로운 아가씨는 자기에게 열중해 있는 소년에게 이제부터 일어나는 일은 전적으로 자기에게 책임이 있다는 것을 알고 있었으므로, 더 이상 두 사람의 관계가 깊어지기 전에 가능한 한 원만하게, 그리고 확실하게 바른길로 인도해 주려고 결심했다.

왜냐하면 첫사랑이라는 것은 설혹, 그것이 제아무리 풋풋하고 감미로울지라도 그 당시만의 젊은 한때, 인생의 이른바 우회하는 길에 불과하다는 것을, 그리 오래 전의 일은 아니지만, 자신의 삶을 통해서 체험하고 고민해야 할 과제임은 분명했다.

그래서 그녀는 카알이 이 사건을 해결하는 데 고통받지 않고 슬기롭게 헤쳐 나가도록 도와주려고 생각한 것이다.

그 후에 두 사람이 다시 만난 것은 일요일 오후 바베트의 집에서였다. 그때 티이네는 카알에게 사랑스러운 눈길을 주며 인사했고, 자리에 앉아서도 웃음을 보내며 고개를 끄덕였다.

몇 번인가 대화 속으로 그를 끌어들이려고 했지만, 이전과 다름없이 여전히 수줍어했다. 그러나 카알에게는 그녀가 조금만 미소 지어도 이 세상 어느 것과도 비교할 수 없는 값비싼 선물처럼 생각되었다. 그리고 그 눈길 하나하나에서 작렬하는 듯한 불꽃을 보는 듯했다.

그로부터 2, 3일 후 티이네는 소년과 모든 것을 매듭지을 기회를 만들었다. 학교 수업이 끝난 오후였다.

그날도 카알은 티이네 집 근처를 배회하고 있었다. 그것이 바로 그녀의 큰 걱정거리였다. 그녀는 작은 뜰을 빠져나와 집 뒤에 있는 목재 창고로 그를 데리고 갔다. 톱밥과 마른나무 냄새가 강하게 풍겼다.

그녀는 단호하게, 그러면서도 사려 깊게 그에게 단단히 주의를 주었다.

무엇보다도 그가 그녀의 뒤를 쫓아다닌다든가, 집주변을 할 일 없이 더 이상 배회하지 말라고 간곡히 부탁했다. 또한 젊은 연인이 가져야 할 몸가짐이나 예의에 관해서도 설명해 주었다.

"모임이 있을 때마다 바베트 댁에서 만날 수 있잖아요? 그리고 돌아갈 때도 경우에 따라서는 함께 걸을 수도 있어요. 물론 저의 집까지는 안 되고, 다른 친구와 동행하는 데는 상관없어요. 남이

봐도 이상하게 보지 않을 거 아녜요. 남의 눈을 조심하고 경계하지 않으면 나쁜 소문이 돌게 돼요. 그러면 모든 것이 허사가 되지 않겠어요. 세상 사람들이 생각하는 건 우리와는 너무 달라요. 연기만 보고도 불이 났다고 하거든요."

"그렇지만, 우리는 절친한 사이니까……."

하고 카알은 젖은 목소리로 말했다. 그러자 티이네가 웃으며 말했다.

"저하고 절친한 사이라구요? 어머, 벌써 그런 말씀까지. 그런 말을 바베트나 고향에 계신 부모님, 또는 선생님이 들었다고 생각해 봐요. 그야 나도 학생이 무척 좋긴 해요. 그래서 학생에게 나쁜 일이 없길 바라요. 그렇지만 학생이 나하고 더 친밀하게 지내려면 그 전에 독립해서 자기의 생활을 꾸려갈 수 있어야 해요. 그때까진 노력이 필요할 거예요. 지금은 학생의 신분으로서 저를 좋아할 뿐이에요. 제가 학생에게 호의를 갖고 있지 않으면 이런 말은 하지도 않을 거예요. 그러니까 제가 이런 말을 한다고 해서 비관할 필요는 없어요. 또 비관한다고 무슨 일이 되겠어요?"

"그럼 나보구 어떡하란 말이야. 당신도 나를 좋아한다고 했잖아요."

"어머! 카알. 그런 건 다음 문제예요. 다만 당신이 사리를 정확히 판단하고, 학생 나이에는 바랄 수 없는 것을 구하려고 해서는 안 돼요. 그냥 우리는 사이 좋은 친구로 지내요. 그리고 때를 기다리도록 해요. 시간이 지나면 모든 일이 바라는 대로 잘될 거예요. 내 말을 믿어야 해요."

"정말 그렇게 생각해? 그렇지만 난 꼭 얘기하고 싶은 말이 있거든……."

"무슨 말인데요."

"저어, 말하자면……."

"말씀하세요."

"……저, 언제쯤 키스해 주지 않나 하는……."

그녀는 망설이며 묻는 카알의 붉어진 얼굴과 너무나 소년스러운, 그의 입술을 바라보았다. 그리고 문득 한순간 소년의 소원을 들어주어도 좋을 것 같다는 강렬한 충동을 느끼기도 했다. 그러나 곧 자신을 책망하고는 블론드 머리를 세차게 흔들었다.

"키스라고 하셨나요? 왜요?"

"화내지 말아요, 제발. 꼭 무슨 뜻이 있어서가 아니고 그냥……."

"화를 낸 건 아녜요. 그렇지만 학생이 너무 버릇없이 굴면 안 돼요. 그 일에 대해서는 다시 얘기해요. 이제 겨우 시작에 불과한데, 벌써 키스하고 싶다니 말이나 돼요. 그런 건 장난삼아서 하는 게 아녜요. 자, 이젠 정신 차리세요. 그럼, 일요일에 또 만나요. 그래 바이올린을 가져오세요. 괜찮죠?"

"네, 그럴게요."

티이네는 그가 생각에 잠겨서 기분이 좋지 않은 듯한 걸음걸이로 걸어가는 소년의 뒷모습을 바라보고 있었다. 그리고 카알은 성실한 젊은이라고 생각했다. 그를 너무 괴롭혀서는 안 되겠다는 마음이 그녀를 연민의 정으로 가득 채웠다.

티이네의 주의 깊은 말은 카알에게는 말하자면 쓰디쓴 약이었지만, 그는 결국 그 말에 복종한 셈이 되고 말았다. 그리고 그것은 그에게 나쁜 일도 아니었다.

사실 그는 연애를 약간 다른 식으로 상상하고 있었으므로, 처음에는 실망했었다. 하지만 마침내 남에게 주는 것은 받는 것보다 더 행복하고, 사랑한다는 것은 사랑받는 것보다 더 아름답고 남을 행복하게 해주는 것이라는, 옛말의 진리를 비로소 발견하고 깨닫게 되었다.

또한 자기의 연정을 숨길 것도 부끄러워할 것도 없었다. 지금 자기가 하는 사랑은, 현재로서는 보답받지 못했지만, 인정받았다는 사실이 그에게 어떤 즐겁고 자유로운 기분을 준 것만은 확실했다.

그리고 이제까지의 가치 없는 일상생활의 좁은 세계에서 벗어나, 좀 더 높고 커다란 야망과 이상의 세계를 바라볼 수 있게 시야를 넓혀 주었다.

그 후부터는 언제나 그녀들의 모임이 있을 때마다 참석해서 바이올린으로 두세 곡을 연주해 주곤 했다.

"이것은 당신만을 위한 거야, 티이네. 나는 그것밖에, 당신에게 줄 것이 없어요."

하고, 그는 나중에 둘만 있게 되었을 때 수줍은 음성으로 말했다.

봄이 무르익어 갔다. 그러자 엷은 초록빛 목장에는 노랑 과꽃이 피고 밝은 숲으로 덮인, 먼 산들이 조금씩 짙은 빛으로 변하기 시작했고, 나뭇가지에는 어린 잎새에 베일이 씌워지면서 철새들이 돌아왔다. 봄의 합창이 시작된 것이다.

아낙네들은 히아신스나 제라늄 화분을 창밖 녹색 칠을 한 화분걸이에 내놓았다. 남자들은 한낮이 되면 가벼운 셔츠 차림으로 식후의 휴식을 한가롭게 취하고, 저녁이 되면 집 밖에서 '구주놀이'를 즐겼다. 그러는 동안 젊은 사람들은 마음이 들뜨고 정열에 불타 사랑을 꽃피울 자리를 찾았다.

이제 완연히 초록색으로 덮인 계곡 사이에까지 부드러운 봄볕이 미소 지으며 쏟아지는 어느 일요일에, 티이네는 친구 한 사람과 산책하러 나갔다.

그녀들은 한 시간가량 걸리는 숲속의 옛 성터 엠마뉴엘스브록으로 가는 중이었다. 그런데 거리를 지나 교외의 어느 음식점 앞을 지나가자, 그곳에서는 요란스러운 음악 소리가 울려 퍼지고 드넓은 잔디밭에서는 많은 사람이 민요풍의 슬로우 왈츠를 추고 있었다.

그만 그녀들은 그 유혹에 빠질 뻔했으나 스스로 자제하고 걸음을 재촉했다. 그러나 마음은 뒤에서 들려오는 음악 소리에 빼앗기고 있었다. 자연히 발걸음이 느려졌다.

그러자 두 여자는 더 걸을 생각을 못 하고 길가의 목장 울타리에 기대어 귀를 기울였다. 그런 자세로 얼마간 있다가 다시 용기를 내어 앞으로 나아가려고 했지만, 역시 마음을 끄는 즐거운 음악 소리에 마침내 두 여자는 오던 길로 다시 돌아섰다.

"옛날부터 있던 옛 성터는 없어지지 않을 거예요."

하고 그녀의 친구가 변명처럼 말했다.

두 여자는 그 말을 핑계 삼아 두 눈을 내리깔고 얼굴을 붉히면서 음식점 앞 잔디밭으로 들어섰다. 갈색의 나뭇가지와 반짝이도록 윤이 나는 밤나무 잎사귀들이 그물처럼 돋아난 틈으로, 푸른 하늘이 더욱 파랗게 미소 짓는 것 같았다.

참으로 유쾌한 늦은 오후의 한때였다. 그리고 해 질 무렵에 티이네가 거리로 되돌아올 때는 그녀 혼자가 아니었다. 그녀를 데려다준 사람은 몸이 건장하며 아주 인상이 좋은 청년이었다. 또한 매우 친절했다.

아름다운 티이네는 좋은 사람을 만난 것이다. 그 청년은 목공소의 직공이었는데 책임자가 되어 결혼할 수 있게 되기까지에는 그다지 오랜 시간이 필요하지 않은 듯했다.

그는 자기의 애정 표현을 간접적인 비유를 들어서 말했지만, 자기의 생활이라든가 앞으로의 계획에 대해서 명확하고 자신 있게 이야기했다.

그의 말에 의하면 티이네가 알지 못하는 사이에, 이미 그는 두세 번 그녀를 본 적이 있어 그때부터 호감이 있었으며, 따라서 지금의 마음은 단순히 일시적인 사랑의 유희를 위한 것이 아니라는 사실을 알게 되었다.

그 후부터 티이네는 일주일 내내 그와 만났다. 그리고 날이 갈수록 더욱 호감이 커졌다. 동시에 두 남녀는 여러 가지 서로가 알고 싶은 이야기를 모두 나누었고, 마침내 의견이 일치하여 자기들 사이는 물론 가까운 이웃이나 친지들에게 약혼자처럼 행동하기에 이르렀다.

　최초의 꿈과도 같은 흥분이 가라앉은 뒤, 티이네는 조용하면서도 엄숙할 정도로 가슴 벅찬 기쁨에 휩싸여 있었다. 그 때문에 얼마 동안 모든 잡다한 일들을 잊었다.

　그런 사이에 아무것도 모른 체 헛되게 티이네를 기다리며 그리워하는 가엾은 카알 바우엘까지도 까맣게 잊었다.

　그러던 어느 날 문득, 전혀 생각지도 않던 소년을 다시 떠올리자, 티이네는 그가 너무 가엾게 여겨져서 이번 일은 당분간 비밀로 간직하기로 마음먹었다. 하지만 그런 행동이 결코 올바른 것이 아니라는 생각은 들었다. 생각해 볼수록 난처한 것은 그녀뿐이었다.

　아무것도 모르는 소년에게 갑자기 모든 것을 밝힌다는 것이 매우 불안스럽게 여겨졌다. 하지만, 또 그것이 유일한 방법이라는 것을 깨달았다. 그리고 비로소 소년과의 작은 약속이나 그녀가 취한 행동이 얼마나 위험한 일이었던가를 알게 되었다.

　어쨌든 카알이 그녀의 신상에 일어난 일을 남들에게서 듣기 전에, 어떻게든 말하지 않으면 안 되었다. 티이네는 자기의 일이 소년에게 나쁜 인상으로 기억되게 하고 싶지 않았다.

　사실, 명확하게 인식했던 것은 아니지만, 그녀 자신도 소년을 희미하게나마 사랑했다는 흔적을 발견하는 계기가 되었다.

　그리고 만약 그가 한 여자에게 속았다고 생각하게 된다면 가엾은 소년은 상심하여, 먼 훗날까지 상처를 입게 될지도 모른다고 느꼈다. 카알과의 일이 막상 이렇게까지 되리라고는, 그녀는 꿈에도 생각지 못했다.

마침내 망설임과 고민 끝에 그녀는 바베트에게 찾아갔다. 물론 바베트가 연애 사건을 해결해 줄 수 있는 가장 적임자라고는 생각지 않았다. 그러나 그녀가 학생을 귀여워하고, 그의 신변을 보살피고 있다는 것을 그녀는 알고 있었다.

그리하여 바베트에게는 야단을 맞더라도 연민에 혼자 괴로워하고 있을 소년이 의지할 곳도 없이 더 이상 혼자 둘 수는 없다는 판단에서 나온 행동이었다.

예상했던 대로 바베트는 화를 냈다. 그녀는 티이네의 이야기를 잠자코 듣고 나서는 마룻바닥을 발로 힘껏 구르며 화를 냈다.

"자기 좋을 대로 말하지 말아요. 티이네! 너는 어찌 되었든 간에 학생을 마음대로 농락한 거나 다름없어. 그 순진한 학생을 말이야."

"야단친다고 해결되는 건 아니잖아요? 아줌마, 단순히 제가 장난으로 그랬다면, 이렇게 찾아오지도 않았을 거예요. 저 역시 얼마나 고민했는지 몰라요. 지금도 후회보다는……."

"정말 그래? 그렇다면, 너는 지금부터 어쩔 셈이야. 누구한테 뒷수습을 부탁할 참이지? 물론 나에게 그러고 싶겠지. 어쨌든 가장 타격을 받는 쪽은 그 학생이야. 가엾게도……."

"네, 물론 그 학생이 가엾긴 해요. 제 말 좀 들어보세요. 전 이제 그 학생을 만나서 모든 것을 털어놓을 작정이에요. 변명하지 않겠어요. 다만, 전 아줌마가 미리 알고 계시면 나중에 그 학생이 혹시나 괴로움에 빠지게 될 때 돌봐주실 거라고 제 나름대로 생각했기 때문이에요. 정말 그렇게 해주신다면……."

"그밖에 다른 방법이 없을 것 같군. 하지만 어리석은 짓을 했어. 이제 너도 얼마만큼은 가슴이 아프겠지, 사람이니까. 잘난 체하고 어른인 체 한 대가야."

바베트는 문제의 해결을 위해 그날 오후 늦게 뒤뜰에서 두 사람이 만날 수 있도록 주선해 주었다. 물론 카알은 이 일에 바베트가 관여했다는 사실을 전혀 눈치채지 못했다.

작은 뒤뜰 위의 하늘이 엷은 노을로 물들고 있었다. 그러나 이미 문 옆은 어둠이 깃들어 어두컴컴했으므로, 두 젊은 남녀의 모습은 누구의 눈에도 띄지 않았다.

"저, 할 말이 있어요. 카알!"

하고 먼저 티이네가 말문을 열었다.

"이 시간이 끝나면 우리는 헤어지지 않으면 안 돼요. 무엇이든 끝이 있게 마련이니까요?"

"무슨 말인가요. 도대체 무슨 이야기를 하려는 거야, 티이네!"

"저어, 어떤 분과 약혼했어요."

"어떤 분이라니……."

"침착하세요. 그리고 제 이야기를 끝까지 들어주세요. 틀림없이 학생은 저를 좋아하셨죠? 그래서 저도 당신을 매정하게 뿌리칠 수 없었던 거예요. 언젠가 제가 말했었죠. 좋아한다고 해서 바로 저를 애인이라고 생각해서는 안 된다고 말이죠. 기억하시죠?"

카알은 아무 대답도 하지 않았다.

"안 그래요?"

"그건 맞아."

"그래서 우리는 이제 이별해야만 해요. 너무 심각하게 생각하지는 마세요. 이 거리엔 많은 여자들이 있어요. 또 저와 같은 여자는 학생과 적당한 상대가 못 돼요. 당신은 이런 일보다는 더 많은 공부를 해서 훌륭한 사람이 될 분이세요."

"티이네, 그런 말은 하지 말아요."

"그렇지만 그건 엄연한 사실인걸요. 그리고 또 하고 싶은 말이 있어요. 첫사랑이란 결코 이루어질 수도 없고 알맞은 상대를 선택할 수도 없는 거예요. 사춘기 때는 사물을 제대로 분별할 수 없는 결점이 있죠. 그러기 때문에 진실한 것이 이루어지지 않아요. 좀 더 시간이 흐르면 사물을 보는 눈도 달라져서, 지금 저와의 관계가 잘못됐다는 걸 알게 될 거예요."

카알은 대답하고 싶었다. 할 말은 많았다. 그러나 너무 슬픈 나머지 한마디의 말도 할 수가 없었다.

"무슨 말을 하고 싶으신 거죠?"

하고 티이네가 물었다.

"티이네! 당신은 정말 아무것도 몰라……."

"카알…… 무엇을 말인가요?"

"아무것도 아냐. 아! 티이네, 난 도대체 어떻게 해야만 좋단 말이야."

"그냥 조용히 마음을 가다듬으시면 돼요. 그리 오랜 시간이 걸리지 않을 거예요. 모든 것이 끝나고 나면, 이렇게 된 것이 오히려 잘된 일이라고 생각될 거예요."

"당신은 겉으론 그렇게 말하지만, 진정한 마음은……."

"저는 지금 진실한 마음으로 이야기하는 거예요. 지금은 제 말을 믿으려고 하지 않겠지만, 훗날에는 제 말이 맞다는 걸 알게 되실 거예요. 카알, 정말 미안해요."

"미안하다고? 티이네, 나는 더 이상 아무 말도 하고 싶지 않아. 이제 모든 것이 당신의 뜻대로 되겠지. 그렇지만, 난…… 다 끝나 버렸다니……."

카알은 더 이상 말을 이을 수가 없었다. 티이네는 들먹이는 소년의 어깨에 손을 얹고, 그의 슬픔이 진정될 때까지 조용히 기다렸다.

그러면서 그녀는 나직한 음성으로 말했다.

"그리고 말이에요. 무엇보다도 중요한 것은 앞으로 당신이 마음을 굳게 가지고 어리석은 일을 하지 않는는 거예요. 아시겠어요, 카알?"

"어리석은 일이라니? 도대체 그게 뭔데? 난 지금 그저 죽고 싶은 따름이야."

"카알, 그런 말을 하면 안 돼요. 저, 왜 언젠가 저에게 키스하고 싶다고 하셨죠? 기억 나세요?"

"기억하고 있어."

"당신이 마음을 굳게 가질 수만 있다면, 지금이 좋아요. 아시겠어요? 난 당신에게 나쁜 여자가 아니라는 걸 보여주고 싶어요. 정말 당신과 사이좋게 헤어지고 싶어요. 당신이 이해하고 허락해

주신다면, 오늘 키스해 드리겠어요. 제 마음을 아시겠어요?"

카알은 고개를 몇 번 끄덕이면서 어색한 표정으로 그녀를 바라보았다. 소년의 두 눈은 젖어 있었다.

티이네는 그에게 가까이 다가와서 키스했다. 어떠한 욕망도 섞이지 않은 부드럽고 맑은 키스를 주고받았다.

그녀는 소년의 손을 가볍게 움켜쥐었다. 그리고 나서는 몸을 일으켜 빠른 걸음으로 걸어 현관 밖으로 사라져 버렸다.

카알 바우엘은 그녀의 발소리가 어둠 속을 울리며 현관 쪽으로 멀어져 가는 것을 듣고 있었다. 그리고 집을 나서서 현관 층계를 내려가 골목길로 나서는 희미한 소리를 들었다. 그녀의 멀어져 가는 소리를 들으면서 마음속으로는 다른 생각을 하였다.

소년은 어느 겨울날 저녁 무렵에 블론드 머리의 젊은 여자에게 골목길에서 뺨을 맞던 일을 머릿속으로 떠올리고 있었다. 이어 정원 입구의 어두운 곳에서 여자의 손길이 그의 머리를 쓰다듬어 주던 이른 봄 저녁 무렵의 일을 떠올리고 있었다.

그때는 온 세상이 마술에 걸린 것처럼 보였다. 늘 보아온 거리가 전혀 본 적 없는 황홀하고 아름다운 마법의 거리로 변모해 있었다. 또한 그녀가 참석한 자리에서 바이올린으로 연주했던 곳이 생각나고 맥주와 과자가 나왔던 결혼식 날 밤의 일이 떠올랐다.

하지만, 이제 그녀를 잃어버린 것이다. 속고 버림받은 것이다. 물론 대가로 그가 바랐던 키스를 해주었다. 키스를……

'아! 티이네.'

카알은 너무 피로한 나머지 옆에 흩어져 있는 빈 상자에 옮겨

앉았다. 머리 위로 조그맣게 나 있는 하늘은 붉게 물들다 지친 나머지 회색으로 변하고, 마침내는 어둠에 파묻혔다.

몇 시간이 지났는지 달빛이 은은해지면서 주위가 시야에 들어왔으나, 카알 바우엘은 꼼짝도 하지 않고 그대로 상자에 걸터앉아 있었다. 짧은 자기의 그림자가 울퉁불퉁한 바닥에 검게 그늘져 있었다.

소년 카알이 사랑의 나라에서 본 것은 울 너머로 넘어간 공을 잠깐 들여다본 것 같은 허망함뿐이었다.

하지만 소년은 한 여성에게 받은 사랑의 위로와 헌신이 없는 생활이란, 가치가 없는 쓸쓸함의 연속이라는 것을 조금이나마 알게 되었다. 이제부터 자신의 생활이란 허무하고 우울한 것이 될 것이고, 하루하루 의무에 얽혀 있는 메마른 일들만이 그를 더욱 고독하게 만들어 줄 것이다.

학교에서 수업 시간에 그리스어 선생은 멍하니 몽상에 빠진 이 소년에게 몇 번의 훈계와 책망을 했지만 소용없었다. 언제나 충실한 바베트의 맛있는 음식도 별다른 효과가 없었다. 그녀의 친절한 격려도 도움이 되질 못했다.

세상을 잃어버린 듯한 가련한 소년에게 다시 학생의 신분으로서 해야 할 공부와 이성을 되찾아 주기 위해서는 보다 적극적인 제재가 필요했다.

교장 선생님의 엄한 힐책과 경고, 나아가서는 불명예스러운 금족령까지 받지 않으면 안 될 처지에 놓였다.

카알은 마지막 학년을 바로 눈앞에 두고 유급(낙제)하는 것은 수치스러운 일이라는 것을 차츰 깨닫기 시작했다. 그래서 초여름이 다가오자 점점 길어지는 하루해를 최대한 이용해 저녁 늦게까지 마음을 가다듬고 공부에 열중했다. 그것이 자기 자신을 회복하는 지름길이라는 것을 알았기 때문이다.

그래도 몇 번인가 티이네가 사는 곳을 가보았다. 그리고 단 한 번도 그녀를 만날 수 없는 것을 매우 의아하게 생각했다. 그러나 거기에는 분명한 이유가 있었다.

티이네는 그와 헤어지고 나서 바로 결혼 준비를 하기 위해 고향으로 떠났는데, 그 사실을 그가 모른 것이다.

하지만 카알은 단지 그녀가 거기 살고 있으면서 자기를 의도적으로 피한다고 생각했다. 그러나 아무에게도 심지어는 바베트에게조차 그녀의 일을 물어보고 싶지 않았다.

그리하여 그녀를 찾아갔다가 실망을 안고 돌아올 때는, 혼자 마음속으로 화를 내던가, 그래도 마음이 풀리지 않으면 슬픔에 잠긴 나머지 바이올린을 신경질적으로 긁어대던가, 그렇잖으면 조그만 창 너머로 내려다보이는 잿빛 지붕을 오랫동안 바라보곤 하였다.

어쨌든 그는 조금씩 회복해 갔다. 옆에서 지켜본 바베트의 힘 또한 무시할 수 없었다.

소년이 괴로워하는 눈치라도 보이는 날이면, 그는 저녁에 그의 방으로 올라와서 문을 두드리곤 했다.

그리고 오래도록 곁에 앉아서 어머니다운, 맏누이 같은 몸가짐으로 그를 격려해 주었다. 그러면서도 자기가 소년의 고민을 알고 있다는 것을 조금도 내색하지 않았다.

또한 티이네의 이야기는 전혀 입밖에 내지 않은 채 우스운 이야기를 해주든가, 과실주나 포도주를 가지고 와서 바이올린을 한 곡 켜 달라든가, 재미있는 책을 읽어 달라고 부탁했다.

이런 날 밤은 그럭저럭 슬픔을 잊고 지낼 수 있었다. 이윽고 바베트가 돌아가 버리면 카알은 마음이 진정되어 좋지 않은 꿈을 꾸지 않고 잠들 수 있었다.

더구나 나이가 많은 바베트는 언제나 잘 쉬라고 인사할 때마다 오늘 밤은 즐거웠다고 인사하였다.

심한 열병에 걸려 있던 카알도 서서히 이전의 그 자신으로 돌아와 명랑해졌다. 그러나 티이네가 바베트에게 보낸 편지 속엔 자주 그에 대한 일을 물어본다는 것을 알지 못했다.

이제 카알은 전보다 의젓해지고 제법 남자다워 보였다. 학교 성적도 다시 회복했고 전과 다름없는 생활로 되돌아와 있었지만, 도마뱀을 잡거나 새를 기르는 일 따위는 하지 않았다. 졸업시험에 합격한 상급반 학생들의 대화를 통해서 대학 생활의 즐거움을 찬양하는 말에 귀를 기울였다.

이제 카알은 자기가 그와 같은 희망에 부풀어 있다는 사실에 스스로 기쁨을 느꼈다.

이제는 여름방학을 기다리게 되었다. 이 무렵에야 비로소 그는 이미 티이네가 떠나버렸다는 사실을 바베트를 통해서 알게 되었다. 아직도 사랑의 상처는 남아 있었고 때로는 슬픔을 가져다주었지만, 그것이 생활을 방해할 만큼 강렬하지는 못했다. 그만큼 그는 회복과 함께 성장해 있었다.

이처럼 더 이상 아무 일도 일어나지 않았더라면 카알은 자기 첫사랑의 이야기를 젊은 날 한때의 아련한 추억으로 감사의 마음을 가지고 가슴속 깊이 간직하고 살아갔을 것이다.

하지만 다시 조그만 이야기가 더해져서 더욱 잊을 수 없는 일이 되고 말았다.

여름방학이 시작되기 일주일 전이어서 휴가를 기다리는 조급한 즐거움으로, 카알의 작은 가슴에 남아 있던 고운 사랑의 슬픈 그림자가 지워져 가고 있었다. 그는 이미 짐을 꾸리기 시작하여 오래된 책이랑 낡은 노트를 불태웠다.

때로는 숲속을 산책한다든가, 맑은 강물에서 수영하고 돛배를 띄우는 즐거움이며, 월귤이며, 사과나무에 매달리면서 구속감 없이 자유롭게 지내게 될 유쾌한 나날을 생각하자, 무척 오랫동안 잊어버렸던 것을 다시 떠올린 것처럼 마음이 들떴다.

그는 기쁨에 넘쳐 무더운 거리를 쏘다니면서, 티이네의 일은 염두에 두지 않았다.

그런 어느 날 오후, 마지막 수업인 체육 시간을 끝내고 돌아가는 길에 뜻하지 않은 장소에서 티이네를 만났을 때는 반가움보다도 놀라움이 더 컸다. 그러고는 얼떨결에 손을 내밀며

"안녕하셨습니까?"

하고 인사를 건넸다.

그는 자기 자신이 무척 당황하면서도, 그녀가 슬픔에 찬 모습이라는 것을 알아차렸다.

"그동안 어떻게 지내셨습니까, 티이네."

하고 그는 예의 수줍음을 그대로 잃지 않고 말했다.

지금의 그로서는 아가씨라고 해야 할지, 당신이라고 불러야 할지 분간할 수가 없었다.

"반가운 말씀을 드리지 못해서 죄송해요. 함께 걸으시겠어요?"

티이네가 힘없는 목소리로 나직하게 말했다.

그는 돌아서서 그녀와 어깨를 나란히 하고 거리를 천천히 걸었다. 그는 지난날 그녀가 자기와 함께 걸으면 남의 눈에 뜨인다고 하며, 얼마나 싫어했던가를, 지금도 똑똑히 기억하고 있었다.

물론 지금의 그녀는 다른 남자와 약혼한 사이가 아닌가? 그래서 그냥 잠자코 걷자니 너무 어색해서,

"약혼자는 잘 계십니까?"

하고 물어보았다.

그러자 티이네는 몸을 흠칫하며 놀라는 표정을 지었다. 그 모습에는 안타까움이 깃들어 있었다.

"그동안의 일을 모르셨군요. 그분은 지금 병원에 입원해 있어요. 목숨이 위태로워요. 어디가 아프냐고요? 건축 공사를 하다가 그만 떨어져서 어제부터 의식을 잃었어요."

아무 말 없이 두 사람은 거리를 걸었다. 카알은 무슨 적당한 위로의 말을 하려고 했으나 아무 생각도 나지 않았다. 이렇게 뜻하지 않게 그녀와 함께 거리를 걸으면서 자기가 그녀를 동정하지 않으면 안 된다는 것이 왠지 마음에 걸렸다.

"이제 어디로 가실 겁니까?"

하고 그는 침묵을 견딜 수 없어 먼저 말문을 열었다.

"그이가 있는 병원에 가야 해요. 낮에는 제가 보면 좋지 않다고 면회도 시켜 주지 않아요."

그래서 카알은 그녀와 함께 병원엘 갔다. 키가 큰 수목과 목책으로 둘러싸인 정원 안에 크고 조용한 병원이 자리 잡고 있었다.

그리고 그녀의 뒤를 따라 약간 두려운 마음으로 폭이 넓은 층계를 올라가 깨끗이 손질된 현관을 거쳐 안으로 들어섰다. 병원 특유의 약품 냄새가 그의 코끝을 강렬하게 자극하면서 알 수 없는 두려움을 안겨 주었다.

그리고 번호가 붙어 있는 한 병실 앞에 이르자, 티이네 혼자만 안으로 들어갔다. 그는 복도에서 조용히 기다리고 있었다.

이런 건물에 온 것은 이번이 처음이었다. 온통 흰색으로 칠해진 병실 안은 갖가지 고통과 괴로움을 감추고 있으리라고 생각하자, 갑자기 그의 마음은 두려움에 사로잡혔다.

그는 티이네가 나올 때까지 거의 꼼짝도 하지 않고 서 있었다.

"약간 차도가 있다는군요. 어쩌면 오늘 중으로 의식이 돌아올 것 같다고 말하는군요. 그럼 안녕히 가세요. 카알, 저는 이곳에 남아 있어야겠어요. 오늘 정말 감사했어요."

그녀는 조용히 병실 문을 열고 안으로 들어갔다. 그 병실에 붙은 '17'이라는 숫자를 그는 한동안 바라보았다. 얼마쯤 흥분된 기분으로 병원을 나섰을 때, 그의 마음은 방학으로 들떠 있던 즐거움이 엉망으로 망쳐져 있음을 깨달았다. 그렇다고 지금 그가 느끼는 것이, 지난날 사랑의 고통이나 슬픔은 아니었다.

하지만 슬픔의 잔영은 더 큰 감정과 체험에 둘러싸여 있었다. 바로 조금 전에 뜻밖에 목격한 불행과 비교해 보면 자기가 체험한 사랑의 슬픔 따위는 조그마한 상처라는 것을 명확하게 판별할 수 있었다.

그리고 또 자기의 작은 운명은 미미한 제재에 불과하며 또한 특별한 것도 아닌, 결코 예외라고 할 만큼 가혹한 것도 아니라는 사실을 실감했다.

또한 그의 눈에 행복하게 보이는 사람들은 운명의 지배를 받고 있어서, 그것을 거역할 수 없는 것이 바로, 인간이라는 사실을 불현듯 깨닫게 되었다.

그러나 그는 좀 더 많은 것들을, 더 유익하고 중요한 것을 배울 운명에 구속되어 있었다. 그 후에도 계속해서 병원으로 티이네를 방문하는 동안 환자의 병세도 좋아졌고, 또 다른 체험을 하게 되었다.

그때 그는 무자비한 운명도 인간에게는 최고의 궁극이 아니라는 것을 배울 수 있었다. 한없이 약하고 공포와 불안에 떨면서 짓눌렸던 인간이 그 운명을 극복하고 새로운 삶을 개척할 수 있다는 초능력을 발견한 것이다.

어느 날 갑자기 불의의 사고를 당한 약혼자가 앞날을 예측할 수 없는 병약한 불구가 되어 의지할 길이 없는 비참한 여생을 보내게 되지 않으리라고 어떻게 보장할 수 있는가?

그러나 그런 불행을 초월해서 가난한 두 남녀가 자기들만의 사랑을 희생하지 않고서 살아가는 숭고한 의미가 있음을 카알은 그들을 보고서 확인했다.

또한 간병의 어려움과 피로에 여윈 티이네가 굳건한 자세로 광명과 기쁨을 찾아 나가는 모습을 보았다. 골절로 병상에 누운 창백한 얼굴의 환자가 고통에도 굴하지 않고 감사하는 마음이 사랑의 척도를 가늠하는 인간의 진실이라는 것을 확인한 것이다.

이미 여름방학이 시작되었는데도 카알이 며칠을 그대로 머물러 있자, 티이네가 출발하라고 재촉했다. 그러나 카알은 떠나지 못하고 있었다.

이제 카알은 병실 복도에서 그녀에게 작별을 나누기로 했다. 지난날 쿠스텔라 가게 뒤뜰에서 나눈 그것과는 전혀 다른 아름다운 이별이었다.

그는 가만히 그녀의 손을 잡고서 무언의 감사를 보냈다. 그녀역시 눈물을 글썽이며 고개만 끄덕여 보였다.

카알은 진심으로 그녀의 행복을 빌었다. 그리고 자신은 이 가난한 두 남녀의 순결한 사랑을 받고 싶은 마음뿐이었다.

〈청춘은 아름다워라〉에 나오는 물레방앗간. 헤세는 소년 시절의 대부분을
이곳에서 지냈다.

켄슈타트 김나지움. 뒷줄 가운데 ○가 헤세. 10개월을 다녔으나, 결국 우울증으로 자퇴서를 쓰고 학교 공부를 포기했다.

라틴어 학교. 헤세는 여기서 최초의 학교 시절을 보냈다. 훗날 〈마술사의 유년 시절〉 〈청춘은 아름다워라〉 〈데미안〉의 무대가 되었다.

마울브론 신학교. 헤세는 입학한 지 7개월 만에 퇴학당했다.

미완의 사랑

1890년 중반 무렵, 그때 나는 내 고향의 거리에 있는 한 작은 공장에서 견습공으로 일하고 있었다.

그해에 나는 고향의 작은 거리를 영원히 떠나게 되었다. 열여덟의 나이로 매일매일 젊음을 즐기며, 마치 새가 미묘한 공기의 흐름을 느끼듯이, 내 청춘이 얼마나 아름다운 것인가는 아무것도 느끼지 못하는 철부지였다.

지나간 일을 정확하게 기억하고 있지 못하는 동네 노인들에게 있어서는 내가 말하려는 해에, 우리 마을이 폭풍과 태풍의 큰 해를 당했으며, 그것이 우리 마을이 생긴 이래 전무후무한 사건이었다는 사실만 기억하면 될 것이다. 그것은 내가 고향을 떠나려던 해에 일어난 일이었다.

그 당시 나는 공장에서 낡은 선반기로 강철을 절단하다가 실수로 왼손을 다쳤다. 너무나 깊은 상처였으므로 붕대를 감고도 공장에 출근할 수가 없었다.

나는 지금도 기억하고 있다. 그 일은 여름이 끝날 무렵이었다.

우리가 즐겨 찾던 골짜기는 지금까지 겪어 보지 못한 불볕더위가 며칠 계속되다가는 폭풍우까지 몰고 왔다. 그것은 내가 무의식중에 접촉한 자연에 대한 불안감이었으나, 나는 지금도 그때의 일을 하나하나 분명하게 회상할 수 있다.

내가 저녁 낚시를 즐기고 있을 무렵, 변덕이 심한 여름 날씨는 끝내 하루의 더위를 이기지 못하자, 폭풍우를 품은 습한 공기에 물고기들도 이상하게 흥분하여 이리저리 몰려다니며, 때때로 수면 위로 뛰어오르다가 낚시에 걸리기도 했다.

그러다가는 약간 서늘한 공기에 휩싸여 주위는 다시 고요해지면서 폭풍우가 멎었다. 이른 아침에는 벌써 가을 같은 기분이 들었다.

어느 날 아침, 나는 책 한 권과 빵을 조금 주머니에 넣고 집을 나서 마음 내키는 대로 무작정 발걸음을 옮겨 놓았다. 그러다가는 아주 어렸을 적의 습관처럼, 아직 그림자가 드리워져 있는 집 뒤의 정원으로 뛰어갔다.

그곳엔 아버지가 심은, 나 역시 그땐 나무만큼이나 어렸지만, 묘목이라 밑동이 가느다랗던 전나무가 이제는 자라서 높고 튼튼하게 서 있고, 그 밑에는 밝은 빛을 띤 갈색 잎사귀가 떨어져 쌓여 있었다.

몇 해 동안 그곳에는 에버그린 외에, 아무것도 자라지 못했던 것으로 기억되기도 한다.

그러나 그 옆의 좁고 긴 화단에는 어머니가 심고 가꾼 꽃나무들이 활기 넘치게 꽃망울을 터뜨리고 있어 일요일이면, 여기서 색색의 꽃을 꺾어 화병에 꽂거나 큰 꽃다발을 만들곤 했다.

이곳엔 '불붙는 사랑'이란 꽃말을 가진 주홍빛 꽃나무가 한 그루 있었고, 바로 그 옆자리에는 가는 대에 심장과 같은 모습의 붉고 흰 꽃을 늘어뜨린 연약한 꽃나무가 있어 '여인의 심장'이라고 이름을 지어 놓았다. 한쪽에는 '냄새가 고약한 거만'이라고 이름 지어 불렀던 꽃나무도 있었다.

조금 떨어진 곳에 대가 긴 국화가 있었는데, 아직 꽃을 피우지 못한 채였고, 그 사이의 땅에는 기름진 석련화와 우스꽝스러운 포르트락이 가시를 내밀고 줄기가 기어가고 있었다.

이 좁고 긴 꽃밭은 우리의 빛나는 꿈의 요람이었는데, 그것은 정원 복판에 만들어진 원형의 화단에 있는 장미보다, 더욱 귀하고 사랑스러운 태양이 담장 위에서 빛나면, 모든 꽃은 독특한 자태와 아름다움을 보여주었다.

글라디올러스는 불타는 듯한 빛깔을 자랑했고, 헬리오트로프는 잿빛을 띠고 있어, 마치 마법에 걸린 듯 쓴 냄새에 젖어 있고, 폭스츄반츠 꽃은 시들 듯이 고개를 숙이고 있었다.

그러나 아켈라이나무는 힘차게 뻗어서 네 겹으로 된 '여름의 종' 같은 꽃을 미풍 속에 가볍게 흔들었다. 골드루트 꽃과 푸른색 플록스 꽃 속에는 꿀벌들이 윙윙거리며 날았고, 무성한 에버그린 위에는 작은 갈색 거미들이 여기저기 기어다녔다.

자라난화 위에는 '새모기'라든가 '비둘기 꽁지'라고 불리는 엷은 날개로 불길한 소리를 내는 모기가 둔한 몸짓으로 날았다.

휴일 한낮의 한가로움을 이용하여, 나는 차례차례 꽃을 구경하며, 여기저기에서 향기를 피우는 산형화의 꽃내음을 맡으면서 꽃 받침을 조심스럽게 손가락으로 열고서 들여다보았다.

그리고 비밀에 찬 빛과 꽃잎 줄기와 암술, 그리고 부드러운 머리털과 같은 섬유며 세관의 정연한 조직을 관찰하였다.

그러는 동안 실과 같이 떠 있는 증기며 양털과 같은 작은 구름 덩어리가 엉키어 있는 흐린 아침 하늘을 바라보았다. 오늘도 틀림없이 폭풍이 일어나리라고 생각하며, 오후에는 두세 시간 낚시질하리라고 마음먹었다.

그래서 지렁이를 잡으려고 습기 찬 길섶의 돌을 몇 개 들추어 보았으나 회색의 마른 벌레들만 놀라서 사방으로 흩어졌다.

이제부터는 무엇을 할 것인가 궁리해 보았다. 그러나 아무런 생각도 떠오르지 않았다. 일 년 전, 내가 마지막 휴가를 얻었을 때도, 아직은 미성년자였다.

그때 내가 즐기던 놀이는 개암나무 열매를 활촉에 꽂아 과녁에 쏘던가, 연을 날리든가, 들에 있는 쥐구멍을 장난감 화약으로 폭발시키든가 하는 철없는 놀이였는데, 지금 내 영혼의 일부가 너무나 갑자기 피로해진 듯 유년 시절에 느끼던 매력을 맛볼 수가 없었다.

그러나 나는 때때로 고즈넉하고 벅찬 마음으로 유년 시절 기쁨의 장소인, 너무나 잘 아는 주변 풍경을 감동 어린 시선으로 둘러보았다.

작은 뜰 안과, 꽃으로 장식한 발코니와, 하루 종일 햇빛이 비치지 않아 늘 습기가 차 푸른 이끼가 뒤덮인 디딤돌이 놓여 있는 안뜰을, 나는 무심히 바라보고 있었다.

　그러나 내 눈에 비친 그러한 정경들은 옛날과는 다른 모양으로 보였고, 꽃나무들에도 이전과 같은 매력을 느끼지는 못했다. 저쪽 뜰 한구석에는 홈이 달린 물통이 소박하고 쓸쓸하게 버려진 듯 놓여 있었다.

　소년 시절 나는 여기서 반나절 동안 물이 흐르는 대로 내버려 두고, 그곳에 물방아를 만들어 놓고 작은 돌과 찰흙을 섞어 제방과 운하를 만들었다가는 큰 홍수가 나게 하여 아버지를 괴롭혀 드리곤 했다.

　이제 흐르는 시간 속에서 비와 바람에 못 쓰게 된 물통을, 내가 사랑하던 오락물로 새삼 다시 바라보니, 지난날의 즐거웠던 여운이 마음속에 되살아났다. 이제는 슬픈 빛을 띠어 샘도, 강물도, 나이아가라폭포도 아닌 아련한 아픔이었다.

　여러 가지 상념에 이기지 못한 나는, 끝내 담장을 넘으려다 물빛을 한 메꽃이 얼굴을 스치는 바람에, 나는 그것을 따서 입에 물었다. 그러자 내 머릿속은 저 높은 산정에 올라가 그림처럼 내려다보이는 거리를 보고 싶은 강렬한 마음에 들떴다.

　옛날의 나라면 산책은 상상도 해볼 수 없는 일이었다. 남자아이들이란 산책을 즐겨서는 안 된다는 것이 내 생각이었다.

　그래서 남자아이란 도둑이던가, 기사라던가, 또는 인도 사람과 같은 기분으로 산을 올라야 하며, 강에 간다면 뗏목을 타던가, 어부가 되던가, 물방앗간의 대장장이와 같은 기분으로 가야 할 것이며, 들에 나가도 나비를 쫓던가, 도마뱀을 잡던가 해야 할 것이었다.

그러므로 나에게 산책이란 무엇을 해야 할지 모르는 어른들의 점잖은, 약간 권태를 느끼게 하는 행동이라고 생각되었다.

메꽃이 곧 시들어 그만 내던지고 말았다. 이번에는 황버들 가지를 꺾어 살짝 깨물었더니 쓴물이 입안에 가득 고였다.

키 큰 긴스테르나무가 서 있는 기차길 둑으로 녹색의 도마뱀이 발밑을 지나 쏜살같이 달아나자, 불현듯 소년 시절의 마음이 되살아나, 나도 모르게 살금살금 기어가 겁을 잔뜩 집어먹은 놈을 가만히 붙잡았다.

나는 흰 보석처럼 빛나는 놈의 작은 눈을 들여다보며 어렸을 적, 뒤 따라다니던 한때의 즐거운 회상과 함께 매끄럽고 기운찬 몸과 꼿꼿한 발로 내 손가락 사이에서 빠져나가려고 발버둥 치는 것을 보자, 그만 흥미가 없어져서 놈을 놓아주었다.

그러자 도마뱀은 놀라서 잠시 세차게 숨을 몰아쉬더니, 이윽고 재빠르게 풀밭으로 달아나 버렸다. 그때 기차가 반짝반짝 빛나는 철로 위로 달려와서 내 옆을 지나가는 것이었다.

그 순간 나는 이곳에서 참다운 기쁨은 얻을 수 없다는 사실을 깨달았다. 갑자기 기차와 같이 더 멀리 보다 넓은 세계로 떠나가고 싶은 생각에 사로잡혔다.

순간 철도원이 없는가 하고 주위를 살펴보았으나 인기척도 그 누구도 보이지 않았다. 나는 재빨리 철도를 뛰어넘어서 건너편 쪽 바위산을 향해 달렸다.

마침, 그곳엔 철도 공사를 하느라고 다이너마이트를 묻기 위한

구멍이 군데군데 뚫려 있었다. 위로 올라가는 산길을 잘 아는 나였으므로, 황급히 꽃이 진 긴슈테르나무를 꽉 붙잡았다.

붉은 바위 위로 태양의 뜨거운 열기가 내리쬐고 더운 모래가 소매 속까지 흘러들었다. 위를 올려다보니 암벽 너머에 놀라울 정도로 가까이 흰하게 빛나는 온화한 하늘이 보였다.

어느덧 나는 산정 가까이 올라와 있었으며, 내 몸은 바위에 의지한 채 두 손을 가시가 돋은 아카시아의 밑동을 붙잡고 있었다. 그러고 나서 험한 경사진 곳을 빠져나와 풀밭으로 나섰다.

아래쪽으로 급히 돌아 가까운 거리로 기차가 달리는 이 작고 고요한 황무지는 내 기억 속 놀이터였다. 한 번도 벤 적이 없는 무성한 풀밭, 작은 가시가 있는 장미꽃 나무와 바람에 씨가 날아와서 자라난 듯한 몇 그루의 아카시아가 무성하여, 그 얇고 투명한 잎을 통하여 밝은 태양 빛이 빛나고 있었다.

바로 위에 붉은 암벽으로 둘러싸인 이 풀밭에서, 나는 옛날에 '로빈슨'이 되어본 적도 있었다. 이 황량하도록 쓸쓸한 곳은 험악한 바위를 올라와 정복할 수 있는 용기와 모험심을 가진 자 외에는 아무도 소유할 수 없었다.

열두 살 때, 나는 이곳 바위에 쇠꼬챙이로 나의 이름을 새기고, 그 밑에 앉아 『로자폰 탄넨브로그』를 읽었고 몰락하는 인디언 추장을 내용으로 한 어린애 장난 같은 희곡을 써 보기도 했다.

햇볕에 타는 듯한 풀은 가파른 절벽에 늘어져 있고 열기를 머금은 긴슈테르 나뭇잎은 바람 한 점 없는 더위 속에서 진한 건초 냄새를 풍겼다.

나는 메마른 황무지에 누워 무성한 아카시아 잎이 아름답게 정렬하여 햇볕을 쬐며 푸른 하늘을 우러러 숨 쉬는 것을 올려다보며 깊은 생각에 잠겼다. 지금이야말로, 나의 생활과 미래를 위한 참다운 시간인 것 같았다.

그러나 나는 그 어떠한 새로운 것도 발견할 수가 없었다.

다만, 모든 방면으로부터 나를 위협하는 뚜렷한 빈곤과 내 나름대로 경험한 즐거움과 사랑스러운 생각이 이상하게도 쇠락하여, 점점 멀어져가는 것이 보일 뿐이었다.

나의 의지와 관계없이 몸을 맡길 수밖에 없었던 일과, 이제는 완전히 잃어버린 어린 날의 행복에, 나의 직업은 아무런 도움도 주지 못했다. 나는 그 직업을 그리 좋아하지 않았고, 또한 맡은 일에 충실하지도 않았다.

그것은 나에게 새로운 일에 대한 동경과 만족을 찾게 하는 계기가 되었다. 이 만족이란, 대체 어떤 종류의 것이었을까?

이곳보다 더 넓은 세계에 대한 동경, 거기서 돈을 벌고 계획을 실행에 옮기기 전에 부모에게 의견을 물어볼 필요가 없을 때도 있고, 또한 일요일에 예배를 본 다음 맥주를 마실 수도 있으리라.

그러나 이 모든 것은, 오직 지엽적인 일에 불과하며 결코, 나를 기다리고 있는 새 생활의 의미를 주지 못한다는 사실을, 나는 너무나 잘 알고 있었다.

그러나 본래의 진정한 의미는 다른 곳에 있으며, 더욱 깊고, 더욱 아름답고, 더욱 비밀 한 곳에 있어서 아름다운 여자라든가, 사랑과 관련이 있다는 것을, 나는 느끼고 있었다.

거기에는 깊은 쾌락과 만족이 깃들어 있을 것이다. 그렇지 않으면 젊음의 기쁨을 잃어버리게 되어 삶이 무의미했을 것이다.

나 역시 사랑에 대해서는 이미 알고 있었다.

주위에서 많은 연인을 보기도 하고 이상한 감흥을 불러일으키는 연애 시를 읽기도 했다.

나 역시 예외 없이 여러 번 사랑에 빠질 기회를 가졌고, 또한 꿈속에서 한 젊은이가 사랑을 얻기 위해 목숨을 걸며 사랑이 그의 행위와 죽음의 의미가 되는, 어딘지 감미롭고 황홀한 기분을 느꼈었다.

지금은 처녀들과 데이트를 즐기는 몇몇 친구도 내 주변에 있으며, 또한 공장에서 일하면서 일요일 저녁의 무도장에 관한 이야기며, 밤늦게 창문을 넘나드는 친구도 있었다.

그러나 나 자신에게 사랑은 아직도 닫힌 화원이며, 그 문밖에서 나는 수줍음으로 몸 둘 바를 모르는 젊은이에 불과했다.

지난 주일에 끌(연장)로 손가락에 부상하기 직전에, 나는 처음으로 분명한 부름의 소리를 들었다. 그런 일이 있고 난 후부터 나는 불안하게 떠나가는 자와 같은 생각에 사로잡혀서, 지금까지의 나의 생활은 과거의 것이 되어 버렸고, 다시 미래에 대한 확신이 서기도 하였다.

어느 날 저녁 퇴근 무렵 견습공이 나를 끌고 자기 집 쪽으로 가면서 이런 말을 해주었다.

나를 사랑하는 아름다운 한 처녀가 있는데, 그녀는 지금까지 아무와도 사귀지 않았고, 나 이외엔 다른 애인이 없다는 것이었다. 또 나에게 주려고 명주실로 손지갑까지 짜고 있다는 것이다. 그는 그 처녀의 이름을 묻는 나에게 끝내 이름을 알려주지 않으면서 상상으로 맞춰보라는 것이었다.

그래서 내가 마침내 좀 언짢은 표정을 지으면서 발걸음을 멈추자, 그도 따라 서며—그때 우리는 바로 물레방앗간 위에 와 있었다—낮은 목소리로 속삭이듯 말했다.

"지금 바로 그녀가 우리 뒤에 오고 있어."

나는 놀란 나머지 잠시 그 친구를 바라보다가 한편, 기대에 차고, 한편으로는 놀리는 것일지도 모른다는 생각에 애써 당황한 기색을 감추며 뒤를 돌아다보았다.

그때 우리 뒤에는 방직공장에서 나온 한 젊은 처녀가 다리의 돌계단을 올라오는 것이 보였다. 그 처녀는 교회 견신성사 때부터 알던 베르타 포에클린 양이었다.

그러자 그녀가 그 자리에 서서 나를 보고 웃더니 얼굴을 붉히면서 고개를 숙였다. 그때 나는 너무 당황한 나머지 빨리 뛰어서 집으로 돌아오고 말았다.

그런 일이 있고 난 후, 나는 두 번 그녀를 만났다. 한 번은 우리가 같이 일하는 방직공장 작업실에서였고, 또 한 번은 집으로 돌아가는 퇴근길에서였다.

그녀는 인사를 하며

"벌써 끝났어요?"

하고 말했다.

그 말에는 뭔가 이야기를 더 계속하려는 여운이 담겨 있었으나 나는 "네!"하는 짧은 대답과 함께 고개를 숙였을 뿐 당황한 나머지, 그녀의 곁을 황급히 떠나고 말았다.

지금 나는, 그때의 일에 골몰하며 어떻게 하면 좋을지 알 수가 없다. 아름다운 젊은 여자를 사랑하는 것에 대하여, 지금까지 나는 종종 깊은 꿈을 꾸면서 많은 시간을 보내오지 않았는가.

그런데 지금 나보다 약간 키 큰 아름다운 금발의 처녀가 나타나 나의 입술을 원하며, 나의 팔에 의지하여 쉬기를 갈망하고 있지 않은가.

그녀는 크고 건강하게 자랐으며 살결은 희고 얼굴은 장밋빛이 감도는 붉은 빛에 두 눈에는 기대와 사랑하고 싶은 열망이 어려 있었다.

나는 한 번도 황홀한 꿈속에서 그녀의 뒤를 쫓아가 보거나 그녀의 이름을 떨리는 목소리로 불러본 적도 없었다. 하지만 내가 원하기만 한다면, 나는 그녀를 사랑하여 내 사람으로 만들 수 있을 것이나, 나에게는 그녀에 대한 존경심이 없었고, 그녀 앞에 무릎 꿇고 연모할 마음의 준비도 없었다.

그렇다면 어떻게 해야 한다는 말인가? 어쩌란 말이냐?

기분이 좋지 않아 끝내 나는 풀밭에서 일어나고 말았다. 정말 불쾌한 한낮의 한때였다. 이제 계약 기간이 내일이면 끝나므로 이곳을 떠나지 않으면 안 된다. 새로 출발하여 모든 것을 잊고 싶은 것이, 나의 진정한 바람이었다.

어떠한 어려움이 있더라도, 내가 살아 있다는 것을 확인하기 위해서 산 정상에 오르리라고 결심했다.

저 산꼭대기에 오르기만 하면 멀리까지 바라볼 수 있으리라.

나는 정신없이 뒤로 바위가 있는 데까지 경사진 곳을 뛰어 올라가 바위와 바위 사이를 기어서, 마른나무와 푸석푸석한 바위로 덮인 인적 없는 산이 연이은 산등성이로 달려갔다.

금세 나의 온몸은 땀으로 얼룩졌고 거친 숨결은 더욱 더위를 느끼게 했다. 숨을 헐떡거리며 그곳에 이르러 태양이 내리쪼이는 높은 지대의 희박한 공기를 마음껏 들이마셨다.

이미 꽃이 져버린 장미는 덩굴만 남아 있었고, 그 곁을 스치며 지나갔더니 마른 잎이 떨어졌다. 녹색의 작은 산딸기가 사방에 흩어지듯 널려 있어 햇볕이 닿는 쪽은 금속성의 연한 갈색빛을 띠고 있었다.

나비 한 마리가 천천히 조용한 날갯짓으로 그 속을 날며 황홀한 빛을 태우고 있었다. 푸른빛을 띤 가루를 미풍에 날리는 가새풀 꽃에는 붉고 검은 반점을 띤 무수한 풀벌레들이, 서로 어울려 그 긴 여윈 다리를 바쁘게 놀리고 있었다.

이미 오래전에 하늘의 구름은 모두 사라지고, 그 너머엔 맑은 하늘이 푸르게 빛나고 있었다.

나는 초등학생 적에 낙엽을 긁어모아 놓고, 가을의 모닥불을 피우던 높은 바위 위에 올라서서 뒤를 돌아다보았다.

아래쪽으로 긴 그림자를 반쯤 드리운 강이 빛나고 희게 반짝이는 물레방아의 좁다란 둑이 멀리 보였다. 거기에서 좀 더 깊숙이 들어간 외딴곳에 갈색 지붕이 잇닿은 우리의 오래된 거리가 뻗어 있고, 한낮의 굴뚝 위를 보랏빛 연기가 고요하게 일직선으로 공중을 향해 피어오르고 있었다.

또한 그곳에는 고풍의 우리 집과 낡은 다리가 보이며, 작고 붉은 대장간의 불빛이 한 송이 꽃처럼 보이는 우리의 공장이 자리 잡고 있었다.

거기에서부터 주욱 강을 따라 다시 아래쪽으로 내려오면 편편한 넓은 지붕에 잡초가 자라고, 희게 빛나는 유리창 뒤에서 다른 많은 사람들과 함께 베르타 포에클린이 일하는 방직공장이 내려다보였다.

아아! 그 여자, 나는 그녀에 대해 정녕 아무것도 알고 있지 못했다.

고향 거리 모든 집의 정원, 놀이터, 구석구석까지 너무나 눈에 익은 친밀감으로, 나를 올려다보고 있었다.

교회 시계탑의 금빛 침이 햇볕에 반짝거리고, 저쪽 그늘진 물레방아가 있는 운하에는 집과 나무들이 어울려 서늘한 그림자를 검게 물 위에 드리우고 있었다.

다만 나 자신만이 변하였을 뿐, 나와 고향의 풍경 사이에 소외감이라는 무서운 베일이 가로놓인 것은 모두 내 책임이었다. 산과 강과 숲의 이 작은 영역 안에, 나는 더 이상 만족하며 갇혀 있을 수가 없었다.

나는 아직도 강한 끈으로 이곳에 결박당해 있으면서도, 결코 거기에 뿌리를 내리지 못하고 담으로 둘러싸인 좁은 이곳을 뛰쳐 나가고 싶은 동경에 차 있었다.

슬픔을 깊이 간직하고 아래쪽을 바라보노라니, 내 모든 삶의 숨은 희망이 아버지의 말과 존경하는 시인의 말이 내 마음속 깊이 맹세와 함께 감정 속에 엄숙하게 용솟음치며, 어른이 되어 나 자신의 운명을 의식적으로 느끼는 것이, 이제는 진지하고 존엄한 일처럼 생각되었다.

그리고 이 생각은 곧 베르타 포에클린의 사건과 연관되어 그동안 나를 억누르고 있던 의혹 속에 한 줄기 빛으로 흘러들었다.

그녀는 아름답고 나를 좋아할지는 모르나 아무 노력도 없이 여자로부터 사랑받는다는 것은, 내가 관여할 바가 아니라는 생각이 들었다.

정오까지는 시간이 얼마 남지 않았다. 산의 정상에 오르려는 흥미는 이미 어디로인가 달아나 버리고, 그 대신 깊은 생각이 나를 사로잡아 결국, 나는 마을로 내려가는 작은 길로 들어섰다.

어릴 때 여름이 되면 무성한 범삼 풀 속에서 공작나비와 검은 딱정벌레를 잡던 철교 밑을 지나 공동묘지 담을 옆으로 끼고 돌자, 그 문 앞에는 이끼가 붙은 호두나무가 서 있어 어두운 그림자를 떨어뜨리고 있었다. 문은 열린 채였고 그 안으로부터 샘물 흐르는 소리가 아련히 들려왔다.

바로 옆에는 오월제와 세단제 때 음식을 놓고 술을 마시며 연설하고 무도회가 열리던 유원지의 식장이 있었다.

지금 그곳은 커다란 늙은 너도밤나무 그늘에 묻혀 있으며, 붉은 모래 위에 눈 부신 햇빛 반점이 떨어져 있어, 마치 이제는 잃어버린 곳처럼 적막감이 감돌았다.

이 골짜기의 바로 옆에 강까지 뻗어간 햇볕이 유난히 반짝이는 길에는 정오의 뜨거운 열기가 사정없이 끓고 있었고, 저쪽 햇볕이 내리쬐는 집들 맞은편 강 언덕엔 여기저기 흩어져 있는 물푸레나무와 단풍잎이 늦여름처럼 누렇게 물들어 있었다.

옛날에도 그랬듯 습관대로, 나는 물가로 가서 물고기들을 들여다보았다.

유리같이 투명한 물속에는 무성하게 수염이 달린 해초가 길게 꼬리를 흔들고 있고, 그 사이사이로 내가 잘 아는 약간 어두운 이곳저곳에는 살이 찐 물고기가 주둥이를 상류 쪽으로 향한 채 좀처럼 움직일 줄을 모르고, 때때로 수면에는 석반어 무리가 검은빛을 띠고 물살을 가르고 있었다. 오늘 아침에 낚시질 가지 않은 것을 잘했다고, 혼자 속으로 생각했다.

그러나 공기, 물, 그리고 둥근 두 큰 바위 사이의 맑은 물속에 검은빛을 띤 잉어가 쉬고 있는 것은, 오늘 오후에는 꼭 고기가 낚이리라는 것을 증명하고 있었다.

그리고 눈부신 가로로부터 대문 안으로 들어서서 지하실같이 찬 그늘이 있는 집 현관으로 발을 들여놓자, "휴우!" 하는 한숨이 나도 모르게 흘러나왔다.

"틀림없이 오늘도 폭풍이 불겠구나."

날씨에 민감한 아버지가 식사 시간에 말했다.

나는

"구름 한 점 하늘에 없고 서풍도 불지 않는데요."

하고 반박하였으나, 아버지는 웃으며, 다시 말했다.

"저렇게 공기가 팽창된 것을 보면 모르겠니? 이제 곧 내 말을 믿게 될 거다."

정말 찌는 듯이 무덥고 하수도에서는 열풍이 시작될 때처럼 아주 역한 냄새가 풍겼다. 등산하는 동안 열기를 마신 나는 피로를 느끼고 정원을 향해 난 베란다로 나가서 쉬었다.

산만한 기분에 깜빡깜빡 조느라 읽는 것이 중단되곤 하면서 카르롬의 영웅 『고르돈 장군의 이야기』를 읽었다. 그러는 동안 나 역시 곧 폭풍이 불어오리라는 예측을 하게 되었다.

하늘은 변함없이 푸르렀으나 팽창한 공기가 점점 무거워지며 마치 하늘에 우뚝 걸린 태양 앞에 뜨거운 구름이 층층 싸여 있는 것 같았다.

어느새 나는 낚시도구를 준비하기 시작했다. 낚싯줄과 낚시를 점검하는 동안에도, 벌써 고기를 낚아 올리는 열띤 흥분을 느끼며, 아직도 이 유일하고 깊은 위안이 나에게 남아 있다는 사실에 감사하였다.

그렇게 무덥고 차츰 조여오는 듯한 그날 오후의 정숙하였던 기분을, 나는 지금도 잊을 수가 없다. 나는 낚시와 어망을 들고 강 아래쪽, 이미 반쯤은 높은 집 그림자로 덮여 있는 작은 다리 밑까지 갔다.

부근에 있는 방직공장으로부터 졸음을 부르는 벌의 날갯짓 소리 같은 단조로운 기계 돌아가는 소리가 들리고, 위쪽 물레방앗간에서는 방아 도는 소리가 기분 나쁘게 이 빠진 톱날 소리같이 들려왔다.

그 외에는 너무나 조용했다. 직공들은 모두 공장 안에서 작업하고 있기 때문에 길에는 사람의 그림자도 보이지 않았다.

물레방아가 있는 곳에는 한 작은 사내가 옷을 벗은 채 젖은 바위 사이를 어슬렁거리고 있었다. 마차 수리 공장 앞에 생나무 판자를 벽에 세워 두었는데, 그것이 햇볕에 마르면서 풍기는 냄새가 고약했다.

그 마르는 냄새가 내가 있는 곳까지 풍겨왔으나, 나는 팽창한 듯한 약간 비린내 나는 물 냄새와 구별해서 맡을 수가 있었다.

물고기들도 약간 이상한 기후를 느낀 모양인지 행동이 산만했다. 처음 십오 분 동안엔 석반어가 몇 마리 물고, 아름다운 붉은 지느러미를 가진 무겁고 큰 놈은 내가 손으로 거의 잡으려는 순간에 그만 줄을 끊고 도망가 버렸다.

그와 동시에 물고기들은 뭔가 이상한 불안을 느꼈는지 민첩하게 진흙 속으로 깊이 숨어버린 다음에는, 다시는 미끼를 물려고 하지 않았다. 그러나 수면에는 치어 떼가 몰려다니고 있었다.

그것은 자주 새로운 무리를 만나 더 큰 덩어리가 되어 강 아래쪽으로 내려갔다. 모든 생명은 천기의 변화가 일어나고 있다는 것을 예감하고 있었다. 그러나 공기는 유리같이 고요하며 하늘에는 구름 한 점 없었다.

어떤 나쁜 하수가 그만 물고기를 쫓아버린 것으로 여겨졌으나 단념할 수가 없어서 새로운 장소를 물색하기로 하고 방직공장의 하수구가 있는 곳으로 갔다.

그곳의 창고 옆에 적당한 자리를 발견하고는 낚시도구를 벌려 놓으려고 할 때, 베르타가 공장의 계단 쪽 창문으로 모습을 나타내며, 나에게 손짓하는 것이 보였다. 그러나 나는 그것을 못 본 척하고 낚시도구를 챙겼다.

물은 돌이 깔린 개울에 검푸른 빛으로 흘렀다. 나는 수면에 양발 사이로 머리를 숙이고 앉아 있는 내 모습이 비치어 물결치는 대로 흔들리는 것을 보았다.

창가에 아직도 서 있는 그녀가 내 이름을 불렀으나, 나는 그냥 물속만 들여다보며 아예 고개도 돌리지 않았다.

이제 낚시질은 틀린 모양이었다. 여기서도 물고기들은 다급한 일이나 만난 듯이 우왕좌왕하고 있었다. 나는 짓누르는 듯한 더위에 더욱 피로감을 느낀 나머지 아무것도 기대할 수가 없었다.

이제 난 작은 벽에 기대어 앉은 채 빨리 밤이 되었으면 하는 엉뚱한 생각에 잠겼다. 내 등 뒤에서는 끊임없이 기계 소리가 들려오고 개울물은 이기 낀 둑에 부딪히며 낮은 소리를 내며 끊임없이 흘렀다.

나는 엷은 졸음에 쫓기는 듯 순간적으로 모든 일이 귀찮아졌다. 낚싯줄을 감는 것조차 싫어서 그냥 앉은 채 내버려두었다.

이러한 텅 빈 상태로 한 삼십 분가량을 보냈을까. 갑자기 나는 불안에 휩싸이며 심한 불쾌감을 느끼며 졸음에서 깨어났다. 불안한 바람이 빙글빙글 돌고 있었다.

공기가 억눌린 듯 무겁고 김이 빠진 것 같았다. 몇 마리 제비가 놀란 듯이 수면 위를 스치며 날아갔다.

약간의 현기증에 혹시 일사병에 걸리지나 않았나 하는 불길한 생각이 들었다. 이마에 땀이 흘렀다. 물에서는 더욱 강한 냄새가 풍겨왔다. 나는 낚싯줄을 감고 줄에서 떨어지는 물방울에 손을 적시며 낚시도구를 걷어 챙기기 시작했다.

이윽고 내가 자리에서 일어서자, 방직공장 앞 광장에서 먼지를 품은 작은 구름 덩이 같은 것이 여기저기에서 빙글빙글 돌더니 높이 올라가 쫓겨가는 새 떼처럼 날아갔다.

그와 동시에 골짜기로부터 흰빛을 띤 눈보라와 같은 것이 이쪽으로 몰려오는 것이 보였다. 그러자 대기는 이상하게 차가워지면서, 마치 싸움터의 적병들처럼 내 쪽을 향해 불어와 순식간에 내 모자를 날리면서 얼굴을 강타하였다.

마치 눈으로 만들어진 것 같은 대기의 벽이 갑자기 해일처럼 내 주위로 몰려들었다. 그것은 차고 숨이 막히게 했다.

내 위에는 울부짖는 듯한 광풍이 일어나서 닥치는 대로 파괴하고 날뛰면서 나의 머리와 손을 때렸다. 모래와 나뭇조각이 공중으로 날아올랐다.

나는 무엇이 어떻게 되는 건지 알 수 없었다. 다만 무서운 일이 일어나리라는 예감만은 틀림없을 것 같았다. 단숨에 창고 옆으로 달려가서 놀라움과 무서움에 정신없이 안으로 뛰어들었다.

나는 쇠기둥을 힘껏 붙잡고 현기증과 동물적인 불안으로 숨도 쉬지 못하고 멍하니 몇 분간 서 있다가 겨우 정신을 차렸다.

이전에는 볼 수 없었던 전혀 예상하지도 못했던 폭풍이 악마처럼 다가온 것이다. 하늘 높이 사나운 광풍이 날뛰는 소리가 들려왔다.

바로 머리 위 지붕과 입구, 땅에 우박이 떨어지고 있었고 얼음덩이가 안으로까지 굴러들어 왔다. 우박과 바람이 무서운 소리를 지르고, 개울물은 매 맞은 듯 날뛰며 둑 위로 넘쳤다.

일순간에 나는 모든 것을 보았다. 나뭇조각, 지붕의 판자, 찢긴 나뭇가지가 광풍에 휩쓸려 공중으로 날아다니고 석회 조각이 떨어지는가 하면, 우박이 그 위로 쏟아져 내렸다.

때로는 망치로 때리는 것 같은 굉음과 함께 기와가 날아가 떨어지는 소리며, 무엇인가에 의해 유리창에 깨지는 소리, 빗물 홈통이 날아가 부서지는 소리를 들었다.

바로 이때, 공장으로부터 한 사람이 빠져나와 우박으로 덮인 개울둑을 가로질러 내 쪽으로 뛰어오는 것이 보였다. 폭풍을 받으며 긴 머리카락을 날리는 것으로 보아 여자가 틀림없었다. 그 모습은 처참하게 헝클어진 채 폭풍 속을 비틀거리며 다가오고 있었다.

이윽고 안으로 들어오자, 곧장 내게로 달려와 내 앞에 섰다. 사랑스러운 큰 눈에 슬픈 미소를 띤 얼굴의 여자였다. 말 없는 뜨거운 입술이 내 입술을 찾아 숨 쉴 사이도 없이 만족을 느끼지 못하는지, 오랜 입맞춤을 했다.

그녀의 양손은 내 목을 끌어안았고 젖은 금빛 머리털을 나의 뺨에 대고 비볐다. 그리고 우박을 쏟아대는 폭풍우가 온 세상을 진동시키는 동안 숨 가쁜 애욕의 폭풍이 깊고 무섭게 나를 습격하였다.

우리는 말없이 서로 꼭 부둥켜안은 채로 낡은 판자 위에 앉아 있었다. 나는 겁먹은 표정으로 베르타의 머리카락을 쓰다듬으며,

내 입술은 그녀의 도톰하고 팽창한 입술을 덮었다. 그녀의 끈끈한 정열이 달콤하고 괴롭게 나를 감쌌다.

이윽고 나는 눈을 감았다. 베르타는 나의 머리를 자기의 뛰는 가슴에, 무릎에 갖다 대고 부드럽고 떨리는 손으로 나의 얼굴과 머리를 쓰다듬었다.

내가 현기증을 느끼며 어둠 속의 폭풍우로부터 얼마쯤 깨어나 눈을 떴을 때, 베르타의 진실한 얼굴이 아름다움을 띠고, 바로 내 위에 있었다.

베르타의 깊고 젖은 눈이 내 눈을 하염없이 내려다보고 있었다. 젖어 흐트러진 머리카락 사이로 보이는 이마로부터 가는 한 줄기의 빨간 피가 흘러 목까지 내려와 있었다.

"어찌 된 일입니까? 대체 어떻게 된 일이지요."

내가 걱정스러운 어조로 물었다.

그녀는 나의 눈을 더욱 깊이 바라보며 힘없이 웃었다.

"이 세상이 온통 날아가 없어지는 것 같아요."

베르타의 나직한 음성이 들려왔을 때, 그 뒤를 이어 위협하는 듯한 폭풍의 거센소리가 그녀의 말을 삼켜버렸다.

"피가 흐르고 있군요."

내가 말했다.

"우박 때문이에요. 뭐 상관없어요. 하지만, 난 너무 무서워요."

"아닙니다, 하지만 당신은?"

"이제 난 조금도 무섭지 않아요. 아아! 이 세상의 거리 전체가 전부 무너져 버릴 것 같아요. 정말로 당신은 나를 사랑할 수 없는 건가요?"

나는 말없이 슬픈 사랑에 차 있는 그녀의 맑고 깊은 큰 눈을 올려다보았다. 그 눈이 내게로 가까이 오고, 그녀의 젖은 입술이 무겁게 파고들듯 나의 입술에 닿아 있는 동안, 나는 곁눈질 한 번 할 수 없었고 다만, 그녀의 눈을 응시할 뿐이었다.

바로 눈 옆의 얼굴 위로 빨간 피가 흐르고 있었다. 나의 온 감각과 근육이 무엇인가에 의해 마비되어, 나의 마음은 이러한 폭풍 속에서 자신의 의지에 반하여 속박되는 것으로부터 피하려고 안간힘을 썼고, 잘못되지 않으려고 필사적으로 저항하였다.

이윽고 내가 일어서자, 베르타는 내가 그녀를 동정하고 있다는 것을, 내 눈빛을 보고 깨달은 듯했다.

베르타 역시 몸을 일으키며 격정에 불타는 분노한 듯한 눈길로 나를 쏘아보았다. 그리고 내가 연민의 정으로 한 손을 그녀 앞으로 내밀었을 때, 베르타는 두 손으로 그것을 붙들고 얼굴을 그 속에 파묻고 흐느끼기 시작했다.

그녀의 뜨거운 눈물이 떨고 있는 내 손등 위로 흘러내렸다. 나는 당황해하며, 그녀를 내려다보았다. 그녀는 나의 두 손을 얼굴에 댄 채 흐느끼며 울었고, 어깨를 들먹거렸다.

만일 이것이 다른 사람이 아니라, 진심으로 사랑하여 내 영혼을 기꺼이 바칠 수 있는 그러한 사람이라면, 나는 이 사랑스러운 여인의 목덜미를 매만지며 키스하고 싶었을 것이라는 생각이 들었다. 그러나 내 몸 안에 피는 서서히 식어가고 있었다.

나의 청춘과 젊음의 긍지를 바치고 싶지 않은 여자가, 지금 내 발밑에 꿇어앉아 있다는 사실이 수치스럽고 괴로웠다.

내가 어떤 마술에 걸린 듯한 일 년간의 모든 체험, 지금까지 아주 세밀한 마음의 움직임이 불과 몇 분간의 일처럼 기억되는 기적 같은 사건이 일어났다.

뜻밖에 밝은 햇볕이 다시 비춰들며 푸른 하늘이 한 조각 한 조각 부드럽고 맑게 나타나면서 칼로 벤 듯 폭풍의 굉음이 멎으면서 믿을 수 없을 정도의 고요가 또다시 우리를 엄습해 왔다.

나는 환상적인 꿈의 동굴에서 나오듯 창고 안에서 다시 평온을 찾아 햇볕이 쏟아지는 밖으로 나와, 아직 내가 살아 있다는 데에 환희를 느꼈다.

공터는 말이 아니었다. 젖은 땅이 말굽에 짓밟혀 팬 것처럼, 군데군데 작은 구덩이가 볼썽사나웠다. 우박은 쌓인 채 그대로였고 내 낚시도구는 물론 고기를 담으려던 어망마저 어디론가 날아가 버렸다.

공장 마당에는 많은 사람이 모여 웅성대고 있었고 부서진 창문 사이로 공장 안이 들여다보였다. 그 문을 통해 사람들이 밀려 나오고 있었다. 추녀 밑에는 유리조각과 바람에 날려 깨진 기왓조각이 쌓여 있고, 함석으로 만든 긴 물홈통이 찌그러진 채로 아슬하게 매달려 있었다.

그런데 나는, 지금 금방 일어났던 모든 일을 잊어버리고 폭풍이 지나간 다음 얼마만큼의 피해를 남겼는지, 단순한 불안과 호기심 이외에는 아무것도 생각하지 않았다.

공장의 부서진 창과 깨어져 널려 있는 기왓장을 처음 보는 순간에는 매우 황폐하고 암담하게 보였으나, 결국 그 모든 것은 그렇게 무서운 일은 아니어서, 폭풍이 내게 준 절망적인 인상에는 비할 바 아니었다.

나는 안심하며, 약간은 실망하여 꿈속에서 깨어난 듯 크게 숨을 내쉬었다. 집들은 예전과 다름없이 서 있었고, 산과 골짜기는 여전히 양쪽에 있었다. 아니 세상은 조금도 변모되지 않았다.

그러나 내가 다리를 건너 처음으로 작은 길로 접어들면서 공장 안을 들여다보니 피해는 의외로 심각했다.

길가에는 파편과 부서진 창문의 유리 조각들이 널려 있고 굴뚝은 무너져 있었다. 더구나 지붕이 내려앉은 것을 보고는 놀라지 않을 수 없었다. 파헤쳐진 길가엔 돌과 나뭇가지로 어수선했다. 잃어버린 아이의 이름을 외치듯 부르는 소리가 들려오기도 했다.

들에서 일하다가 우박에 맞아 정신을 잃은 사람도 있다고 한다. 주위에는 동전만 한 우박이 얼음덩어리로 변하여 햇볕에 녹고 있었다.

나는 아직도 놀란 가슴이 식지 않는 흥분 상태여서 집으로 돌아가 피해를 살펴볼 엄두를 내지 못하고 길거리에서 방황하는 한편, 집안 식구들이 나를 찾고 있을 것이라는 생각조차도 하지 못하고 있었다. 그러나 그러한 사실은 나에게 아무런 도움이 되지 못하는 것들이었다.

나는 어수선한 길을 조심스럽게 가기보다 차라리 산길을 택해 가는 편이 나을 것 같아 묘지 옆 제터祭祀場, 소년 시절에 축제가 있을 때마다 가서 뛰놀던 그 제터로 가고 싶다는 생각이 머리에 떠올랐다.

내가 몇 시간 전에 바위산에서 돌아오는 길에 그곳을 지나왔다고 떠올리고는 놀랐다. 그때로부터 많은 시간이 흐른 것 같이 생각되었기 때문이었다.

그래서 나는 그 길을 버리고 조금 전의 길로 다시 나와 아래쪽 다리를 건넜는데, 도중에 붉은 벽돌로 두른 담장 틈바구니를 통해 들여다본 우리 교회의 탑은 그대로 서 있었고, 체육장도 그리 피해가 없다는 것을 알게 되었다.

멀리 지붕이 오래되어 낡은 음식점이 빈집처럼 서 있었다. 그것은 옛날과같이 서 있었으나, 웬일인지 다르게 보였다. 그 이유는 알 수 없었다.

자세히 관찰하여 보니 그 집 앞엔 언제나 큰 포플러가 두 그루 서 있었는데, 지금은 그 자리에 없다는 것을 발견했다.

옛날부터 낯익은 장소는 파괴되고 아름다운 풍경은 살벌해져 있었다.

그때 더 많은 것과, 더 귀중한 것이 파괴되지 않았을까 하는 우려와 불길한 예감이 일어났다.

갑자기 내가 얼마나 고향을 사랑하며, 내 마음과 행복이 얼마나 깊이 고향의 지붕, 탑, 다리, 길, 나무, 정원, 그리고 숲의 혜택을 받는 것인가를 새삼스럽게 분명히 느꼈다.

이제 나는 흥분과 불안에서 벗어나면서 제터의 넓은 장소를 향해 급히 달려갔다.

그곳으로 달려간 나는, 그 자리에 우뚝 멈췄다. 나의 가장 사랑하는 회상의 장소가 파괴되어 버림받은 듯이 흐트러져 있었다.

우리가 그 그늘에서 축제를 즐기고, 몇 명이 손을 잡고 둘러싸도 안을 수 없었던 늙은 떡갈나무가 뿌리째 뽑혀 넘어져 있었고, 그 옆의 보리수나무, 단풍나무까지 겹쳐 쓰러져 있었다.

이 넓은 장소가 삽시간에 아수라장으로 변해 꺾인 나무며 찢긴 나뭇가지들로 무덤을 이루었다. 더 이상 머물고 싶은 생각은 이미 달아난 지 오래였다. 광장과 길은 마구 던져진 나무 밑동과 꺾인 가지들로 막혀 유령터였다.

처음 유년 시절부터 지금까지 유서 깊은 신성한 그림자와 높은 나무의 전당밖에 모르던 이곳을 비워버린 듯한 하늘이 내려다보고 있어 공허한 느낌을 주었다.

나는 나의 모든 뿌리가 순식간에 뽑혀 반짝반짝 빛나는 용서받지 못할 한낮에 내동댕이쳐진 처참한 기분에 싸였다.

하루 종일 나는 마을 주변을 헤매듯 돌아다녔으나, 이미 숲도, 그리운 호두나무의 그림자도, 어릴 때 기어오르던 참나무도 모두 없어지고 가는 곳마다 파편과 웅덩이와 풀을 깎은 것처럼 무너진 숲의 언덕과 뿌리뽑힌 나무들의 사체뿐이었다.

이제는 분명, 나와 나의 소년 시절 사이에는 한 간격이 생겼고 고향은 이미 지난날의 고향이 아니었다. 지난날의 즐거웠던 추억과 어리석었던 기억들이, 모두 나로부터 서서히 떠나갔다.

그 후, 나는 곧 어른이 되기 위하여 그리고, 이 최초의 그림자가 침범한 이 시절의 삶을 계속 지탱하기 위하여. 마침내 나는 이 거리를 떠나기로 결심했다.

튀빙겐 시절의 헤세 모습

페로트 시계 공장. 〈수레바퀴 밑에서〉15개월 동안의 공장 견습 생활은
이곳에서 얻은 체험이었다.

멀리 네카강이 보인다. 젊은 날 헤세는 이곳을 찾아 산책을 즐겼다.

헤세의 고향 칼브

사랑의 모습

지난날 체험했던 일이 낯설어지기도 하고 상상할 수 없을 정도로 기억에서 사라질 수도 있는 것으로 보아 예삿일은 아니다.

사라지는 시간 속에서 많은 경험과 함께, 우리는 지난 여러 해를 전혀 기억하지 못하는 일도 있다.

나는 가끔 어린아이들이 학교로 뛰어가는 것을 바라보지만, 나 자신의 어린 시절을 떠올리지는 않는다. 또한 고등학생들을 보기도 하지만, 나도 옛날에는 그들과 똑같이 학생이었다는 것을 별로 느끼지 못한다.

공장 직공들이 작업장으로 가고, 볼품없는 차림의 점원들이 일터로 가는 것을 바라보면서도, 나도 그 옛날에는 그들과 똑같은 길을 걸었으며, 청색 작업복과 팔꿈치가 닳아 반질반질한 일복 차림이었다는 것도 완전히 잊어버렸다.

또한 서점에서 베스트셀러가 된 드레스텐 피에슨스 출판사가 간행한 18세 소년이 쓴 시집을 펴보면서, 나도 그와 같은 시를 썼으며, 그러한 작가였다는 것을 생각조차 하지 않았다.

그러나 언제인가 한 번쯤은 산책길에서 아니면, 기차를 타고 여행하는 중에, 또는 잠 못 이루는 밤에 완전히 잊혔던 지난날, 한 조각 삶의 파편이, 다시 기억나고 무대의 세트처럼 눈부신 색색의 불빛을 받아, 모든 것이 하나씩 되살아나면서 이름과 장소, 소음과 냄새까지 뚜렷하게 내 앞에 모습을 드러낸다.

바로 어젯밤에도 그런 일이 있었다. 그 당시에는 절대로 잊지 못할 것이라고 확신하던 것을 수년 동안 백지상태에 가깝도록 깨끗이 잊어버렸던 체험이 갑자기 내 앞에 나타난 것이다.

그것은 우리가 책이나 주머니칼을 잃어버렸다가, 어느 날 우연히 서랍 속의 잡동사니를 정리하다가 발견하여, 다시 갖게 되는 것과 똑같은 감정의 흐름을 엿볼 수 있다.

그때 내 나이는 열여덟 살이었고 자물쇠 기계공장에서 견습 기간이 끝나갈 무렵이었다. 얼마 전부터 나는 이 분야에서 별로 성공하지 못하리라는 것을 알게 되었고, 직업을 다시 바꾸어야 한다는 결심을 하게 되었다.

아버지에게 그와 같은 말씀을 드릴 기회가 올 때까지는 그저 머무르는 듯한 불안정한 시간을 보내고 있었다. 그리하여 공장을 그만두고 여러 가지의 길이 기다리고 있다는 것을 의식한 사람처럼 반쯤은 불쾌하게, 그리고 반쯤은 즐거움 속에서 일했다.

그 당시 우리가 일하던 공장에는 침식만 제공받고 기술을 배우는 견습공이 한 명 있었는데, 그는 이웃 마을에 사는 부잣집 부인과 친척이라는 이유로 특별 대우를 받고 있었다.

공장 주인이기도 한 이 젊은 미망인은 작은 별장에서 살고 있었다. 멋진 자가용과 승마용 말이 있었으며, 소문에 의하면 성격이 매우 괴팍하고 오만한 여자라고 했다.

그녀는 사교적인 모임에서 부인들과 자주 어울려 커피 마시기를 즐겨하는 한편, 틈틈이 승마를 하고 낚시질하며, 꽃을 가꾸고 베른하르트 종 개를 기르는 등 다양하게 여가 시간을 보내고 있었다.

많은 사람이 질투와 선망, 노여움에 찬 시선으로 그녀를 주시했고, 자주 여행을 가는 슈트카르트와 뮌헨의 사교계에까지 알려진 부인이라고 떠들어 댔다.

그녀의 조카뻘되는 친척이 우리 공장에서 견습공으로 일하게 된 이후, 벌써 세 번이나 이 불꽃 같은 여자는 작업장까지 찾아와서 자기 조카를 만나본 다음, 공장 안을 두루 살펴보는 것이었다.

아름답게 화장을 한 그녀가 기품 있는 몸짓과 호기심에 가득 찬 눈길로 유머 넘치는 질문을 하면서, 오랫동안 그을린 공장 안을 걸어 다닐 때면 무척 멋있게 보였고, 나에게는 아련한 인상을 느끼게 해주었다.

그녀는 겨우 사춘기를 벗어난 소녀처럼 청순하고 소박한 얼굴에 밝은 금발로 키가 컸다. 그때 우리는 기름투성이로 얼룩진 작업복을 입고 검은 손과 얼굴을 하고 말없이 선 채 공주님을 바라보는 듯한 기분을 느끼기도 했다.

그런 어느 날 오후, 휴식 시간에 그 부인의 조카인 견습공이 내게로 와서 말했다.

"이봐, 이번 일요일에 우리 아주머니 집에 함께 가지 않겠어?

아주머니가 널 초대했어."

"뭐, 날 초대했다구? 쓸데없는 농담하지 마. 그런 장난 하면 네 코를 소화기 통에 쑤셔 박아 주겠어."

하지만 그의 말은 사실이었다. 그녀는 나를 일요일 저녁에 자기 조카와 함께 초대한 것이다.

예정대로라면 식사가 끝난 후 밤 10시 기차로 우리는 집으로 돌아올 수 있을 것이고, 좀 더 머물고 싶다면 늦은 시간일지라도 차를 내어줄 수 있을 것이다.

부인은 아주 고급스러운 자가용을 가지고 있으며, 정원지기와 하인, 마부, 하녀를 거느리고 있었는데, 그런 여주인과 교제한다는 것은, 그 당시의 나로서는 상상도 할 수 없는, 정말 꿈같은 일이었다.

그러나 이런 생각은 그녀의 초대에 응한 뒤 그만 열정에 사로잡혀, 어떤 외출복을 입을 것인가 궁리하던 끝에, 비로소 떠올린 환상과 같은 것이었다.

토요일까지 나는 들뜬 감정과 기쁨으로 시간을 보냈다. 그런 다음에는 알 수 없는 불안감 같은 것에 휩싸였다. 그녀를 만나면 어떤 이야기를 해야 하며, 어떻게 행동해야 할 것인가 조바심하며 보낸 것이다.

언제나 내가 자랑스럽게 여기던 양복은 손질하지 않아서 주름과 얼룩으로 더럽혀져 있었고 소매 끝은 낡아 있었다. 그뿐만 아니라, 모자는 낡고 아주 구식이었다.

이것은 내가 가진 세 개의 재산목록—끝이 뾰족한 반장화와 화

려하도록 빨간 명주 넥타이, 그리고 니켈 테를 두른 안경—으로
도 보충할 수 없었다.

이윽고 일요일 저녁에 나는 그 견습공과 함께 망설임과 흥분,
억제하기 어려운 감정을 안은 채 걸어서, 그녀의 별장이 있는 세
틀링겐으로 갔다.

마침내 별장 앞에 다다랐다. 우리는 동양산 소나무와 실측백나
무 아래에 있는 격자문 앞에 섰다. 그러자 개 짖는 소리가 초인종
소리와 함께 들려왔다.

하인이 마중 나오며 말없이 우리를 안내했다. 그는 나를 향해
달려드는 무서운 개들로부터 보호해 주었지만, 우리를 대수롭지
않게 대했다.

나는 불안한 마음으로 지난 몇 달 이래, 이토록 깨끗해 본 적이
없는 내 손을 바라보았다. 저녁이 되기 전 거의 반 시간이나 걸려
서 휘발유와 비누로 손을 닦았다.

부인은 기다렸다는 듯 밝은 표정으로 하늘빛 여름옷을 입고 응
접실에서 우리를 맞이했다. 악수를 청하고 자리를 권한 뒤 저녁
식사가 곧 준비될 것이라고 덧붙여 말했다.

"당신은 눈이 나쁜가요?"

하고 그녀가 나직한 음성으로 나에게 말했다.

"네, 조금……."

"안경이 전혀 어울리지 않는 것 같네요. 아시겠어요?"

나는 그녀의 거침없는 말에 안경을 벗어 바지 주머니에 넣으며
약간 불쾌한 표정을 지었다.

"당신도 소찌스트인가요?"

그녀가 계속 물었다.

"사회민주주의자를 말씀하시는 건가요? 그렇습니다."

"어떤 이유 때문이지요?"

"확신하기 때문입니다."

"아, 그래요? 그런데 넥타이가 정말 예쁘군요. 이젠 식사를 들도록 하세요. 시장하겠어요."

주방에는 세 사람분의 그릇이 놓여 있었다.

그러나 내 기대와는 달리 나를 당황케 할 만한, 그 어떤 것도 없었다. 소머리 고기로 만든 수프와 등심구이, 채소와 샐러드, 케이크 등 내가 창피당하지 않고도 먹을 수 있는 것들이었다.

우리가 식탁에 앉자, 여주인이 갈색 포도주를 손수 따랐다. 식사하는 동안 줄곧 그녀는 자기 조카하고만 대화를 나누었다. 맛있는 음식과 술기운이 유쾌한 분위기를 만들었으므로, 나는 곧 기분이 좋아지고, 어느 정도 자신감도 가졌다.

식사가 끝나자, 술잔은 다시 응접실로 옮겨졌다. 향 내음이 짙은 시가를 피우도록 권유받고, 화려하도록 빨갛고 금빛 나는 초에 불을 켜 놓았을 때의 놀라움, 나의 기분은 무엇에도 비교할 수 없을 만큼 한없이 고조되어 있었다.

이제 나는 그녀를 똑바로 볼 수 있었다. 나의 눈에 비친 그 여인은 너무나도 섬세하고 아름다워서 장편소설에서 읽은 여주인공의 모습처럼, 막연한 그리움에 젖어 상상하던 세계의 가슴 벅찬 영역으로 옮겨와 있는 듯한 아스라한 느낌까지 들었다.

우리는 조금씩 격식을 허물어가면서 유쾌한 대화를 나누기에 이르렀다. 나는 식사 때, 그 부인이 사회민주주의와 빨간 넥타이에 관해서 말한 것에 농담할 수 있을 정도로 대담해져 있었다.

"그건 당신 말이 옳아요."

하고 그녀는 웃음을 지으며 말했다.

"확신이 있다면 자신감을 가지세요. 그러나 넥타이를 너무 비뚤게 매지는 말아요. 자, 이렇게 해보세요."

그녀는 내 앞으로 몸을 굽혀 두 손으로 넥타이를 매만졌다.

그때 놀랍게도 그녀가 두 손가락으로 벌어진 와이셔츠 속의 내 가슴을 의도적으로 살며시 매만지고 있다는 사실을 알았다.

내가 놀라며 바라보았을 때, 그녀는 너무나 대담하게 다시 한번 두 손가락으로 힘껏 누르면서 내 눈을 깊숙이 들여다보았다.

"아!"

하고 나는 감탄의 신음을 가슴 속으로 삼키며, 너무 황홀해져서 몸 둘 바를 몰랐다.

그러는 동안 그녀는 몸을 펴서 넥타이를 바라보는 것처럼 태연스럽게 행동했다. 그리고 다시 나를 진지하게 바라보며 몇 번인가 고개를 끄덕였다.

"이봐. 건넛방에 있는 놀이 상자를 좀 가져다주겠어. 그래, 어서 좀 가져와."

그녀는 잡지를 뒤적거리고 있는 조카에게 말했다.

그가 자리를 뜨자, 그녀는 눈빛을 빛내면서 나에게로 몸을 굽혔다.

"아!"

하고 그녀는 달콤한 음성으로 속삭였다.

"당신은 너무나 사랑스러워."

이렇게 말하며 그녀는 얼굴을 가까이했다.

그러자 우리 두 사람의 입술은 서로 기다렸다는 듯이 순간적으로 맞닿았다. 한 번, 그리고 또 한 번…….

나는 그녀를, 크고 아름다운 여인을 아플 정도로 힘껏 껴안았다. 그러자 그녀는 다시 내 입술을 찾았다. 격렬한 입맞춤의 환희에 온몸이 전율했다.

키스하는 동안 그녀의 눈가는 촉촉하게 젖어 소녀처럼 반짝거렸다.

잠시 후에 조카가 놀이 상자를 가지고 돌아왔다. 자세를 바로잡고 앉아서 우리 세 사람은 태연스럽게 과자 따먹기, 주사위 놀이를 하였다. 명랑해진 그녀는 주사위를 던질 때마다 우스운 농담을 했다.

그러나 나는 한마디의 말도 할 수가 없었고, 숨쉬기조차 어려웠다. 그녀는 여러 번 탁자 밑으로 손을 내밀어 내 손을 매만지며 장난하거나 내 무릎에 자기 손을 올려놓기도 했다.

그럴 때마다, 나는 어떻게 행동해야 좋을지 몰라 그저 막연한 기대감으로 잠자코 있었다.

이윽고 10시경이 되자, 그녀의 조카가 돌아가야 할 시간이라고 말했다.

"벌써! 당신도 가고 싶은가요?"

이렇게 말하면서 그녀는 나를 보았다. 그러나 나는 아무 경험이 없었으므로 돌아갈 시간이 되었노라고 더듬거리며 일어섰다.

"꼭 그렇다면……."

그녀가 말하자 조카도 따라 일어섰다.

나는 문을 향해 그를 따라갔다. 그러나 그가 앞서서 응접실 문을 나서자, 그녀는 내 팔을 황급히 잡아 자기에게로 끌어당겼다.

"현명하게 굴어요. 좀 더 말이에요."

하고 나에게 속삭였으나, 끝내 나는 그 말의 뜻을 알아차리지 못했다.

작별한 다음, 우리는 곧장 정거장으로 달려갔다. 표를 사서 겨우 차에 올라탔다. 그러나 나는 알 수 없는 허탈감에 빠졌다. 도저히 그냥 돌아가고 싶지가 않았다.

나는 넋 빠진 사람처럼 출입구 난간에 매달려 있다가 기관사가 출발 신호로 기적을 울렸을 때, 나도 모르게 열차에서 뛰어내렸다. 이미 캄캄한 밤이었다.

쓰리고 아픈 마음으로 나는 그녀가 있는 정원 안 불 켜진 격자문을 오랫동안 바라보고 서 있다가 돌아서서 긴 시골길을 어둠과 함께 걸어서 집으로 돌아왔다.

아! 아름다운 부인이 나를 사랑하고 있다. 황홀한 마술의 나라가 내 앞에 끝없이 펼쳐졌다. 나는 주머니에서 니켈 테 안경을 찾아, 그것을 길가 웅덩이에 힘껏 던졌다.

다음 일요일에 그 견습공은 다시 점심 식사에 초대받았다. 그러나 나는 초대 받지 못했다. 그 후 그녀는 작업장에 모습을 나타내지 않았다.

나는 견딜 수가 없었다. 석 달간이나 일요일, 혹은 늦은 저녁에 자주 세틀링겐으로 찾아갔으며, 격자문 밖에서 귀를 기울이고 정원 주위를 배회하곤 했다.

어둠 속에서 개가 짖고 실측백나무 사이로 불어오는 바람 소리에 마음은 더욱 고통스러웠다.

때로는 불 켜진 방을 바라보며 그녀가 나를 한 번은 보게 될 것이며, 지금도 나를 좋아하리라는 어리석은 생각에 늦은 밤까지 시간을 보내기도 했다.

언제인가는 그 집안에서 외로운 내 마음을 어루만져 주는 듯한 감미로운 피아노 소리가 들려왔다. 그때 나는 담벼락에 기대앉아 하염없이 눈물을 흘렸다.

그러나 더 이상 하인이 나를 그녀가 있는 곳으로 안내해 주지도 않았고, 개가 달려들지 못하도록 보호해 주는 일도 없었다.

또한 그녀의 손이 내 손을, 그리고 그녀의 입술이 내 입을 스치는 기적도 일어나지 않았다. 다만 꿈속에서 몇 번인가, 그런 순간을 맛보았을 뿐이다.

그리고 나는 그해 늦은 가을 공장을 그만두고 푸른 작업복을 영원히 벗어버리고, 멀리 다른 지방으로 떠났다.

서재에서 독서에 열중하는 헤세

튀빙겐 시가지 전경

사랑의 빛깔

3년 동안, 나는 서점 점원으로 일했다.

첫 월급으로 80마르크 받았고, 다음에는 90마르크, 견습 기간이 지나자, 95마르크를 받았다.

나는 내 생활비를 벌었고 주위 사람들로부터 동전 한 푼 받을 필요가 없었다는 사실이 기쁘고 자랑스러웠다.

나의 희망은 고서점을 잘 경영해서 성공하는 일이었다. 이곳에서는 도서관장처럼 오래된 책 속에 묻혀 살면서 고판본과 목판 인쇄물에 날짜를 기록하였다.

훌륭한 고서점에서는 250마르크 이상의 월급을 주는 자리도 있었는데, 거기에 이르기까지는 멀고 먼 길을, 인내로 열심히 일하지 않으면 안 되었다.

그러나 일할 만한 가치는 충분히 있었다.—내 동료 중에는 별난 사람들이 있었다.—때로는 서점이 각자 삶의 길을 걸어가는 동안 잠시 쉬어가듯, 낙오자를 위한 피난처와 같다는 생각이 들기도 했다.

신앙심이 없어진 목사, 졸업하지 못한 만년 대학생, 일자리가 없는 철학 박사, 쓸모없는 편집인, 그리고 불명예로 제대한 장교들이 내 앞의 책상에서 일하고 있었다.

그들에게는 처자가 있었고, 형편없이 낡은 옷을 입고 다니며, 안일하게 살아가고 있었다.

그러나 대개는 매달 열흘 동안은 풍성하게 지냈고, 나머지 기간은 맥주와 치즈와 쓸데없는 이야기로 만족해하며 생활했다.

그렇지만, 모두 화려했던 시절의 유물로 멋진 예의범절과 교양 있는 말솜씨를 간직하고 있었으며, 그들은 결코 자기들만의 탓이 아닌 불운으로 이 하잘것없는 자리에까지 영락해 버렸노라고 확신하고 있었다.

사실 그들은 별난 사람들이었다. 그러나 콜롬반 후쓰와 같은 사나이는, 어떤 특징도 없었다.

어느 날 구걸하려 회계실에 들어왔다가 기회가 좋아서 보잘것 없는 서기 자리가 하나 비어 있는 것을 알고 감사하게 그 자리를 차지하여 일 년 이상을 일해온 것이다.

사실상 그는 결코 무슨 눈에 띌만한 행동은 하지도 않았고, 또한 그런 말을 하지도 않았다. 외적으로는 다른 가난한 사무직원들과 똑같이 평범하게 생활하였다.

하지만, 그가 결코 지난 세월을 그렇게 살아오지는 않았다는 것을, 그를 자세히 살펴보면 알 수 있었다.

그의 나이는 쉰이 약간 넘었을 듯 보였고, 체격은 군인처럼 당당했다. 또한 그의 몸가짐은 고상하고 의젓했으며, 눈초리는 시인들에게서 볼 수 있는 눈빛이었다. 그 당시를 돌이켜보면 그런 기억이 살아났다.

내가 그를 남몰래 경탄하고 흠모한다는 것을 그가 눈치챘기 때문에, 후쓰는 언젠가 나와 함께 주점으로 간 일이 있었다.

그때 그는 인생의 높은 경지에 이른 이야기를 하였고, 내가 술값을 내도록 해주었다.

그리고 7월 어느 날 밤에는, 다음과 같은 말을 들려주었다.

그날이 바로 내 생일이었기 때문에, 나는 그를 초대하여 간단한 저녁 식사를 함께하러 갔는데, 우리 두 사람은 적당히 술을 마셨고, 그다음에는 따뜻한 밤의 대기에 유혹되어 강기슭을 거슬러 올라가며 산책을 즐겼다.

길 끝 보리수나무 아래 돌로 만든 벤치가 하나 놓여 있었는데, 그는 그 위에 발을 뻗고 누웠고, 나는 풀밭에 누웠다. 그러자 그가 어두운 밤하늘을 올려다보며 이야기하기 시작했다.

"자넨 아직도 젊어, 이 친구야. 그리고 세상과 인생에 대해 아직 잘 모를 걸세. 하지만 난 늙은 바보지. 그렇지 않다면, 내가 지금 하려는 이야기를 살아갈 마음가짐이 충분하다면, 내 이야길 혼자 가슴 속에 묻어두는 편이 좋을 걸세. 하지만 자네 마음에 달려 있으니 좋을 대로 하게.

자네가 날 보면, 손가락이 굽고 누덕누덕 기운 바지를 입은 하찮은 말단 서기로 보일 거야. 그리고 자네가 날 때려죽이고 싶다 해도, 난 별 이의가 없기도 하지. 하긴 내 인생이란 맞아 죽는 것보다 별로 더 나을 것도 없어.

지금까지의 내 인생이란, 하나의 폭풍이고 작열하는 불꽃이었다고 말한다면, 자넨 웃겠지. 마음대로 웃어도 좋아. 이보게 젊은 친구, 늙은이가 한 여름밤에 동화 같은 이야기를 한다면, 아마도 자넨 웃지 못할 걸세.

자네도 이미 사랑을 해본 일이 있을 걸세. 그렇지? 몇 번인가? 하지만 자넨 사랑이 무엇인지를 아직은 잘 모를 거야. 뭐, 자네는 나름대로 안다고 확신하겠지. 그러나 진정한 사랑의 의미란…….

아마도 한 번쯤은 밤새도록 울어본 적도 있겠지. 그리고 한 달 동안 거의 잠을 못 이룬 적도 있겠지. 어쩌면 시를 쓰기도 하고, 또 한 번쯤은 자살 생각도 해보았겠지?

그랬을 거야. 난 이미 다 알고 있어. 그러나 사랑은 그런 것이 아니야! 이보게, 친구. 정말 사랑은 다른 걸세. 내 이야기를 듣고 싶은가?

지난 10년 전까지만 해도, 나는 많은 사람들로부터 존경받는 최상층에 속해 있었다네. 정부의 고급 관리였고, 예비역 장교로 재산도 풍족하여 생활에 어떤 구애도 받지 않았다네. 승마용 말과 하인도 거느리고 쾌적한 집에서 잘 살았어.

극장에서는 귀빈용 특별석에 앉아 관람했고, 여름휴가를 즐기기 위해 여행을 했으며, 고가의 예술품을 수집하기도 했어. 스포츠로는 승마와 요트 경주를 즐겼지. 미혼자로서 저녁에는 보르도산 백포도주와 붉은 포도주를 마셨고, 아침 식사 때에는 샴페인과 셰리주를 즐겨 마셨어.

이 모든 것들에 몇 년 동안은 매우 열중해 있었지만, 나는 그런 것 없이도 격조 있는 생활을 보내고 있었다네. 결국 먹고 마시는 것, 승마를 하고 요트를 타는 것이 뭐, 그리 중요한 일이겠나. 이보게 그렇지 않은가?

약간만 사색에 침잠해 보면, 모든 것은 아무런 가치가 없고 쓸데없이 우습게 보이게 마련이지. 사교계에서의 품위와 훌륭한 평판도, 그리고 많은 사람들이 내 앞에서 모자를 벗는 것도, 물론 기분 좋은 일이긴 하지만, 결국 인생의 본질적인 것은 못되지.

맞아, 지금 우린 사랑을 이야기하려고 했지? 그래, 사랑은 무엇인가? 사랑하는 여인을 위해 죽는 것, 오늘날엔 그 정도까지 하는 일은 거의 없지. 때로 그와 같은 것이, 가장 아름다운 일이겠지만…….

이봐, 젊은이. 내 말을 가로막지 말게나! 난 한 남자와 여자의 사랑에 즉, 키스나 동침, 결혼을 이야기하려는 것이 아닐세. 인생의 유일한 감정으로 승화된 사람에 대해 말하고 싶은 거야. 그러한 사랑은 고독하기 마련이지. 속된 말로 '대가를 바라는 것'이라 할지라도 말이야.

그것은 한 인간의 모든 소망과 능력이 하나의 목적을 위해 열정적으로 타오르며, 희생이 환희로 모습을 바꾸는 사랑을 말하지. 이러한 사랑은 결코 행복하기를 바라지 않으며, 불타버리고 괴로워하고 파멸의 길을 걷게 되지.

또 이런 사랑은 불꽃과 같은 것으로서, 그가 도달할 수 있는 그 어떤 마지막 것까지를 삼켜버리기 전에는 죽을 수 없는 숙명적인 거야.

내가 사랑했던 여인에 대해서 자네는 아무것도 알 필요가 없어. 놀랄 정도로 아름다웠을지도 모르고, 그저 예뻤을지도 몰라. 자네와 나는 같을 수가 없으니까. 또 그녀가 천재일 수도 있고 아닐 수도 있거든.

이보게. 대체 그게 무슨 상관이란 말인가! 그녀는 내가 몰락할 심연이었으며, 무의미한 내 인생을 포착한 신의 손과 같은 존재였어. 그때부터 무의미한 내 인생이 위대하고 당당하게 되었지. 무슨 말인지 알겠나.

어느 날 갑자기 지위가 높은 한 남자의 인생이 신과 어린아이의 철없는 감정으로 인하여 광분하며 분별을 잃게 되었다네. 정념의 불꽃으로 활활 타올랐던 거야.

그 순간부터 지난날 중요했던, 모든 것이 아무런 가치도 없게 되었고, 지루한 것이 되어버렸어. 나는 이제까지 한 번도 게을리 해 본 적이 없었던 일들을 소홀히 했고, 그저 순간이나마 그 여인이 미소 짓는 것을 보기 위해 헛된 모습을 꾸미고 여행도 했지. 그녀에게 나의 존재는, 나 스스로 그녀가 즐기는 대상으로 변모시켜 버린 거야.

그녀를 위해서 나는 기쁘기도 하고 진지하기도 했으며, 많은 말을 하고, 때로는 연극배우처럼 말을 잊고 조용히 기다리고, 정확하게 하기도 하고, 광분하기도 했으며, 또한 부유하기도 하고 가난하기도 했거든.

결국에는 내 상태가 어떠하다는 것을 알아차렸을 때, 그녀는 나에게 무수한 시련을 겪도록 했지.

난 그녀에게 봉사하는 것만으로도 쾌락을 느꼈어. 내 존재가 하나의 보잘것없는 물건인 것처럼, 들어주지 못할 소원을 그녀가 생각하고 고안해 내는데, 그것이 나에게는 불가능하게 보였을 정도였으니까.

사실, 그녀도 내가 어떤 남자보다도 자기를 사랑한다는 것을 알았지. 그녀가 나를 이해하고 내 사랑을 진정으로 받아들일 기회가 찾아왔지. 헤아릴 수 없을 정도로 많은 시간을 우리는 서로를 바라보고 함께 있었지.

많은 여행을 했고, 세상 사람들의 눈을 피해 사랑의 유희를 즐겼다네. 그때 난 정말 행복했어. 그녀가 나를 좋아한다는 것을 확인했거든. 사실 얼마 동안은 행복했지. 아마, 그랬을 거야.

그러나 내가 그 여인을 정복한 것은 아니었어. 한동안은 미로와 같은 행복을 꿈꾸며, 더 이상 아무런 희생을 치를 필요가 없어졌을 때, 더 이상의 힘과 노력을 들이지 않고 그녀로부터 미소와 키스와 사랑의 밤을 얻게 되었지.

그때 나는 불안해지기 시작했어. 나에게 어떤 부족한 것이 있는지 알 수 없었던 거야.

사실 난 이전에 가장 많은 소원을 갈망했던 것보다 더 소중한 것을 성취했다는 만족감에 충만해 있었으니까. 그렇지만 난 불안했어. 조금 전에 자네에게 말한 것처럼 내 운명은 이 여인을 정복하는 것이 아니었기 때문이지. 나에게 이런 일이 일어났다는 것은 하나의 우연에 불과한데, 나 스스로가 너무나 열중해 버린 탓이지.

그래서 내 운명은 사랑으로 하여 고통받게 되었던 거야. 이 고통에서 벗어나고 치유하고자 애인을 만들기 시작했을 때, 갑자기 불안이 엄습해 왔던 거야. 얼마 동안은 잘 견디어 나갔지만, 그 다음엔 나 자신도 감당하기 어려웠어.

결국 난 그 여인 곁을 떠나기로 결심했지. 휴가를 얻어 긴 여행을 했던 거야. 그 당시 내 재산은 얼마 남지 않았지만, 아직 걱정할 정도는 아니었어. 오래되면 될수록 내 정열은 더욱더 괴롭게 타올랐어. 그런 내 마음의 감정을 기뻐하면서 계속해서 일 년 내내 여행했으며, 결국에는 나 스스로 그 열정의 불길을 감당하기 어렵게 되었지. 그래서 나는 애인 곁으로 다시 돌아가기로 마음 먹었던 거야.

그래서 내가 여행을 끝내고, 다시 고향으로 돌아와 보니 그녀는 몹시 분노하며, 나를 상대조차 하지 않으려고 했어. 당연하지 않겠나. 그녀는 나에게 몸과 마음을 다 주어 행복하게 해주었는데 말일세. 나는 별다른 이유 없이 그녀 곁을 일 년 동안이나 떠나있었지 않았는가!

이미 그녀에게는 새 애인이 있었지만, 그를 사랑하지 않는다는 것을, 난 알았지. 그것은 나에게 복수하기 위한 수단에 불과했던 거야. 그때 나의 고민은 매우 복잡했다네.

나를 그녀로부터 떠나게 하고, 이제 다시 그녀에게로 돌아가도록 충동질한 것이, 무엇인가를 이야기할 수도 글로 쓸 수도 없었다네. 어찌 이러한 것을 내가 정확히 알 수 있단 말인가?

그래서 나는 다시 그녀를 얻기 위해 새로운 투쟁을 시작했다네. 그녀에게 한마디의 말을 듣거나 웃는 것을 보기 위해 먼 길을 달려가야 했고, 중요한 것들을 게을리했으며, 또한 남아 있던 재산마저 탕진하게 되었지.

그녀는 애인과 헤어졌지만, 곧 다른 남자를 사귀었어. 그것은 더 이상 나를 믿지 못하기 때문이었어. 그렇지만 어떤 때는 나를 황홀한 눈빛으로 바라보았어. 만찬회에서나 극장에서 그녀는 주위 사람들을 멀리하고, 갑자기 이상할 정도로 부드럽고 의아한 시선으로 나를 바라보곤 했지.

그녀는 내가 아주 부유하다고 믿고 있었어. 그것은 내가 그녀의 마음속에 남아 있도록 물질적인 풍요를 만들어 주었기 때문에 항상 그걸 염두에 두고 있었겠지. 가난한 사람은 결코 이룰 수 없는, 그녀를 충족시키기 위해 계속해서 부를 제공할 수 있다는 자만감에서였을 거야.

옛날에는 선물을 거의 하루도 빠지지 않고 했는데, 그것도 이제는 시들해졌어. 결국 난 그녀에게 더 큰 기쁨을 주고 희생을 할 수 있다는 것을 보여주기 위해서 다른 길을 찾아야만 했지.

난 훌륭한 음악회를 개최하여 그녀가 높이 평가하는 음악가들로 하여금, 그녀가 좋아하는 곡을 연주하고 노래 부르도록 초청했던 거야. 그녀가 첫 공연을 혼자 관람할 수 있도록 특별관람석 표를 모조리 사들였어. 그녀는 내가 다시 수천 가지의 일들을 해주는 데에 익숙해지게 되었지.

난 그녀를 위해서 끊임없는 소용돌이 속으로 빠져들었어. 이제 내 재산은 바닥이 나버렸고, 부채로 곤경에 빠지게 되었지. 난 그림과 골동품, 승마용 말까지 팔아서, 그녀가 사용할 자동차를 샀던 걸세.

그런 다음에 나에게 찾아온 것은 비참한 종말이었어. 그녀를 다시 얻으리라는 희망이 있는 동안, 나는 무슨 짓이라도 할 수 있었던 거야. 결코 그녀를 위해서는 무엇이든 포기할 수 없었단 말일세. 아직도 나에게는 관직과 영향력이, 명망 있는 지위가 있었거든. 그것이 그녀를 위해 쓰이지 못한다면, 무슨 소용이 있단 말인가?

그래서 난 사기를 치고 공금에까지 손대게 되었다네. 그러나 그건 헛된 일이 아니었어. 그녀는 두 번째 애인도 쫓아버렸지. 난 이제 그녀가 다른 애인이나 나를 더 이상 받아들이지 않으리라고 생각했지. 하지만 결국 그녀는 날 받아들였던 거야.

얼마 후에 그녀는 스위스로 떠났고 나에게 따라와도 좋다고 말했지. 그래서 난 곧 휴가 신청서를 제출했어. 그러나 허락 대신 체포를 당했던 거야. 공문서위조와 공금 횡령죄로 말이야.

이젠 아무 말도 하지 말게. 물론 자네도 알고 있겠지. 그러나 치욕과 처벌을 당하고 몸에 걸친 마지막 양복까지 잃어버린 것도 불꽃이며, 정열이고 사랑의 대가라는 것을 이해할 수 있겠나? 사랑에 빠지면 말일세.

난 지금, 자네에게 내 사랑의 동화를 말한 거야. 그것을 체험한 인간은 내가 아니란 말일세. 난 그저 자네에게 포도주나 얻어 마시는 가난한 서점 사무원일 뿐이야. 그러나 난 이제 집으로 가야 하네. 자넨 좀 더 있다 오게. 나 혼자 가겠네!"

22세 때의 헤세와 양친. 이 해에 수상집 〈한밤이 지난 뒤의 한 시간〉을
출간했다.

튀빙겐의 헤켄하우어 서점. 헤세는 서점 점원으로 일하면서 많은 신간 서적을
대할 수 있는 보람을 기쁨으로 삼고 맡은 일에 충실했으며, 최초의 처녀 시집
〈낭만적인 노래〉를 펴냈다.

위험한 사랑

맑은 날씨가 며칠이고 계속된다기보다는 몇 주간 이어지는 그
런 여름의 나날이었다.

아직은 6월이었고 바쁜 풀베기가 거의 끝나갈 무렵의 여름이
대지를 지배하고 있었다.

이때쯤이면 습기 찬 늪지대의 갈대가 강렬한 태양에 갈 빛으로
바싹 마르고 그 엄청난 더위를 겪고서도, 어느새 지난여름만큼
좋은 계절은 없었다고 철 바뀜을 미리 맛보는 사람도 있다.

대개 이런 사람들은 자기가 좋아하는 날씨가 다가오면, 예상한
대로의 더위와 쾌감을 즐겼다는 듯이 활동적일 수 없었던 지나간
날을 예찬하며 남아 있는 계절의 안일을, 더욱 즐기는 습성을 가
지고 있다.

나 역시 그런 부류에 드는 편이다. 그래서 여름이 시작될 무렵
에는 매우 유쾌한 나날을 보냈다. 하지만 나는 내 생애에 가장 어
려운 한때를 이 무렵에 경험했다. 이 작고도 큰 사건을 지금부터
천천히 이야기해 보기로 하겠다.

그해의 여름은 내가 경험한 계절 중에서 가장 위대한 6월이었다. 앞으로도 결코, 그런 6월은 없으리라.

아스라한 시골길을 따라 이어진 사촌 형 집의 앞마당에 꾸며놓은 작은 꽃밭에는 계절을 만끽하듯 갖가지 꽃들이 만발하게 피어 있었다.

금방 부서져 넘어질 듯한 나무 울타리를 의지하고 뻗어있는 달리아는 키가 자랄 대로 자라서 탐스러운 꽃봉오리를 매달고 그 봉오리 사이에서 노랑과 빨강, 엷은 보랏빛 꽃잎이 엿보였다. 가을로 흐르는 강물과 같은 꽃이 바로 달리아이다.

과꽃은 형용할 수 없는 고운 빛깔로 피어나 사랑하는 사람을 방종하게 기다리고 있는 것처럼 꽃향기를 풍기고 있었는데, 이제는 여름과 함께 모습을 감추려는 듯 무성하게 자란 물푸레나무 그늘에서, 마지막 여름을 불태우고 있었다.

사랑의 신념을 말해 주는 듯한 봉선화는 깊은 사색에 잠긴 듯 유리 대롱 같은 줄기 위에 꽃을 피우고, 바로 그 옆에 날씬한 숙녀처럼 꿈꾸듯 서 있는 분꽃, 이젠 멋대로 자라난 장미 덩굴은 붉은 꽃들이 덩어리를 이루고 피어 있었다.

꽃밭 전체가 조그만 꽃병을 가득 채운, 색채가 풍부한 한 묶음의 꽃다발 같아서 손바닥만 한 땅도 보이지 않았다.

그리고 이 커다란 꽃다발 가장자리에 수를 놓은 듯 금련화가 숨이 막힐 듯이 장미 덩굴 속에 피어 있고, 그 한가운데에 거만한 듯 불타는 백합이 활발하게 꽃술을 뽑아 올리고 있었다.

나는 이런 꽃밭의 모습이 무척 마음에 들었는데, 사촌 형이나 이곳 마을 사람들은 관심조차 없는 듯이 바쁜 일손에 매달려 있었다. 아마도 이들은 뜰에 가을바람이 불기 시작하여 막바지까지 꽃을 피우고 있는 장미나 국화, 탱자꽃만 남아 있게 되어야 비로소, 이 꽃밭을 바라볼 여유가 생기는 모양이었다.

지금은 모두 이른 아침부터 저녁 늦게까지 밭이나 들판에 나가 있었고, 밤이 되면 피로에 지친 나머지 군인들처럼 곧장 침대에 쓰러졌다.

그래도 해마다 거르지 않고 봄이 되면 꽃밭을 가꾸고, 가을이면 손질하는 것이 그들의 일이었다. 가장 아름다울 때는 거들떠보지도 않지만, 그들은 그렇게 꽃을 사랑하고 가꾸는 것이었다.

거의 보름 동안을 푸른 하늘이 들판 위에 끝없이 펼쳐져 있어, 아침에는 맑고 명랑한 대기가 코끝을 상쾌하게 했지만, 오후가 되면 서서히 낮게 밀집된 구름 덩어리가 팽창해서 온 하늘을 덮었다.

밤이 깊어져 갈수록 멀리서 또 가까이에서 비바람과 천둥번개가 쳤지만, 아침이 되면—아직 귀에는 천둥번개 소리가 남아 있는데—언제나 씻은 듯이 하늘은 여전히 푸르고 햇살은 쨍쨍 쏟아져 내려, 여름의 끝을 풍요롭게 장식하는 것이었다.

그러면 나는 서두르지 않고 나름대로 여름 하루를 시작한다. 우선 무더운 공기 속에서 숨 쉬고 있을 다 자란 밭곡식 사이를 지나 들판으로 뻗어있는 사잇길을 따라간다. 밭에는 양귀비꽃이라든가 선옹초, 메꽃들이 사이좋게 어울려 피어 있다.

그리고 들판 끝에 숲이 나타나고, 그 어구 오래된 풀 숲속에서 몇 시간의 나른한 휴식을 즐긴다. 그러면 바로 머리 위에는 풍뎅이가 황금빛 날갯짓으로 반짝반짝 빛나고 꿀벌들이 붕붕거리며 주위를 날았다. 그러자 숲속은 점점 열기로 가득 찼고 강렬한 풀냄새에 정신이 아득해질 지경이었다.

그러다가 서서히 열기가 식어가면서 저녁 무렵이 가까워지면, 먼지가 풀썩대는 햇볕을 등에 업고 갈색으로 빛나는 밭 사이를 지나서 성숙과 피로와 암소의 게으른 울음소리가 가득 울려 퍼지는, 그 속을 여유롭고 기분 좋게 귀로를 서두른다.

하루의 마지막 깊은 밤까지, 자정이 넘도록 긴 시간을 단풍나무라든가 보리수 아래에 혼자서, 또는 마을 사람들과 어울려 포도주를 마시면서 마음껏 떠들어 대며 무더운 밤을 보낸다.

그러면 숲 넘어 어디선가, 먼 천둥소리가 점점 다가오는 듯 울려왔다. 그러자 갑자기 한껏 팽창한 공기가 선선해지면서 최초의 빗방울이 어둠 속을 뚫고 떨어지면서, 거의 소리도 내지 않고 육감적으로 흙먼지 속으로 금세 배어들었다.

"정말이지, 너 같은 게으름뱅이가 이 세상에 또 있을라구."

하고 사촌 형이 어이없다는 듯이 머리를 흔들며 말했다.

"네 손발이 썩지나 않으면 다행이겠다."

"아직은 멀쩡해."

하고 나는 장난 섞인 표정을 지어 보이면서 말했다.

그가 밭일이나 풀베기로 땀투성이가 되어 몸이 뻣뻣해질 정도로 일을 한 나머지 피로에 지친 모습을 볼 때마다, 난 재미있어했다. 나에게는 그럴만한 충분한 이유와 권리가 있었다.

마지막 시험을 위해 길고 고된 세월을 지내왔으므로, 그동안에 즐거움이란 생각조차 해볼 수 없는 강요된 시간 속에서 희생해 왔다.

사촌 형인 키리안도, 나만 이 여름 한때를 무위도식하면서 즐기는 것을 시기할 남자는 결코 아니었다. 오히려 그는 나의 학식에 깊은 경의마저 표하고 있었다. 그의 눈에는 내가 신성한 학문의 주름으로 감싸여 있는 존재로 보였고, 또 그렇게 믿었다.

물론 나 역시 여러 가지 결점이 겉으로 드러나지 않도록 이 지적인 주름을 교묘히 이용하고 있었다.

나는 무한히 즐거웠다. 게으르도록 천천히, 또 조용히 건초더미와 차곡차곡 쌓아놓은 낟가리 옆을 빠져나와 키가 큰 해바라기 꽃대 밑을 지나, 들판과 풀밭을 걸어가다가 마른 건초 위에 뱀처럼 꼼짝도 하지 않고 숨만 쉬며 드러누워서, 한여름 한때의 끝없는 사색의 시간을 즐겼다.

그리고 보일 듯한 여름의 소리! 그것을 들으면 마음이 여름의 하얀 구름처럼 즐거워지기도 하면서, 또 슬퍼지기도 하는 내가, 가장 사랑하는 계절의 소리였다. 사실 그것은 한 줄의 시와도 같았다.

가령 밤이 깊었는데도 들려오는 매미 소리, 그것을 미풍 속에서 듣고 있노라면 끝없는 바다를 바라보고 있는 것처럼, 모든 상념을 잊어버릴 수가 없었다.

그리고 물결치는 이삭들의 예민한 소리, 언제나 대기하고 있는 먼 뇌성, 저녁때가 되면 이곳저곳 날아다니는 아련한 모깃소리,

밤이면 팽창한 바람 소리와 돌연히 쏟아지는 빗소리의 아득함.

이 짧고 정열적인 몇 주일을 보내는 동안, 나는 젊음의 한때를 꽃 피우고 호흡하고, 얼마나 열정으로 생활하며 삶의 향기를 풍기고 동경하며 불태울 것인가!

그때 나는 스물네 살이었다. 세상의 일이나 나의 인생이 매우 순조롭다고 생각하였고, 인생이란 것을 아름다운 면에서 관찰하고 하루하루를 맛보며 도락처럼 지냈다.

다만, 사랑만은 나에게 기회를 주지 않았고 여전히 신비에 싸인 채 지나가 버릴 것 같았다. 그러나 아무도 나에게 그것을 가르쳐 주는 사람은 없었다.

나는 회의와 방황을 필요한 만큼 겪은 다음에 인생을 긍정하는, 즉 나 나름대로 여러 가지 많은 경험을 하고 나서 사물을 침착하게 좀 더 구체적으로 관찰하는 철학을 배웠다.

더구나 시험에도 합격했다. 그리고 주머니에는 쓸 만큼의 용돈이 있었고, 두 달간의 휴가가 이어지고 있었다.

아마 어느 누구의 인생에나 이런 시기가 있을 것이다. 바로 눈앞에서 먼 장래까지 평탄한 길이 펼쳐지고, 어떠한 장애도 없으며 불행을 몰아다 주는 구름 한 점 없고, 삶의 어두운 진흙탕조차도 없다.

그러므로 나뭇가지 끝에 피어나는 잎사귀와 같은 새로운 나날이 계획되고 계속되는 희망만 있을 뿐이라고 생각하였다.

즉, 행운이라든가, 우연이라는 것은 실제 존재하는 것이 아니며, 장래의 절반은 자기가 그에 적합한 사람이었기 때문에 얻을 수 있었다고 대개들 생각한다.

이런 인식은 올바른 것이다. 왜냐하면 오물로 더럽혀진 새장을 청소해 주었을 때, 새들의 재잘거림처럼 동화 속 왕자의 행복도 이러한 인식에 바탕을 두고 있음을 볼 수 있다. 그리고 행복이란, 현실적으로 오래 지속되는 것도 아니다.

두 달간의 휴가 중에서 이제 겨우 2, 3일을 보냈을 뿐, 아직 시간은 충분히 남아 있다. 즐거움에 가득 찬 현인처럼 자유로운 심정으로 잎담배를 말아 피워 물고, 들 양귀비꽃 한 송이를 꺾어 모자에 꽂고, 한 움큼의 버찌와 읽고 싶은 책 한 권을 주머니에 넣고는 계곡을 찾아 헤매었다.

땅 주인들과 스스럼없이 대화를 나누고, 밭에서 일하는 사람들과도 친밀하게 말을 걸며 저녁 초대라든가, 축제 모임에 초대받거나 찾아가기도 했다.

때로는 오후 늦게 목사님과 함께 한 잔의 포도주를 마신다든가, 공장 주인이나 양어장 관리들과 산천어 낚시를 하기도 했다.

무엇보다도 그런 사람들, 뚱뚱하게 살이 찌고 세상 물정에 밝은 사람들이 나를 자기들처럼 대해 주며, 내 나이가 그들에 비해 너무 젊다는 것을 조금도 개의치 않을 때, 나는 적당히 즐거운 듯이 행동했지만, 마음속으로는 무한히 기뻤다.

사실 내가 너무 젊게 보인다는 것은 표면상의 문제이고, 얼마 전에 스스로 깨달은 바이지만, 이제는 어린 티를 벗어나서 한 사람의 어른이 되었다는 것을 발견했다. 은근한 기대감과 기쁨을 내면에 지니고 하루하루 자기 성숙을 즐겼다. 그리고 벅찬 표현으로 인생과 내 삶을 바라보았다.

인생이란 한 마리의 준마와 같다. 그러므로 자기의 행복을 누리기 위해서는 기사처럼 조심스럽게 이 말을 다루지 않으면 안 된다고 생각한다.

대지는 마치 내 젊음처럼, 지금 여름의 아름다움으로 가득 차 있다. 밭은 엷은 황금빛으로 물결치고 온통 건초 냄새로 충만한 공기가 코끝을 자극했다.

무성한 나뭇잎들은 밝고 강렬한 빛을 띠고 있었고, 한낮이 되면 아이들은 빵과 과일주를 담은 광주리를 들고 밭으로 가고 농부들은 더 바쁘게 낫질했다.

저녁 무렵이면, 노을이 바쁘게 빛을 내던지는 오솔길을 따라 걸으면서 이유도 없이 갑자기 웃음소리를 내고 서로 약속도 하지 않았는데, 누군가 먼저 노래를 시작하면, 모두 기다렸다는 듯이 합창했다.

한창 젊은 나이의 나는 알 수 없는 기대와 호기심으로 그들을 바라보면서 아이들이랑 농부들, 아가씨들이 즐거워하는 모습을 진심으로 기뻐하며, 내가 그 모든 것을 너무나 잘 알고 있다는 듯한 생각에 빠져들었다.

이 삼백 미터마다 물방앗간이 있는 자텔바하 강의 서늘한 숲속에 아름다운 대리석 공장이 자리 잡고 있었다. 이웃하여 창고며, 연마장, 세석장, 공터, 집, 정원 등 모든 건물이 간소하면서도 견고하고 짜임새 있는 겉모양을 하고 있어 비바람에 잘 견디어냈고 고풍스러운 인상이었다.

여기서 대리석 덩어리가 조그만 착오도 없이 차례로 사각형의 원판으로 잘리고 씻기어 다듬어졌다. 조용하면서도 청결한 작업이어서 보는 사람이면, 누구나 흥미를 느끼게 되었다.

흰색, 푸른빛이 도는 회색 등 갖가지 무늬의 커다란 대리석 원석, 여러 형태의 크기로 잘 다듬어진 석판, 대리석 조각들, 영롱한 빛을 발하는 돌가루 무더기, 그런 것들로 가득 찬 대리석 공장이 좁은 골짜기 안에 너도밤나무며, 왜전나무 숲 사이로 모습을 드러내며 띠 모양의 풀밭에 있어져 있는 건물을 보노라면 알 수 없는 외로움 같은 것을 느끼게 해주었지만, 아름다우면서 전설처럼 사람의 마음을 묘하게 사로잡는 비밀스러움이 있었다.

처음 이곳을 발견하고 찾아왔다가 돌아가는 길에 그냥 호기심에서 갈다 만 대리석 조각 하나를 주머니에 넣어 가지고 왔다.

그 후 여러 해 동안 나는, 그것을 책상 위에 무슨 큰 기념품이라도 되는 듯이 놓아두었다.

이 대리석 공장 주인의 이름은 람팔트 씨였는데, 저 비옥한 농장의 변덕스러운 주인 중에서 가장 특색이 있는 인물이라고 생각되었다. 그는 부인과 일찍 사별했다. 그런데 그 비사교적인 태도 때문에 유별난 인물로 평가받고 있었다.

그는 재산이 매우 넉넉하다고 알려져 있으나 확실한 것은 아무도 몰랐다. 왜냐하면 그와 유사한 사업을 함으로써 규모나 재정상태, 수익 내용을 통찰할 수 있는 사람이 이 근방에는 아무도 없었기 때문이다.

그의 유별난 성격이 어떻게 형성되었는지, 나 역시 규명할 수가 없었다. 그러나 단 하나의 길이 있다면, 람팔트 씨와의 교제는 다른 사람들과는 다른 방식으로 하는 것이었다.

그를 찾아오는 사람은 늘 환영을 받았고 아울러 친절한 대접을 받았다. 그러나 이 대리석 공장 주인은 답례하기 위해 초대받아도 결코, 그곳을 방문하는 일이 없었다.

하지만 어쩌다가 그가, 그런 일은 매우 드물었지만, 마을 축제라든가 수렵대회, 위원회니 하는 모임에 모습을 나타내면 마을 사람들은 그를 매우 정중하게 맞아들였다.

그러나 어떻게 인사해야 좋을지 몰라서 서로 눈치를 보면서 어려워하기도 했다.

왜냐하면, 그는 흐트러짐 없이 매우 친절하게 걸어와서 누구든지 간에 무관심하나 진지하게, 마치 숲에서 나와서 또다시 숲속으로 돌아가는 은둔자와 같은 표정으로 바라보기 때문이었다.

"하시는 일은 잘 되십니까?"

하고 마을 사람들이 인사말로 물으면,

"덕택에, 이럭저럭 지내고 있소"

하고 말할 뿐 상대방에게 먼저 인사말을 건넨 적이 없었다.

지난여름 홍수에 아니면, 이번 가뭄에 큰 피해는 없었느냐고 물으면,

"덕택에, 대단치는 않았소"

하고 대답처럼 말했지만,

"댁은 어땠소?"

하는 인사말은 하지 않았다.

그의 얼굴 모습을 살펴보면, 그는 많은 역경을 거쳐왔음이 역력했고, 지금도 그러한 고통이 계속되고 있음이 분명했다. 하지만 그것을 주위 사람들에게 밝히지 않는데, 매우 익숙해진 것처럼 보였다.

그해 여름을 보내면서, 나는 대리석 공장을 드나드는 일이 거의 습관처럼 되어 있었다. 그곳을 지나는 길이면 예외 없이 안쪽 공터를 거쳐 어둠침침하고 습기 찬 마석磨石장으로 들어갔다.

공장 안에서는 번쩍번쩍 빛나는 강철 벨트가 규칙적으로 돌아가고, 모래가루가 귀를 간지럽히는 소리를 내며 흘러내리고 있었다. 사람들은 아무 말 없이 맡은 일에 열중하고 있었다. 판자 마루 밑에서 찰랑이는 물소리가 아련한 여운을 주었다.

나는 여러 개의 톱니바퀴가 끝없이 반복되며 돌아가는 것과 타원형을 그리면서 따라 도는 벨트를 바라보며, 대리석 덩어리 위에 걸터앉아서 나무 롤러를 구두 바닥으로 이리저리 굴려보던가, 대리석 가루 덩어리나 파편을 부수어 보던가 했다.

그러면서 물소리에 귀를 기울이고, 담배에 불을 붙이고, 잠시 고즈넉함과 서늘함을 즐긴 다음 밖으로 나왔다. 그러나 주인과 마주치는 일이란 거의 없었다. 때때로 그를 만나보고 싶은 충동에 사로잡히게 되면, 언제나 잠들어 있는 것처럼 조용하고 정적이 몰려 있는 듯한 작은 거실로 찾아갔다.

복도 앞에서 구두의 진흙을 털면서 헛기침을 몇 번 한다. 그러면 람팔트 씨든가 아니면, 그의 딸이 문을 열고 나를 밝은 거실로 안내한 다음 자리를 권하면서 포도주 한 잔을 따라 주었다.

그러면 나는 큼직한 테이블 앞에 앉아서 따라 준 갈색 포도주를 조금씩 마시거나 손가락을 교대로 주무르면서 잠시 시간을 보내면, 그제야 대화가 풀렸다.

주인이나 딸, 두 사람이 함께 있는 일은 극히 드물었지만, 어느 쪽이나 먼저 말을 하는 일은 없었다. 그리고 공장 사람들이나 주인과 마주 앉아 있으면 화제에 오르는 내용이 적당치 않다고 느껴질 때가 종종 있었다.

그런 어정쩡한 분위기 속에서 거의 반 시간가량 지나면 서로의 이야기가 오가게 마련이고, 아무리 마음을 써도 이미 내 포도주 잔은 이야기가 끝나기도 전에 비었다.

물론 두 번째의 잔은 나오지 않았고, 나 역시 그것을 더 달라는 말을 하고 싶지 않았다. 사실 빈 잔을 앞에 놓고 앉아 있는 것은 약간의 당혹감과 고통이기도 했다.

그래서 나는 자리에서 일어섰고 모자를 썼다. 그러면 그들은 말없이 나를 문밖까지 배웅해 주었다.

아가씨에 대한 인상은 그녀가 자기의 아버지와 너무 닮았다는 것 이외에는 확실하게 아는 것이 없었다. 처음에는 그녀가 부친과 똑같이 키가 크고, 자세가 바르며 검은 머리라는 점이었다.

광택이 없는 검은 두 눈, 날카로운 곧은 콧날, 조용하고 아름다운 입까지 부친을 닮아 있었다.

결코 여자의 걸음걸이라고 할 수 없는 그 폭넓은 걸음걸이도 아버지와 같았고, 깨끗하고 맑은 음성도 그러했다. 남에게 손을 내미는 몸짓도 똑같았다. 그리고 항상 남이 먼저 말하기를 기다리는 태도 역시 그랬다.

누가 인사말을 하면 되묻는 법 없이 짤막하게 얼마쯤은 놀란 듯한 투로 대답하는 버릇까지 닮아 있었다.

그녀는 아레만넨족이 살고 있는 지방, 즉 스위스 국경과 가까운 서남 독일 지방에서 쉽게 볼 수 있는 그런 타입의 미인이었다. 그것은 외관이 균형 잡힌 미인으로서 기품과 무게를 함께 지닌 모습이었다. 또한 비교적 몸집이 큼직하고 키가 큰 체격은 갈색 빛 도는 얼굴과 잘 어울렸다.

처음에 나는 아름다운 한 장의 그림처럼 그녀를 관찰하였는데, 그러는 동안에 이 아름다운 처녀의 명석함과 성숙함이 차츰 나를 매료시켰다.

이렇게 해서 나의 사랑은 시작되었는데, 그것은 마침내 내가 지금까지 경험해 보지 못했던 정열에 휩싸이게 했다. 그리하여 나의 연정은 너무도 쉽게 남의 눈에 띄게 된 것이다.

그러나 그녀의 침착한 행동과 집 전체를 감싸고 있는 조용하면서 서늘한 공기가 그곳에 발을 들여놓는 순간 나를 사로잡았고, 가벼운 현기증이 일면서 나를 진정시키곤 했다.

더구나 그녀, 또는 그녀의 부친과 마주 앉아 있으면 내 열정의 모든 불길이 타오르지 못하고 속으로만 잦아들게 되어, 나는 그것을 조심성 있게 감추어야만 했다.

무엇보다도 그 방은 젊은 사랑의 기사가 무릎을 꿇고 성공할 무대로는 전혀 어울리지 않았을뿐더러, 오히려 침착한 힘이 지배하고 인생의 한 시기를 진지하게 경험하고 인내하는 억제와 인종의 장소처럼 보였다.

그럼에도, 이 아가씨의 조용한 하루하루의 생활 속에는 힘찬 생활력과 흥분이 숨 쉬고 있음을, 나는 감지하였다. 그것은 항상 예외적이어서 어떤 대화 속에 끌려 들어왔을 때, 잠깐 빠른 몸짓이라든가 타오르는 눈동자에서 순간적으로 보일 뿐이었다.

그래서 나는 이 아름답고 견고한 아가씨 본래의 모습은 어떨까 하는 생각에 자주 사로잡혔다. 어쩌면 그녀의 마음속은 정열의 불꽃으로 활활 타오르고 있는지도 모른다. 그렇지 않으면 정말로 얼음처럼 차고 냉담할 것이다.

어쨌든 그녀의 표면에 나타나는 것이, 그녀의 참된 전부가 아니라는 점만은 확실했다. 매우 자유롭게 판단하고 행동하는 듯이 보이는 그녀 위에, 그녀의 아버지가 무한한 힘을 떨치고 있었다.

그녀의 참된 내면의 세계는 아버지의 힘으로 이루어졌고, 설령 그것이 아버지의 사랑으로 형성된 것이긴 하지만, 때로는 성장해 오면서 야단맞지 않을 수 없었으므로, 어쩌면 일찍부터 억압된 틀 안에서 강요당해 왔을 것이다.

그런 경우는 극히 드물었지만, 나는 그들 부녀가 함께 있는 모습을 보노라면 폭군과 같은 분위기를 서로가 느끼리라고 짐작되어, 언젠가는 두 사람 사이에 뿌리 깊고 치명적인 싸움이 일어날 것이라는 불안한 느낌이 들었다.

언젠가는 그런 일이. 어쩌면 나 때문에 일어나게 될지도 모른다고 생각하면, 내 가슴은 알 수 없는 불안감으로 두근거렸다. 그러면서 전율까지 느꼈다.

람팔트 씨와의 친교는 더 이상 진전되지 않았지만, 다행히도 농장 관리인 구스타프 벡카와의 교제는 많은 즐거움을 주었다. 또한 우리 두 사람은 몇 시간의 대화를 나눈 끝에 의형제까지 맺었다.

사촌 형은 반대했지만, 나는 오히려 자랑스럽게 여겼다. 구스타프는 꽤 교육을 받은 사람으로 서른두 살의 나이에도 노련하고 사귐성이 좋았다.

그는 나의 어른스러운 행동으로 빈정대듯 말하며, 묘한 미소를 띠며 듣고 있었으나, 왠지 모욕당한 기분은 들지 않았다. 왜냐하면 그런 그의 표정은 자기보다 훨씬 나이 많은 훌륭한 사람들에게도 똑같은 미소로 대하는 것을 알고 있었기 때문이다. 그런 그의 행동을 탓하는 사람은 아무도 없었다.

그는 능력 있는 관리인이고 장래에는 이 지방 최대의 지주가 될 가능성이 있을 뿐 아니라, 정신적으로나 학문에서 주위의 어떤 사람보다도 뛰어났다.

사람들은 그를 매우 현명하다고 칭찬하지만, 절대적인 호감이 가는 편은 아니었다. 그 역시 마을 사람들로부터 다소 경원당하고 있다는 사실을 알고 있어서, 나와 더 친하게 사귀고 싶어 한다고 생각했다.

그는 자주 나를 실망하게 했다. 삶과 인간에 관한 나의 인생관에 대한 설명을, 그는 말로써 대꾸하는 것이 아니라, 예의 그 냉혹한 표정으로 비웃어서 나 자신을 의심하게 되었다.

어떤 경우에는 모든 철학을 전혀 생각해 볼 가치도 없는 우스
꽝스러운 상상이라고 명백하게 선언하듯 말하는 데는 놀라지 않
을 수 없었다.

어느 날 저녁 무렵, 나는 구스타프와 '독수리 집'에서 맥주를
한 잔씩 들고 앉아 있었다. 그때 우리는 어두운 그늘이 내려앉은
풀밭 쪽으로 향한 테이블에 단둘이서 앉아 있었다.

꽤 무덥고 건조한 저녁 무렵이어서인지, 모든 것이 갈색 먼지
에 싸여 있었다. 보리수 숲에서 풍겨오는 향기가 코끝을 간지럽
혔고 노을빛은 더 밝아지지도 어두워지지도 않고 있었다.

"이봐! 저 위의 자텔바하 계곡에 있는 대리석 공장 주인에 관
해서, 뭔가 알고 있나?"

하고 나는 그 친구에게 물었다. 그러자 그는 파이프에 잎담배를
넣으면서 얼굴도 들지 않고 고개만 끄덕였다.

"그렇다면 묻고 싶은 게 있는데, 그분은 어떤 사람인가?"

구스타프는 소리 없이 웃었다. 그러면서 담뱃갑을 윗주머니에
넣으며 말했다.

"아주 현명한 사람이지. 그래서 늘 말이 없지. 그런데 자네와
무슨 일이라도 있나?"

"아니, 아무것도…… 무슨 일이 있겠나. 그냥 생각이 나서 그
래. 하지만 특별한 인상을 주는 사람이야."

"현명한 사람이란 다 그렇지 않은가."

"그밖에 다른 것은 모르나?"

"아름다운 딸이 있지."

"그 얘길 듣고 싶은 게 아니야. 왜 그분은 마을 사람들과 어울리지를 않지? 그것이 궁금해서 그러네."

"어째서 그가 마을 사람들한테 와야 해?"

"그야, 아무래도 좋겠지. 무슨 특별한 관계라도 있는 게 아닌가 싶어 묻는 말일세."

"아! 자네가 즐겨 쓰는 로맨틱한 얘기 말인가? 계곡의 조용한 물방앗간, 대리석 공장, 침묵을 즐기는 은둔자의 비밀 생활, 그 속에 숨겨진 인생의 행복을 말하는 것인가? 유감스럽게도 자네 생각은 틀렸네. 다만, 그는 훌륭한 실업가일 뿐이야."

"그건 확실한가?"

"꽤 많은 돈을 벌었지. 겉모습과는 다른 이기적인 사람일세."

말을 끝내자, 그는 더 이상 관심이 없다는 듯이 자리에서 일어섰다. 그에게는 아직 할 일이 남아 있었기 때문이다.

구스타프는 자기가 마신 맥줏값을 계산하고는 베어진 풀밭을 똑바로 가로질러 갔다.

아직도 노을이 깔린 바로 언덕 너머로 그가 모습을 감추자, 한 줄기의 담배 연기가 아련하게 떠돌았다. 그러자 하늘에서는 노을 빛이 스러지면서 푸른빛을 띤 어둠이 몰려오며, 금방 샛별이 반짝일 듯싶었다.

어느 외양간에서는 암소가 배가 부른 듯이 게으른 울음소리를 내고 있었다. 저쪽 건너다보이는 밭 사이로 트인 길에는, 이미 들일을 끝낸 사람들이 모습을 보이기 시작했다.

산은 어느덧, 검푸른 빛을 띠고 있었고, 구스타프는 노을과 작은 바람을 안고 걸어갔다.

관리인과 나눈 짧은 대화는 사상가로 자처하는 나의 자랑을 약간이나마 손상해 놓았다.

그러나 참으로 아름다운 여름날 저녁 무렵이었고, 무엇보다도 나의 자의식에 구멍이 난 듯한 허전함이 갑자기 그 대리석 공장의 아가씨에게로 쏠리는 강렬한 애정을 몰고 왔다.

그리고 정열을 함부로 발산해서는 안 된다는 자제심이 나를 더욱 외롭게 했다. 나는 맥주를 몇 잔 더 마셨다.

그러자 푸른빛이 사라진 검은 하늘에 별이 반짝이기 시작하고, 저쪽 마을로 가는 길에서 감동적인 노랫소리가 들려오자, 나는 알 수 없는 절망감에 사로잡혀 감정이나 체면, 쓰고 있던 모자도 그대로 의자에 버려둔 채 캄캄해진 들판을 향해 천천히 걸어갔다. 그리고 흐르는 눈물을 닦지도 않고 그대로 내버려두었다.

그러나 나는 그 뜨거운 눈물을 통해서 한 여름밤의 대지가 펼쳐진 것을 보았다. 밭이랑이 물결처럼 지평선 끝에서 하늘로 출렁거리고 있었다.

바로 그 옆에는 멀리까지 뻗어나간 숲이 조용히 잠들고 등 뒤 마을에는 등불이 점점 밝아오고, 대기를 타고 흐르는 듯한 멀고 가냘픈 소리도 들리지 않을 정도로, 세상의 모든 것이 어둠 속에 묻혀가고 있었다.

온 세상이, 하늘과 밭, 숲과 갖가지 풀 내음, 간헐적으로 여기저기서 들려오는 풀벌레 울음소리와 함께, 모든 것이 흐르고 어우러져서 후덥지근하게, 나를 에워싸고 즐겁게도 슬프게도 하는 아름다운 선율처럼 끝없이 속삭였다.

그러한 가운데서 다만 별빛만이 어두운 하늘을 배경으로 밝은 빛을 토해 내면서, 꼼짝도 하지 않고 휴식을 취할 뿐이었다.

두려운 듯한, 그러나 불타는 열망이, 그 어떤 동경이 그리움 되어, 나의 가슴 깊은 곳에서 몸부림치고 있었다.

하지만 그것이 새로운 미지의 기쁨과 고통으로 하여, 모든 것을 초월하려는 것인지, 아니면, 옛날의 고향으로 돌아가서 아버지가 살던 정원의 나무 울타리에 몸을 기대고서 돌아가신 양친의 목소리런가, 죽은 개의 울음소리를 다시 듣고 싶은 그런 심정으로 마음껏 울고 싶은 바람인지 분간할 수가 없었다.

어느덧 나는 숲에까지 와 있었다. 그리고 바스락거리는 나뭇가지와 울창한 어둠을 뚫고 좀 더 나아가자, 갑자기 눈앞이 트이며 밝아졌다. 나는 꽤 오랫동안 좁은 자텔바하 계곡의 왜전나무 숲 속에 서 있었다.

바로 아래쪽에는 밋밋하게 푸른 빛을 반사하는 대리석 무더기와 어두워서 거의 형태를 분간할 수 없는 좁다란 제방 둑과, 람팔트 씨의 집이 희미하게 자리 잡고 있었다.

얼마 후에, 그만 나는 왠지 부끄러운 생각이 들어 뛰다시피 가장 가까운 지름길인 들판을 가로질러서 집으로 돌아왔다.

다음날, 구스타프 벡카는 나의 비밀을 눈치챘는지, 또 내 자존심을 건드렸다.

"구태여 변명할 필요까지는 없네. 자넨 완전히 람팔트씨 댁 아가씨한테 빠져 있으니까. 뭐, 그것은 큰 불행이 아니지. 자네도 이젠, 그럴 나이가 됐으니까. 그런 일은 앞으로 더 자주 경험하게 될 테니까 말일세."

또다시 나의 자존심이 강렬하게 반발하고 있었다. 나는 완강하게 말했다.

"잘못 생각하고 있군. 내가 그렇게 어리석게 보이나? 그런 어린애 같은 연애 놀이는 졸업한 지, 이미 오래되었네. 나는 내 나름대로 모든 걸 깊이 생각해 보았네. 이보다 더 훌륭한 결혼은 없을 거라고 판단한 것일세."

그러자 구스타프는 예의 그 비웃는 듯한 묘한 웃음을 입가에 띠며 말했다.

"뭐, 결혼이라구? 이봐 젊은 친구. 자네에게 더 잘 어울리는 자리가 있을 걸세."

그 말을 듣는 순간 알 수 없는 분노가 치밀어 올랐다. 그러나 나는 포기하지 않고, 이번 일에 관한 내 생각과 계획을 그에게 침착한 어조로 이야기했다.

"지금 자네는 가장 중요한 것을 잊고 있군."

그는 나를 물끄러미 바라보더니, 아주 진지한 표정으로 바꾸면서 힘주어 말했다.

"람팔트 씨 부녀와 자네는 어울리지 않는 사이라는 것을 모르는군. 그 사람들은 매우 까다로운 성격의 소유자들이야. 연애는 아무나 할 수 있겠지만, 결혼 상대란 먼 장래에까지 심사숙고해서 타협하며 협조해 갈 동반자란 말일세."

내가 약간 신경질적인 반응을 보이며 그의 말을 가로막으려 하자, 그가 조롱하는 듯한 웃음을 다시 웃으며 말했다.

"자네가 정 그렇다면, 지금 당장이라도 쫓아가게. 부디 성공을 비네."

그런 일이 있고 난 후, 나는 그에게 자주 그와 비슷한 이야기를 꺼내곤 했다.

그는 여름철 작업에 끊임없이 바빴으므로, 이런 대화는 대개 함께 걸으면서 밭이나 가축우리, 건초 창고 같은 데서 나누었다. 그리고 대화를 거듭할수록, 모든 것은 분명한 사실로 드러났다.

내가 대리석 공장에 들러 거실에 앉아 있을 땐, 알 수 없는 조바심과 억눌린 듯한 기분에 사로잡혀 나 자신이, 아직도 목표와 얼마나 먼 곳에 있는가를 새삼스럽게 깨달았다. 무한한 거리감을 두고 혼자 부유하는 것 같은 허탈감이 더욱, 나를 조급하고 외롭게 했다.

그러나 그녀는 언제나 변함없이 친절하고 조용한 태도를 보였지만, 때로는 남에게 지지 않으려는 개성이 강한 성질이 있었는데, 그것이 나에게는 큰 매력으로 느껴졌다.

어쩌다가 그녀는 무슨 즐거운 것이라도 바라보듯이 황홀한 눈빛으로, 나를 마주 대할 때가 있었다. 또 무척 진지한 표정을 지으면서 내 이야기에 열중하고 있는 것 같았지만, 가슴 속에는 전혀 다른 의견을 가진 것처럼 애매모호한 태도를 보이기도 했다.

이렇게 말할 때도 있었다.

"여자에게는 말이에요, 최소한 나에게 인생이란, 좀 더 다른 모습으로 느껴지게 마련이죠. 물론 남자분이라면 달리 해석할 일을 우리는 피동적으로 생각하지 않으면 안 돼요. 우리들 여자는 그렇게 자유롭지 못하니까요."

그때만 해도 몽상가로서의 나는, 누구든지 인간은 자기 운명을 자기 손에 쥐고 있으므로 한 인간의 생애란 완전히 자기의 작품이며, 자기 것으로서의 생활을 창조하지 않으면 안 된다고 역설했다.

그러자 그녀는 흔들림 없이 조용하면서도 단호하게 말했다.

"남자분이라면 가능하겠죠. 물론 제 말이 다 맞는다고는 할 수 없지만, 우리 여자들은 달라요. 여자들도 자기 생활을 해나갈 수 있지만, 그런 때는 자기 길을 걷는다기보다는 어쩔 수 없는 일을 숙명적으로 견디어 나가는 편이 훨씬 중요하다고 봐요."

그녀의 말에 내가 다시 반박하며 설득하려 들자, 그녀는 마침내 흥분하여 열정적으로 말했다.

"당신은 당신의 신념을 지켜나가면 그만이에요. 저에게는 저의 신념이 필요할 뿐이죠. 선택의 자유가 있다면, 인생에서 가장 아름다운 것을 가려내는 것은 그리 힘든 일이 아니니까요. 그렇지만 누구에게 선택의 자유가 있을까요?

만약 당신이 오늘이나 내일, 아니면 한순간에 차에 치여 팔이나 다리를 잃게 된다면, 당신의 화려한 꿈은 어떻게 될까요?

그럴 때 당신은 숙명과 화해하는 법을 배우길 잘했다고 스스로 위안하겠죠. 꼭 행운을 잡도록 하세요. 당신을 위해서 축복해 드릴게요."

일찍이 그녀가 이토록 흥분한 적은 없었다. 무엇이 그렇게 그녀를 흥분의 도가니로 몰아넣은 것일까? 그러고 나서 그녀는 더 이상 아무 말도 하지 않았다.

입가에는 엷은 의미 모를 웃음이 감돌고 있었다.

내가 자리에서 일어서며

"오늘은 실례가 많았습니다."

하고 작별 인사할 때도, 그녀는 침묵하면서 더 이상 만류하지 않았다.

그런 일이 있고 난 후부터, 그녀의 말은 내 마음 한 부분을 차지하게 되었는데, 대개 예상치 않은 장소나 아무 이유도 없이 문득 머리를 스치곤 했다.

어느 날 구스타프에게 그 일을 이야기하려고 했는데, 그 친구의 무관심한 듯한 냉랭한 시선과 비웃음을 가득 머금은 듯한 그의 입술을 보자, 그런 마음은 까마득히 사라져 버렸다.

어쨌든 람팔트 양과의 대화가 개인적이고 조심스러울수록 그녀에 관한 일을 구스타프에게는 차츰 이야기하지 않게 되었다. 무엇보다도 그는 그 일에 별로 흥미를 느끼지 않는 눈치였다.

이따금 내가 대리석 공장엘 자주 드나드는지를 묻고는, 나를 놀려대는 것이 고작이었고, 그 이상은 관심조차 두지 않았다. 이것이 그의 특성이기도 했다.

어떤 때는 놀랍게도 은둔자의 처소와같이 고즈넉한 람팔트 씨 댁에서 그를 만나기도 했다. 내가 들어갔을 때, 그는 거실의 주인 옆에서 늘 마셔 온 포도주잔을 앞에 놓고 앉아 있었다.

그가 잔을 비우자, 그에게 두 번째 잔을 권하지 않는 것을 보고는 알 수 없는 안도감을 느꼈다.

그가 자리에서 일어났다. 주인 람팔트 씨는 바쁜 일이 있는 듯했고, 그녀도 모습을 보이지 않았으므로, 나는 구스타프를 따라 나섰다.

큰길로 나왔을 때, 나는 그의 옆얼굴을 살피면서 말했다.

"무슨 일로 왔지? 람팔트 씨를 잘 아는 것 같더군."

"뭐, 그런 셈이지."

"그분과 거래라도 있단 말인가?"

"응! 돈거래야. 그런데 자네가 찾던 산양이, 오늘은 없는 모양이지, 금방 일어서는 걸 보니……."

"그 이야기라면 그만두세."

이미 나는 그녀와 다정한 사이로까지 발전했지만, 날이 갈수록 더해가는 내 연정을 굳이 그에게 알리고 싶지 않았다.

그런데 이번에는 그녀가 나의 기대를 무참히 무너뜨릴 만큼 돌변한 태도로 나왔다. 그것은 순식간에 모든 희망을 나에게서 앗아가 버렸다.

처음부터 그녀는 자기의 내성적인 성격을 드러내 보이지 않았는데, 웬일인지 예전의 서먹서먹하던 사이로 돌아가고 싶어 방도를 모색하는 듯, 우리의 대화를 표면적인 일들과 결부시켜 끝내면서, 나와의 교제를 더 이상 발전시키지 않도록 애쓰는 모습이 엿보였다.

그렇다고 해서, 이미 내 가슴속에 타오르는 그 황홀한 불꽃을 나 스스로 꺼버리기에는 이미 너무 늦었다.

나는 깊은 고민에 잠겼다. 여름 숲속을 더위와 함께 헤매며 여러 가지 어리석고 불길한 억측을 했다.

이런 일이 며칠이고 반복되자, 나 자신 그녀에게 안정된 마음을 보여줄 수가 없게 되어 더욱 불안과 고민에 빠져, 마침내 의구심을 갖게 되었다.

참으로 이러한 내 태도는 스스로 추구해 온 행복과 사색에 대한 경멸이며 조소였다.

그러는 동안 이미 휴가도 반 이상이나 후딱 지나가 버렸다. 나는 내 곁에서 떨어져 나가는 날수를 세며, 낭비해 버린 듯한 지난 시간을 질투와 절망의 마음으로 원망하고 있었다.

그런 하루하루가 인생에서 돌이킬 수 없는 가장 중요한 의미를 지니기나 한 것처럼……

그러는 동안 작은 사건이 일어났다. 그날 나는 안도의 숨을 내쉬었고, 모든 것을 다 얻은 것 같은 착각에 빠져들고 한순간 행복의 문이 열린 화원 앞에 서 있었다.

내가 채석장 앞을 지나는데, 헬레네가 키 큰 달리아 꽃밭에 서 있는 모습이 눈에 띄었다. 순간 나도 모르게 발걸음을 그쪽으로 옮겨 인사를 건네고, 옆으로 누운 꽃줄기를 나무로 지주를 세우고 잡아매는 일을 거들었다. 내가 그녀와 함께 있었던 시간이라야 고작 15분 정도에 불과했다.

내가 그녀 곁으로 다가서자, 헬레네는 깜짝 놀란 모양이었다. 여느 때와는 달리 어색해하며 당황하는 빛이 역력했다. 그러나 그 당황한 표정에는 글자로 뚜렷이 적기라도 한 듯, 그 무엇이 담겨 있었다.

'나를 사랑하고 있다'고, 나는 분명히 느꼈다.

그러자 갑자기 내 마음은 알 수 없는 충일감으로 넘쳐흘렀으며, 자신감이 생겨 새로운 눈빛으로 아름다운 그녀의 모습을 부드럽고 동정 어린 심정으로 바라보며, 그녀의 어색함을 위로해 주려고, 더욱 조심스럽게 행동했다.

그리고 얼마 후에 그녀와 악수한 다음 뒤도 돌아보지 않고 떠나오면서, 나는 온 세상을 얻은 듯 도취해 있었다.

그녀가 분명히 나를 사랑한다는 것을, 나는 온몸으로 느낀 것이다. 내일이면 모든 것이 순조롭게 되어갈 것이다.

햇빛이 찬란한 그런, 어느 날이었다.

나는 너무나 오랫동안 불안과 흥분에 들뜬 나머지 아름다운 계절에 대한 감각마저 잃고 무작정 걷고 있었는데, 조금 마음이 안정되자 숲이 햇볕을 받아 반짝이고, 시냇물은 갈색을 머금은 은빛으로 찰랑거리고, 먼 곳이 부드럽게 밝아오자, 들길에는 빨강, 파란색 아낙네들의 치맛자락이 웃음처럼 유쾌하게 보였다.

나는 진실로 기도라도 드리고 싶을 만큼 즐거운 마음으로 가득차서 나비 한 마리도 쫓아갈 생각이 없었다.

늦은 더위를 무릅쓰고 높은 산정까지 치달아 올라가서는 벌렁 드러누워서 풍요로운 들판을 내려다보고, 멀리 시타우펜 산까지 눈길을 보내다가는, 한낮의 태양에 몸을 내맡기고 아름다운 사랑의 세계에, 나 자신에, 또 모든 것에 진심으로 만족을 느꼈다.

이날 하루 내내, 나는 꿈꾸며 즐거워하면서 행복의 의미를 곱씹고 있었다. 저녁 무렵에는 술집에 들러 가장 좋은 붉은 포도주를 마셨다.

하지만 다음날, 대리석 공장을 다시 찾아갔을 때는, 그곳의 모든 것이 어제 모습 그대로 차가운 상태로 돌아가 있었다. 변한 것이라고는 아무것도 없었다.

거실은 물론 여전히 조용하고 차분한 헬레네의 모습을 대하자, 지금까지 가졌던 나만의 자신감과 승리한 것 같았던 기분은 어디로인가 사라지고 불행한 나그네가, 어느 돌층계에 주저앉듯이 온몸에 힘이 빠졌다.

그리고 잠시 후에는 비에 젖은 강아지처럼 비참하고 참담한 기분으로 그곳을 나왔다. 사실 아무 일도 일어나지 않았다.

다만 헬레네의 친절이 있었을 뿐, 어제의 감정은 전혀 찾아볼 수 없었다.

이 시간 이후부터의 내 생활은, 또다시 쓰라리고 절박해지기 시작했다. 나는 너무나 빨리 행복의 예감을 맛보고 만 것이 잘못이었다.

이제는 너무나 강렬했다. 동경이 탐욕스러운 굶주림으로 변모하여, 나 자신을 침잠하며 기대와 영혼의 안정을 잃어갔다.

아름다웠던 세계는 나의 주위에서 침몰하기 시작했고, 나 혼자만 버림받은 듯 정열의 꽃이 시들어버린 빈 대지에 서서, 아무것도 들리지 않는 고독과 정적에 파묻혔다.

나는 오랫동안 갈망하면서 아름답고 청초한 그녀가, 나에게로 다가와서 내 가슴에 몸을 의지하는 꿈을 꾸었는데, 이제는 슬퍼하며 저주하면서 두 팔을 허공에 쳐든 채, 낮이나 밤을 구별하지 않고 대리석 공장 주위를 숨어다닐 뿐, 그곳을 다시 찾아갈 용기마저 잃었다.

관리인 구스타프의 지루하고 믿음성 없는 조소적인 설교를 대답도 하지 않은 채 들어보아도 아무 소용이 없었다.

몇 시간 동안 무더운 들판을 들짐승처럼 뛰어다녀 보아도, 이가 덜덜 떨릴 만큼 차가운 숲속의 계곡에 누워있어 보아도, 아무런 보람이 없었다.

토요일 저녁 마을의 패싸움에 끼어들어 온몸이 흙투성이가 되도록 치고받고 했으나, 별다른 효과가 없었다. 오직 허탈함과 실망감만 엄습해 올 따름이었다.

그리고 시간은 끊임없이 흘러갔다. 이제 2주일 남은 휴가, 열이틀, 열흘! 그사이 나는 두 번인가 대리석 공장엘 갔었다.

한 번은 그녀의 아버지 람팔트 씨만 잠깐 보았다. 그와 함께 마석장에 가서 갓 운반해 온 대리석 덩어리를 마석기에 올려놓는 것을 멍하니 바라보고 있었다.

그때 람팔트 씨는 창고에 가서는 모습을 나타내지 않아, 나는 그냥 돌아왔다. 그리고 다시는 그곳에 가지 않겠다고 마음속으로 굳게 다짐했다.

그런데도 나는 이틀 후에, 또 그곳에 모습을 나타냈다.

헬레네는 여느 때와 다름없이 나를 맞아 주었다. 그런 그녀에게서, 나는 시선을 거둘 수가 없었다. 왜 그런지 침착하지 못하고 들뜬 기분으로, 나는 생각도 없이 쓸데없는 농담이나 불분명한 말들을 늘어놓아, 그녀를 크게 실망하게 했다.

헬레네는 노여움까지 표시했다.

"오늘은 왜 그러시죠?"

하고 반문하듯 말하면서 아름다운 갈색 눈으로 나를 똑바로 바라보았는데, 내 가슴은 뛰기 시작했다.

"뭘 그러십니까?"

하고, 나는 애매모호하게 대답하면서 웃으려고까지 했다.

결국은 내 어색한 웃음이 그녀의 비위를 거스른 모양이다. 그녀는 넓은 어깨를 움츠리며 슬픈 표정으로 잠시 나를 바라볼 뿐, 아무 말이 없었다.

그때 나는 당치도 않게 그녀가 나를 좋아하고 있으며, 나를 맞아들이려고 하므로, 그런 표정을 하는 것이라고 단정했다.

한동안, 나는 약간 불안정한 마음으로 침묵하고 있었는데, 또다시 어떻게 된 것인지, 전번의 그 엉터리 같은 심정으로 되돌아가서 잡담을 지껄이기 시작했다.

그러나 내가 내뱉는 한마디 한마디는 나 자신에게 고통을 줄 뿐이었고 끝내는, 그녀를 화나게 했다.

젊다는 것 하나로 어리석게도, 나는 비상식적인 행동을 연극처럼 향락하면서, 때로는 어린아이와 같이 반항심에서 그녀와의 간격을 스스로 더 벌려 놓은 것이다.

차라리 혀를 물고 침묵하든가, 그녀에게 정직하게 용서를 빌었어야 올바른 행동이었을 텐데, 나는 끝내 일을 그르치고 말았다.

그리고 나서 성급하게 포도주를 단숨에 들이켰으므로 사레가 들려 얼굴까지 벌게졌다. 그래서 이제까지 보다도 더욱 비참한 마음으로 그 방을 나와야 했다.

이제 휴가도 8일밖에 남지 않았다. 너무나 맑고 깨끗한 여름이었다. 처음에는 모든 것이 희망에서 시작되었는데, 이제 나의 기쁨은 반딧불처럼 어디로인가 사라져 버렸다.

나머지 8일을 어떻게 보내면 좋을까 하고 궁리해 보았으나, 지금과 같은 마음으로는 내일이라도 출발해야겠다는 결심만 앞설 뿐이었다.

그러나 마음 한쪽은, 다시 한번 그녀의 집에 가보라고 강요하고 있었다. 마지막으로 그녀를 찾아가서 힘에 넘치고 기품 있는 아름다운 모습을 바라보며,

"나는 진실로 당신을 사랑하고 있습니다. 그런데 왜, 나를 멀리 하려고 합니까?"

하고 말하지 않을 수 없었다.

먼저 나는 요즘 거의 만나지 않던 구스타프 벡카를 만나보려고 리파하 저택으로 갔다. 그는 가구라고는 불필요한 듯 썰렁한 방에서, 매우 불안전하게 보이는 다리가 가늘고 볼품없는 긴 테이블에 앉아서, 몇 통의 편지를 쓰고 있었다.

내가 먼저 말을 건넸다.

"작별 인사를 하러 왔네. 내일 출발할까 해. 이제부터는 정신을 가다듬어 공부에 열중해야겠어."

그러자 구스타프는 진지한 표정을 지어, 다소 나를 놀라게 했

다. 그는 나의 어깨를 두드리며, 마치 동정하는 듯한 미소를 띠며 말했다.

"아! 그런가? 그렇다면 떠나야겠지."

그리고 나서 내가 방문을 나서려 하자, 그가 다시 나를 불러 세웠다.

"자네 마음을 이해할 수 있을 것 같으이. 하지만 그 아가씨에 대한 감정은 어쩔 수 없으리란 건, 나는 처음부터 알고 있었네. 자네는 그녀 앞에서 늘 이상적인 말만 했지. 우리의 생활이란 자네 말대로 될 수 없다는 사실을 곧 깨닫게 될 걸세. 그 말을 명심해서 설혹 머릿속이 아프더라도 잊지 말게나."

그것이 오전에 있었던 일이었다.

오후가 되자, 나는 자텔바하의 계곡이 바라다보이는 산 중턱의 이끼 낀 바위에 앉아서 굽이치는 계곡의 흐름과 공장, 람팔트 씨의 집을 내려다보고 있었다.

나는 작별을 고하고 꿈꾸며 사색에 잠기면서, 구스타프가 나에게 한 말을 되새겨 보면서 오랫동안 머물러 있었다.

끝을 모르게 뻗어있는 계곡과 몇 채의 집과 지붕이 잇대어 있고, 시냇물이 은빛으로 반짝이고, 희게 트여 있는 작은 사잇길에서 가벼운 먼지가 솟아오르는 것을 쓰라린 생각을 하면서 바라보았다.

이제 나는 꽤 오랫동안 결코, 이곳을 찾는 일이 없으리라. 그런 동안 여기서는 시냇물과 물방아와 순진하기만 한 시골 사람들이 아무 변화 없이 생활을 계속해 나갈 것이다.

나는 또 다른 생각에 잠겼다. 어쩌면 헬레네가 그녀 나름의 체념과 운명적인 평화를 서슴없이 내던지고, 자기 마음의 요구에 따라서 감당하기 힘든 행복이든 괴로움을 맞아들이고, 과연 그것에 만족하게 될 것인가?

나의 삶 역시 계곡처럼 얽히고설킨 골짜기를 굽이쳐 나가서 밝고 넓은 안정의 나라에 도달할 것이라고, 어떻게 확신할 수 있을까? 누가 그것을 미리 알 수 있다는 말인가?

그것은 가장 불확실한 미래에 대한 상상이었다. 비로소 나는 진정한 정열의 포로가 되었다.

그리고 이 정열과의 싸움에서 완전히 승리할 만큼의 강하고 지혜로운 힘이 없다는 사실을 깨달았다.

나는 아직도 그저 꿈꾸는 방랑자에 불과했다.

이제는 아무런 미련 없이 헬레네의 곁을 이대로 떠나리라는 결심이 앞을 섰다. 그것이 가장 현명한 방법이라는 것을 확신하게 되었다.

나는 그녀의 집과 좁은 정원을 바라보면서, 다시는 그녀를 만나지 말자고 스스로 다짐하고 마음속으로 이별을 고하면서, 저녁 무렵까지 그 언덕에 누워 있었다.

얼마 후, 나는 꿈속에서 헤매듯 급한 경사에 자주 발부리를 채이면서 숲 아래쪽으로 걸어갔다. 그러는 동안 어느새 내 발걸음은 공장 안의 대리석 부스러기를 밟는 소리를 내며, 다시는 볼 수 없으리라고 생각했던, 그녀의 집 문 앞에 서 있는 나 자신을 발견하고, 비로소 나는 꿈에서 깨어나듯 깜짝 놀랐다.

그러나 이제는 너무 늦었다. 나 자신도 모르게 어둠에 싸인 거실 테이블 앞에 앉아 있었다.

그리고 헬레네는 나의 맞은편에 등을 창 쪽으로 향한 채 어둠보다 더 깊은 침묵에 잠겨 있었다. 나에게는 나 자신이 이미 오랫동안 그렇게 앉아 있었던 것 같았다.

그때 나는 황급히 일어서면서, 이제는 정말 마지막 순간이라고 느꼈다.

"지금 전 작별 인사를 드리기 위해 왔습니다. 이제 휴가가 끝났거든요."

"그러세요?"

그리고 다시 두 사람은 침묵에 잠겼다. 직공들이 저쪽 별채에서 일하는 소리가 미미하게 들려왔다. 큰길을 따라 마차가 천천히 지나가는 소리가 났다. 그 마차 소리가 모퉁이를 돌아 멀어질 때까지, 나는 조용히 귀를 기울이고 있었다.

나는 좀 더 시간을 갖기 위해 그 소리에 귀를 기울이고 싶었지만, 왠지 쑥스럽고 불안하여, 겨우 결심하고 급히 의자에서 일어나 나가려고 자세를 바로잡았다.

나는 어둠이 흘러드는 창 쪽으로 걸어갔다. 그녀도 일어서서 나를 바라보았다. 그녀의 눈은 깜짝도 하지 않고 오랫동안 나를 진지하게 바라보고 있었다.

나는 못 박혀 버린 듯한 침묵이 싫어 최후의 마지막 말을 하고 싶었다.

"그때 화원에서의 일을 기억하고 계십니까?"

"네, 기억하고 있어요."

"헬레네 양! 그때 당신이 나를 사랑하고 계신 걸로 생각했었습니다. 하지만 이제 난 떠나야 합니다."

그녀는 내가 내민 손을 잡고 창가로 갔다.

"다시 한번 당신을 만날 수 없을까요."

하고 말하면서 한 손으로 내 얼굴을 받쳐 들었다.

그러고는 어두운 눈을 내 가까이에 대고 지그시 나를 들여다보았다. 그때 그녀의 얼굴이 너무나 가까이 있었으므로, 나는 내 입술을 그녀의 입술에 댔다.

그러자 그녀는 두 눈을 감고, 나의 키스를 조용히 받아주었다. 나는 그녀를 꼭 껴안으며 낮은 목소리로 물었다.

"왜, 오늘에서야 허락하는 겁니까?"

"아무 말씀도 하지 마세요. 지금 돌아가셨다가 한 시간 후에 다시 오세요. 전 저쪽에서 일하는 직공들을 돌봐야 해요. 오늘은 아버지가 계시지 않거든요."

하고 그녀가 진지하게 말했다.

나는 곧바로 밖으로 나와서 갖가지 형상을 이루고 있는 눈부시도록 밝은 구름 사이의 낯선 땅과 시냇물을 따라 걸어가면서, 꿈속에서처럼 멀리 떨어진 환상적인 것들만 생각했다.

아주 어릴 때의 장난스럽고, 또는 슬픔을 자아내는 어떤 장면이라든가, 그와 비슷한 것들이 구름 속에서 희미한 모습으로 나타났다가 이내 사라져 버리는 사건 등을……

나는 걸어가면서 작은 소리로 노래 불렀는데, 그것은 유행가

곡조였다. 이렇듯 낯선 곳을 배회하는 동안 표현하기 어려운 기묘하게 달콤한 따뜻함이 기분 좋게 온몸으로 퍼져나가자, 다시 헬레네의 힘찬 아름다운 모습이 떠올랐다.

그러자 나는 그녀와의 약속에 제정신이 들었다. 이미 사방은 어두웠고, 계곡의 아래쪽으로 너무 멀리 와 있다는 것을 느끼고 바로 길을 되돌아섰다.

그녀는 기다리고 있었다. 나를 맞이하자 현관과 복도를 지나 거실로 데리고 갔다. 테이블 가에 앉자, 우리는 서로의 손을 잡았다. 한마디의 말도 하지 않았다.

방안은 남은 열기로 하여 후덥지근하고 어두웠다. 창문이 하나만 열려 있어 그 너머로 보이는 검은 숲에, 아직도 어둠이 채워지지 않은 희뿌연 하늘이 왜전나무 가지 사이로 그림자처럼 희미하게 보였다.

우리는 서로의 손가락을 만지작거렸다. 그리고 가볍게 손가락을 놀릴 때마다 무한한 행복감과 함께 몸이 짜릿하게 떨렸다.

"헬레네!"

"네?"

"아아! 헬레네……"

우리 두 사람의 손가락은 서로 어루만지다가 잠시 멈췄다가는 다시 꼭 움켜잡았다.

나는 희뿌연 하늘이 보이는 곳을 바라보다가 그녀의 눈길을 찾았는데, 그녀도 그곳을 보고 있음을 알았다. 그리고 어둠을 타고 창에서 흘러들어오는 약한 빛이, 그녀의 눈과 눈물이 고인 두 개의 눈망울에 반사되는 것을 발견했다.

그 눈물을 나는 조용히 내 입술로 닦아 주었는데, 그것의 차갑고 짭짤한 맛에 나는 놀랐다. 그러자 그녀는 나를 힘껏 끌어당기며 오랫동안 키스하고는, 나의 품 안에서 몸을 뗐다.

"이제 시간이 다 됐어요. 당신은 돌아가셔야 해요."

우리가 문 앞까지 왔을 때, 그녀는 또 한 번 격렬한 정열이 담긴 키스를 했다.

그녀의 입술은 불타는 듯 뜨거웠고, 또한 무척 떨고 있었으므로, 나 역시 몸을 제대로 가눌 수가 없었다. 그리고 내가 밖으로 나오자, 그녀가 말했다.

"안녕히…… 빨리 가세요, 네! 이제 다시 오시면 안 돼요. 절대로 오지 마세요. 그럼, 안녕!"

미처 내가 아무 말도 못 하고 서 있는 사이에 그녀는 문을 닫아 버렸다. 나는 잠시 불안함과 이해할 수 없는 마음으로 그 자리에 서 있었다.

그러나 커다란 행복감에 젖어 집으로 돌아오는 동안에, 그것은 날개를 퍼덕이는 소리처럼 부드럽게, 나를 감쌌다.

집에 돌아오자, 나는 옷을 벗고 셔츠 차림으로 자리에 누웠다.

그런 밤을 다시 한번 더 맞이하고 싶었다. 열기와 습기 찬 후덥지근한 바람이 나에게는 어머니의 손길처럼 부드럽게 느껴졌다.

높다랗게 열린 창문 밖으로 크고 울창한 나무들이 속삭이며 그림자를 드리우고 있었다. 그러자 들판을 거쳐 온 가벼운 풀 내음이 어둠 속으로 흘러들어왔다.

어딘가 멀리서 구름이 무겁게 깔린 하늘 아래서 번개가 금빛으로 떨면서 번쩍거렸다. 뒤이어 낮은 천둥소리가 이상하게 쿠르릉거리며 간헐적으로 들려왔는데, 그것은 마치 먼 곳에서 산들이 서로 잠들면서 몸을 뒤척이는 소리 같았다. 아니면 숲속에 잠들어 있던 메아리가 잠꼬대하는 웅얼거림과 흡사했다.

이런 모든 것을, 나는 나의 높은 행복의 성에서 왕처럼 거만하게 내려다보며 듣고 있었다. 그런 것들은 이제 모두 나의 것이며, 나의 기쁨과 황홀한 휴식처가 되기 위해서 존재했다.

나의 깊은 영혼은 방황을 끝내고 아름다운 기쁨 속에서 안도의 숨을 쉬며, 사랑의 노래처럼 잠들어 있는 들과 계곡을 돌아 산을 넘어서, 밤의 정적 속으로 떠돌며 멀리서 반짝이는 구름을 스치고, 모든 숲과 희미하게 보이는 언덕을 애무하고 있었다.

그것은 나의 말로 표현하기에는 너무나 크고 위대했다.

만약 그것을 표현할 수 있는 단 한마디의 언어가 있다면! 어둠 속에 잠든 대지의 숨결, 나뭇가지에 스치는 바람과 잎사귀의 아련한 소리, 멀리서 번개가 그리는 빛의 섬광과 줄기, 천둥의 신비한 선율을 좀 더 섬세하게 묘사할 수 있었을 것이다.

그러나 그것을 표현할 재능이 누구에게 있다는 말인가?

인간보다 더욱 아름다운 것, 보다 더 깊은 곳에 있는 것, 더더욱 감미로운 것은 도저히 언어로 표현할 수 없는 경지에 있다. 그러나 나는 그 밤이 다시 한번 돌아왔으면 하고 끈질기면서도 무리하게 생각했다.

내가 미처 관리인인 구스타프에게 떠난다는 인사를 하지 않았다면, 그 이튿날 아침에 틀림없이 그에게 갔을 것이다. 그러나 나는 망설이면서 마을 이곳저곳을 돌아다니고 나서, 아침에 헬레네에게 긴 편지를 써서 보냈다.

나는 다시 한번 그녀를 방문하고 싶다는 마음을 전하고, 여러 가지 의견을 말하고, 나의 입장과 장래의 생활에 대해서 상세하게 설명하고는, 그녀의 아버지에게 의견을 물어봐도 좋겠느냐는 내용이었다.

저녁때 나는 그녀의 집으로 갔다. 람팔트 씨는 이번에도 집에 없었다. 이삼일 전부터 그의 고객 한 사람이 이 지방에 와 있었으므로 그 사람과 상담차 집을 떠나 있었다.

나는 아름다운 내 연인을 포옹하고 키스한 다음, 그녀를 따라 방으로 들어가서, 내가 보낸 편지에 관해서 물었다. 그녀는 편지를 받아보았노라고 눈빛으로 대답했다.

"그 문제를 어떻게 생각하십니까?"

헬레네는 침묵한 채 열정과 슬픔을 담은 얼굴로 나를 바라보았다. 내가 다시 말하려고 하자, 그녀는 손을 내 입에 갖다 대고는 이마에 가볍게 키스했다. 그러고는 무척 애처로운 신음을 냈으므로, 나는 당황하지 않을 수 없었다.

내가 여러 가지로 부드러우면서 친절한 음성으로 물어보아도 그녀는 고개를 저을 뿐, 어떤 말도 하려고 하지 않았다.

다만 희미한 미소를 띤 채 팔을 나에게 감고 어제와 똑같은 자세로 내 곁에 앉아서 잠자코 몸을 기대고 있었다.

잠시 후에 그녀는 나에게 몸을 바싹 붙이고 머리를 내 가슴에 기댔다.

나는 아무 생각도 할 수 없어 다만, 그녀의 머리카락이며 이마와 볼, 목덜미에 키스하는 동안 그 강렬함에 현기증을 느꼈다.

나는 벌떡 자리에서 일어서며 말했다.

"내일 아침에 당신 아버지께 이야기해도 좋다는 말입니까?"

"아! 그건 안 돼요. 제발 그러지 마세요."

"왜, 걱정이 돼서 그럽니까?"

그녀는 고개를 저었다.

"그럼, 왜 그러십니까?"

"제발 물어보지 마세요. 그 이야기는 그만 해요. 아직 15분이나 같이 있을 수 있어요."

다시 우리는 앉아서 힘껏 포옹했다. 헬레네가 나에게 바싹 기대어 애무의 손길을 기다리며 몸을 떨고 있어서, 그녀의 고뇌와 우울함이 그대로 나에게 옮겨온 듯했다.

나는 그에 저항하면서 우리의 행복을 믿도록 그녀를 격려했다.

"잘, 알아요. 하지만, 지금 우리는 정말로 행복한 시간을 보내고 있어요."

내가 이렇게 말하자, 그녀는 무언의 힘과 정열을 쏟아 몇 번이고 키스한 다음, 피로한 듯이 내 팔에 몸을 기대었다.

어느덧 그녀의 곁을 떠나지 않으면 안 되었을 때, 헬레네는 문앞에 서서 내 머리카락을 매만지면서 작은 음성으로 말했다.

"사랑스러운 분, 안녕히 가세요. 이젠 다시 오지 마세요. 제발 부탁이에요. 당신이 오시면, 제가 불행하다는 걸 잘 알고 계시잖아요?"

그러자 내 가슴 속에는 격렬한 고통이 밀려왔다. 집에 돌아와서도 잠을 제대로 이룰 수가 없었다.

왜 그녀는 나를 믿고 행복해지지 않으려는 것일까? 지난 주일에 그녀가 나에게 한 말을 다시 떠올려 보았다.

"우리 여자들은 남자분들처럼 자유롭지 못해요. 자기에게 주어진 숙명적인 것을 견뎌 나가는 법을 배우지 않으면 안 되는걸요. 아시겠어요?"

도대체 무엇이 그녀에게 숙명적으로 정해져 있다는 것일까? 어쨌든, 나는 그녀의 내면에 깊숙이 자리 잡은 불행의 사슬을 풀어주지 않고서는 견딜 수 없는 마음이 되었다.

다음날, 나는 오전 중에 그녀에게 간단한 편지를 써서 보내고, 저녁때 공장 일이 끝나고 직공들이 모두 가버린 뒤에, 대리석 더미가 쌓여 있는 곳에서, 그녀를 기다리고 있었다.

헬레네는 약속 시간이 훨씬 지나서야 망설이면서 모습을 나타냈다.

"왜 또 오셨어요. 이러시면 안 돼요. 아버님이 안에 계세요."

"왜 저를 피하려고만 하십니까? 당신 가슴에 지닌 진실을 말씀해 주십시오. 그렇잖으면 돌아가지 않겠습니다."

헬레네는 어둠 속에서도 조용히 나를 바라보았다. 그러나 그녀의 얼굴은 대리석처럼 창백했다.

"저를 더 이상 괴롭히지 마세요. 저는 당신에게 어떠한 말도 할 수 없어요. 또 하고 싶지도 않고요. 분명히 한 가지 말씀드리고 싶은 것은, 오늘이든 내일이든, 빨리 떠나시라는 거예요. 그리고 지금까지 저와의 일은 모두 잊어주세요. 저는 당신의 아내가 될 수 없는 몸이에요."

그녀는 열기가 덜 가신 후덥지근한 7월의 밤공기 속에서도 추위를 느끼는 모양이었다. 몹시 떨고 있었다.

나는 일찍이, 지금과 같은 고통을 경험해 본 적이 없었다. 하지만, 이대로 물러설 수 없다고 고집을 부렸다.

"모든 걸 얘기해 주십시오. 사실을 알지 않고서는 떠날 수가 없습니다."

그녀는 내가 더 이상 마주 볼 수 없을 만큼 강렬한 눈빛으로 나를 쳐다보았다. 그러나 나는 달리 어쩔 수 없는 어정쩡한 표정으로 조르듯 말했다. 아니 소리치고 있었다.

"말씀해 주십시오. 그러지 않으면, 지금 곧 당신 아버님께 달려가겠습니다."

그러자 그녀는 화가 난 듯이 벌떡 일어섰다. 어둠 속에서도 그녀의 창백한 얼굴에는 슬프고도 숭고한 아름다움이 깃들어 있었다. 그녀는 침착하면서도 조금도 흔들림 없는 음성으로 말했다.

"그럼 말씀드리죠. 난 자유의 몸이 아녜요. 그래서 당신의 말에 따를 수 없는 거예요. 이미 정해놓은 사람이 있어요. 이만큼 이야기하면 아시겠죠?"

"아직은 잘 모르겠습니다. 그것만으로는 문제가 될 것이 없습니다. 당신은 나보다도 더 그 사람을 사랑합니까?"

그러자 그녀가 격하게 소리치듯 말했다.

"어쩜, 당신은! 난 그 사람을 지금은 사랑하지 않아요. 하지만, 이미 그 사람에게 약속했어요. 그것을 저버릴 수 없어요."

"왜 저버릴 수 없다는 겁니까? 지금 당신은 그를 사랑하지 않는다면서 말입니다."

"그때는 당신을 몰랐을 때였어요. 난 그 사람이 마음에 들었어요. 사랑하지는 않았지만, 훌륭한 분이었어요. 사실 난 다른 남자를 몰랐거든요. 그래서 나는 승낙했던 거예요. 그런 마음은 지금도 변함없어요. 또 그래야만 되구요."

"헬레네! 그건 되돌릴 수 있습니다. 오직 당신의 마음에 달린 겁니다."

"그야, 그렇겠죠. 그러나 문제는 그분이 아니라 아버님이에요. 전 아버님을 결코 거역할 수 없어요."

"그렇다면 내가 아버님께 말씀드려 보겠습니다."

"안 돼요. 당신은 아직도 모르시는 게 있어요."

나는 그녀를 똑바로 바라보았다. 헬레네의 얼굴은 어둠보다 더 짙은 고통에 싸여 있었다. 이윽고 그녀의 입에서 고뇌에 찬 음성이 터져 나왔다.

"난 아버님이 팔아버린 몸이나 다름없어요. 나도 승낙했어요. 돈거래가 있었죠. 우리는 이번 겨울에 결혼식을 올리기로 되어 있어요."

말을 끝내자마자, 헬레네는 몸을 돌려 몇 발을 걸어가다가 다시 돌아보며 말했다.

"아셨어요? 용기를 내세요. 이젠 오시면 안 돼요. 저를 잊으셔야 해요."

"단지 돈 때문입니까?"

하고 나는 묻지 않을 수 없었다. 그러자 그녀는 놀라운 표정을 지었다.

"또 왜 그러시죠. 그건 아버님도 되돌릴 수 없는 일이에요. 아버님도 나처럼 속박되어 있어요. 내가 아버님을 돌보지 않으면 우린 다 같이 불행해져요. 그러니까 이해해 주세요. 부탁이에요."

그리고 나서 잠시, 그녀는 뭔가를 생각하는가 싶더니 목소리를 높여 다시 말했다.

"제 말뜻을 이해하시겠죠. 저를 죽게 만들지 마세요. 지금은 제 스스로 감당할 수 있지만, 만약 당신이 다시 한번, 날 건드리기라도 하면 더 이상 견딜 수 없게 돼요. 이젠 당신에게 키스할 수도 없어요. 여기서 끝내지 않으면, 우리 모두 다 함께 파멸해요."

일순간 모든 것이 정지된 듯 조용해졌다. 다만, 저쪽 공장 별채에서, 그녀의 아버지가 돌아다니는 발소리가 들렸다.

"아직도 난 내 마음을 결정할 수가 없습니다. 그 사람이 누군지 말해 주시지 않겠습니까?"

"안 돼요. 당신은 모르는 편이 좋아요. 저를 위해서 오지 마세요. 아셨죠?"

그녀는 집 안으로 들어갔다.

나는 어둠 속에 홀로 서서 그녀의 뒷모습을 바라보았다. 나도 곧 자리에서 일어나 그곳을 떠나려고 했으나 차가운 돌에 걸터앉아 끊임없이 흘러가는 물소리를 들으며, 그 어떤 것도 실감할 수가 없었다. 끝없이 흐르는 물처럼, 나도 어디로인가 밀려가고 싶은 마음뿐이었다.

그것은 마치 나의 생명과, 헬레네의 생명과, 다른 수많은 생명이 나의 곁을 지나 계곡을 따라서 어둠 속으로 물처럼 흘러가 버리는 것 같았다.

깊은 한밤에 심한 피로와 슬픔에 지쳐 집으로 돌아왔다. 그리고 곧 깊은 잠 속에 빠져들었다.

아침이 되자, 나는 짐을 챙기고 떠나려고 결심했다가, 그것을 곧 잊어버리고 식사를 끝내자 기다렸다는 듯이 숲속으로 목적도 없이 걸어갔다. 머릿속에는 무엇 하나 정리되지 않고 불분명한 상태로 남아 있었다.

많은 생각이 포말처럼 머릿속에 떠오를 뿐, 어떤 형상을 이루지 못하고 그대로 꺼져버렸다. 다만, 이제는 모든 것이 끝장이라는 현명하지 못한 판단이, 나를 더 큰 고통으로 몰아넣었다.

오후가 되자, 비로소 애정과 비참함이 마음속에서 서로 대립하며, 더욱 나를 못 견디게 했다. 그러나 나는 스스로 억제하여 분별이 생겨날 때까지 기다리지 못하고 마음의 충동에 이끌려 대리석 공장 근처에서 몸을 숨기고 기다렸다.

이윽고 람팔트 씨가 집을 나서 시냇가 행길을 지나 마을 쪽으로 사라지는 것을 지켜보았다.

나는 지체하지 않고 집 안으로 들어갔다. 그러자 헬레네가 깜짝 놀라며 소리를 지르면서 나를 바라보았다.

그녀는 신음하듯 말했다.

"왜! 왜, 또 오셨어요."

나는 몸 둘 바를 모를 만큼 창피스러웠다. 이때만큼 쓰라린 상처 깊은 마음을 가져본 적은 없었다.

나는 문에 손을 의지하고 서 있었는데, 그냥 나와버릴 수도 없어서 그녀가 있는 쪽으로 천천히 다가갔다.

그러자 헬레네는 불안과 고뇌에 가득 차서 괴로운 눈길로, 나를 바라보았다. 조용하면서도 슬픔이 깃든 눈빛이었다.

"용서하십시오, 헬레네."

하고 나는 힘없이 말했다. 그녀는 내 마음을 이해하려는 듯 몇 번이고 고개를 끄덕이면서 눈길을 내리깔았지만, 다시 얼굴을 들며 슬픔과 원망으로 가득 찬 음성으로 말했다.

"당신은…… 아! 당신은 오지 말아야 했어요."

이제까지 보다도, 그녀의 얼굴은 물론 태도까지도 성숙하고 더 힘이 세어진 것처럼 보였다.

그 곁에 서 있는 내가 한없이 초라하고 나약하게 느껴졌다.

"그래요."

하고, 그녀는 반문하듯 물으면서 애써 미소 지으려고 했다.

"말씀해 주시길 바랍니다. 그러면 떠날 수 있을 것 같습니다."

순간 그녀의 얼굴이 일그러지면서 금세 눈물이 쏟아질 듯한 표정으로 변했다. 하지만 뜻밖에도 그녀는 미소를 짓고 있었다.

그것은 뭐라고 말할 수 없는 고뇌의 미소였다. 그녀는 일어서며 속삭이듯 말했다.

"왜 그렇게 긴장해서 서 있어요. 어서 이쪽으로 오세요."

그 말에 용기를 얻은 나는 한 발 그녀 앞으로 다가가서 두 팔로 껴안았다. 그녀도 기다렸다는 듯이 내 가슴을 파고들었다. 우리는 온몸에 힘을 주어 서로 힘껏 포옹했다.

그때 나는 순간적으로 찾아온 기쁨에 더욱더 불안과 공포, 슬픔을 억제하려는 노력으로 휩쓸려버렸는데, 오히려 그녀는 눈에 띄도록 명랑해져서 아이들에게 하는 것처럼, 나를 어루만지고 자기가 하고 싶은 대로 애칭을 붙여서 부르며, 내 손을 가볍게 깨물어 보는 등 사랑의 행위를 서슴없이 해 나를 놀라게 했다.

한편, 나의 마음속에서는 어떤 이해할 수 없는 불안한 감정이 몸을 불태우는 듯한 열정과 싸우고 있었다. 그래서 나는 한마디의 말도 못 하고, 그녀를 껴안은 채 생각했다. 그러나 그녀는 들뜬 밤공기처럼 나를 애무하며 농담까지 했다.

"좀 더 명랑해질 수 없어요? 꼭 고드름 같아요."

하고 말하면서, 나의 콧수염을 가볍게 잡아당겼다.

"헬레네! 이제부터 우리의 일은 잘 되어가는 겁니까? 끝까지 당신이 나와 결혼할 수 없는 사이라면……"

그녀는 두 손으로 내 얼굴을 감싸며, 바로 코앞에서 나를 들여다보았다.

"그럼요, 이제부터는 모든 게 잘 되어갈 거예요."

"그렇다면, 내가 좀 더 이곳에 머무르면서 내일 다시 와서, 당신 아버지께 말씀드려도 좋다는 말인가요?"

"아직 제 말뜻을 모르세요? 무얼 해도 좋아요. 만약 프록코트를 갖고 계시면 그걸 입고 오셔도 좋아요. 내일은 일요일이니까 더 좋을 거예요."

"그럼 됐습니다. 마침, 가지고 있으니까."

하고 나는 웃으며, 갑자기 아이들처럼 명랑해져서 그녀를 안고 방안을 두세 번 왈츠를 추며 돌았다. 그러고는 테이블 귀퉁이에서 그녀를 무릎에 앉혔다.

그녀는 이마를 내 볼에다 갖다 댔다. 그래서 나는 그녀의 부드럽고 검은 긴 머리카락을 어루만지고 있었는데, 갑자기 그녀가 자리에서 벌떡 일어나며 뒤로 물러서서, 다시 머리를 매만지고서는 나를 위협하듯 소리쳤다.

"어쩌면 아버지가 곧 오실지 몰라요. 우리 두 사람 똑같이 정신 나갔어."

나는 짧고 힘차게 키스하고 나서 창가에 있는 화병에서 꽃 한 송이를 모자에 꽂아 달라고 했다. 이미 저녁 빛이 계곡에까지 와 있었다.

토요일이라서 '독수리 집'에는 많은 손님이 모여 떠들고 있었다. 나는 포도주를 마시고 카드놀이를 한판하고 일찍 집으로 돌아왔다.

나는 프록코트를 꺼내놓고 들뜬 기분으로 그것을 바라보았다. 그 코트는 시험을 치를 때, 한 번 입은 후 거의 입어본 적이 없었으므로, 새것 그대로였다. 그 검고 반짝이는 천을 바라보자, 어떤 의식에 참석해야 할 듯한 엄숙함이 떠올랐다.

그대로 잠자리에 들 수가 없어서 침대에 걸터앉아서 내일 헬레네 양 아버지에게, 무슨 말을 해야 좋을까 생각에 잠겼다.

젊은이다운 품위와 겸손함을 유지하며, 그의 앞으로 걸어가는 내 모습을 명확하게 그려 보았다.

한사코 반대하는 그의 말, 그에 대한 나의 대답, 그와 나의 다른 사고방식, 행동 등이 복잡하게 떠올랐다.

나는 목사가 설교 연습을 할 때처럼, 그에게 말할 첫마디를 몇 번 입 밖으로 소리 내어 보기도 했다.

드디어 일요일 아침이 되었다.

다시 한번 침착하게 생각을 가다듬기 위해 교회 종이 울릴 때까지, 그대로 침대에 누워 있었다.

아침 예배가 끝나자, 면도하고 우유를 마신 다음, 나는 예복을 시험 직전 그때만큼 단정하게 차려입었다. 가슴이 두근거렸다.

어느덧 늦여름의 햇살이 들판 가득 쏟아져 내리고 있었다.

나는 집을 나서 의젓하게 천천히 먼지 나는 길을 조심스럽게 피해 가며, 벌써 더위를 느끼게 하는 햇볕 속을 뚫고 자텔바하로 향해 걸어갔다. 프록코트의 높은 컬러를 세우고 있었으므로 땀이 약간 몸에 배었다.

내가 대리석 공장에 도착했을 때 놀랍게도 사람들 몇몇이 길이나 뜰 안에 옹기종기 모여 서서 수군거리고 있었다. 나는 내 일이 방해받을까 싶어 불유쾌한 마음으로 다가갔다.

그러나 나는 지금, 무슨 일이 일어나고 있는지, 누구에게도 묻고 싶지 않아서 불안하면서도 꿈이라도 꾸는 듯한 미심쩍은 답답한 기분으로 사람들 곁을 지나쳐 문 앞으로 갔다.

안쪽으로 들어서자, 현관 앞에서 공교롭게도 관리인 구스타프와 마주쳤다. 전혀 예기치 않았던 일이었으므로, 나는 당황해서 간단히 인사를 했다.

그는 지금쯤, 내가 이 고장을 떠났으리라고 여기고 있었을 터이므로, 돌연 그를 만나는 것이 매우 어색했다.

그러나 그는 그런 것은 조금도 개의치 않는 모양이었다.

그런 내색도 전혀 없었다. 오히려 그의 모습은 긴장되어 있었고 피로해 보이기까지 했다. 그리고 얼굴이 창백했다.

"아! 자넨가? 왔군."

그는 고개를 끄덕이면서 신랄한 음성으로 말했다.

"이봐, 친구. 자네는 여기 오지 말아야 할 사람인데, 정말 잘못 왔군."

"그렇지만, 지금 람팔트 씨는 계시겠지."

내가 그의 말을 일축하며 물었다.

"물론이지. 어디 있겠나?"

"그럼, 헬레네 양은?"

그는 말없이 눈길로 방문을 가리켰다.

"안에 있는 모양이지?"

구스타프는 고개를 끄덕였다. 그리고 내가 막 문을 노크하려는 순간, 문이 열리면서 한 남자가 밖으로 나왔다.

그때 나는 방안에 손님 몇이 말없이 서 있고, 가구 일부가 옮겨져 있는 것을 보았다.

나는 불안한 예감에 가슴이 섬뜩했다. 온몸에 갑자기 한기가 엄습해 오는 그런 느낌이었다.

"구스타프! 무슨 일이 생겼는가? 모두 왜 그러는 거지. 그리고 자네는 왜 왔지?"

그러자 그는 홱 돌아서며 기묘한 눈빛으로 나를 쏘아보았다.

"그렇다면, 자네는 아무것도 모른단 말인가?"

"무엇을 말인가? 내가 뭘 모른다는 것이지?"

그러자 그는 앞을 가로막고 내 얼굴을 뚫어지게 바라보았다.

"여보게, 더 이상 여기서 꾸물거리지 말고 어서 집으로 돌아가게, 응!"

그는 낮고 거의 목멘 소리로 말하면서 내 팔을 잡아끌었다. 나는 더욱 알 수 없는 불안감에 빠져들었다.

그는 다시 한번 주의 깊게 나를 살피더니 조용한 목소리로 말했다. 이미 그의 두 눈은 젖어 있었다.

"어제 그녀와 얘기를 나누었었나?"

순간 내 얼굴이 붉어지자, 그는 어색하게 헛기침했다. 그러나 그 소리는 신음처럼 침울하게 울렸다.

"어디 있는가? 지금 헬레네 양은……"

더 이상 견딜 수가 없어서 내가 소리쳤다.

구스타프는 뜰 안을 왔다 갔다 하며 허공을 응시하기도 했다. 그런가 하면, 나를 완전히 잊어버린 것처럼 자기만의 생각에 골몰했다.

나는 층계 난간을 의지하고 선 채 낯모르는 정신 나간 사람들에게 둘러싸여 조롱당하는 듯한 느낌이었다.

그때 구스타프가 다시 내 앞으로 다가오며,

"이리 좀 오지!"

하고는, 나를 계단이 꺾이는 데까지 끌고 와서 층계에 앉았다.

나 역시 코트가 구겨지는 것도 개의치 않고 그와 나란히 앉았다. 집안이 죽은 듯이 고요했다.

그는 참기 어려운 듯 머뭇거리며 말을 꺼냈다.

"마음을 진정해야 하네. 단단히 각오하고 내 말을 듣게나! 저 헬레네 람팔트 양이 죽었어. 오늘 아침 세석장 앞 물웅덩이에서 발견했어. 진정하게. 모든 것은 사실이니까. 내 말을 못 믿겠다면 가서 확인하고 와도 좋아. 지금 그녀는 저 방에 누워 있어. 우리가 물웅덩이에서 그녀를 발견하고 끌어올렸을 때는 아! 여보게 형편없었다네…… 하지만, 지금은 참으로 아름다운 모습을 하고 있다네."

그는 말을 멈추고 고개를 저었다.

"아무 말도 하지 말고 조용히 있게. 이야기할 기회는 또 있을 걸세. 하지만 자네보다도 나와 더 관계 깊은 일이지. 뭐, 그런 얘긴 그만두는 게 좋아. 내일 자네에게 모든 사실을 이야기하겠네."

"아냐, 구스타프! 지금 이야기해 주게. 모든 것을 알지 않고는 견딜 수가 없어."

"그렇다면 좋아. 자세한 것은 나중에 이야기해 주지. 다만 이것만은 지금 명백히 말해 두고 싶어. 내가 자네를 항상 이 집에 출입하게 한 건, 자네에게 호의를 갖고 있었기 때문일세. 그것은 진심이었어. 하지만, 누가 미리 앞일을 알았겠는가? 쉽게 말하면,

나는 헬레네와 약혼한 사이였어. 아직 정식으로 알리지는 않았지만 말일세."

그 말을 듣는 순간, 나는 그를 힘껏 때려주고 싶은 강렬한 충동이 일었다. 하지만, 그는 그것을 눈치채고는 침착하게 나를 바라보며 말했다.

"그런 짓은 안 하는 게 좋아. 다시 자세히 이야기할 기회는 또 있으니까."

우리는 더 이상 아무 말도 하지 않고 그대로 앉아 있었다.

헬레네와 구스타프, 나와 관계된 사건 전체가 명확하고 재빠르게 내 앞을 스쳐 갔다.

왜 나는 일찍이 이 일을 깨닫지 못했을까? 왜 내가 조금이라도 눈치채지 못했을까?

그랬다면, 달리 어떻게든 방법이 있었을 것이다. 단 한마디라도, 아주 조그만 예감이라도 있었다면, 나는 조용히 나의 길을 찾아갔을 것이고, 그녀가 지금처럼 저 방에 누워 있는 일은 절대로 일어나지 않았을 것이다.

어느덧 나의 노여움은 사라졌다. 구스타프가 사건을 예감한 것이 틀림없다는 것을 나는 알 수 있었다.

그는 자기 스스로 나와 그녀가 멋대로 행동하도록 방관했으므로 죄의식을 마음속 깊이 느끼고, 지금은 얼마나 무거운 짐을 지고 있는지, 나는 깨달을 수 있었다.

그래서 나는 가장 명백한 답을 그에게서 직접 듣고 싶었다.

"이보게, 구스타프! 자네는 진실로 그녀를 사랑했는가?"

그러자 그가 무슨 말을 하려고 했는데, 그만 말문이 막혀 고개만 끄덕일 뿐이었다. 두 번 세 번 거듭, 그가 고개를 끄덕이는 것을 보았을 때, 이 인내심 강하고 완고한 사내가 아무 말도 못 하고 밤을 지새운 초라한 얼굴로 전율하는 것을 보았을 때, 비로소 나는 슬픔에 잠겼다.

　　얼마 후 눈물을 거두고 고개를 드니, 그가 내 앞에 서서 손을 내밀었다. 나는 그의 거친 손을 힘껏 움켜쥐었다.

　　그러자 그는 내 손을 놓으면서 층계를 천천히 내려가 조용히 거실 문을 열었다.

　　그곳에 아름다운 헬레네가 누워 있었다. 그날 아침 그곳으로 들어간 것이, 그의 마지막 모습이었다.

베르누 태생의 마리아. 그녀는 헤세보다 9년이나 연상이었으며, 헤세의 세 아들의 어머니이기도 했다. 결혼 후에 심한 우울증과 정신병으로 고생하다가 1923년 이혼하였다.

로망 롤랑이 말하는 '황금의 언덕'(몬타놀라)에 있음.
헤세는 43년 동안 죽는 날까지 살았다.

1907년 가이엔호펜에 헤세가 새로 지은 집. '암 에를렌로오'라고 불렀다.

노을빛 사랑

몹시 무덥던 날, 내가 아일랜드 지방을 여행할 때, 다시 그 생각이 떠올랐다.

벌써 여러 해 전의 일이었다. 그러니까, 1911년 늦여름, 어느 날이었다.

나는 현기증이 일 것 같은 하얗게 타는 듯한, 한낮의 열기 속에서 완전히 바닥을 드러낸 수많은 강물 옆을 지나 여행을 계속하고 있었다. 더위에 시달림을 받았지만, 이 지방으로 몰려드는 많은 여행객의 방해는 받지 않았다.

열기로 가득 찬 들판에는 사람 하나 눈에 띄지 않았고, 정거장역시 잠든 것처럼 조용했다. 그러나 내가 탄 기차에는 북부 독일지방에서 온 듯싶은 중년 신사가 탑승하고 있었다.

나는 이틀 전부터 기회가 있을 때마다 기차 안 여기저기서 그와 자주 마주쳤다.

그는 1등 칸에 타고 있었고, 나는 3등 칸에 타고 갔지만, 우리는 식당이나 화장실 같은 곳에서 얼굴을 자주 대하였다. 차가울 정도로 냉철하고 신경질적인, 그의 대화가 나를 매료시켰다.

그는 내 나이보다 훨씬 많아 보였고, 그와 함께 있으면 나는 어린아이와 같은 생각이 들었다.

아일랜드는 폐허가 된 듯 지루하게 자리 잡고 있었다. 정거장은 물론 거리조차 조용했고, 마차도 보이지 않았다. 흙먼지가 두텁게 내려앉은 덧문 틈으로 사람들이 셔츠 차림으로 느릿느릿 그림자처럼 움직이는 것이 보였다.

바로 두 시간 전에 식당차에서 만났던 그 신사가 기차에서 내렸다. 나도 뒤를 따라 역 구내를 빠져나왔다.

호텔 종업원이 그의 짐꾸러미를 받아 들었다. 그러자 신사는 나를 힐끗 바라보더니 고개를 한번 가볍게 끄덕이며, "잘 가시오!"라고 던지듯 한마디 하고는, 공원 옆에 자리 잡은 호텔로 모습을 감추었다.

그러는 동안, 나는 전차를 타고 이탈리아 여행을 할 때마다 묵었던 낡은 여관을 찾아갔다.

그 골목 역시 조용했다. 먼지와 연기로 그을린 초라한 여관 앞에는 사람의 그림자조차 비치지 않았고, 다만 누더기를 걸친 늙은 거지가 막대기로 더위를 떨쳐버리려는 듯, 먼지 속에서 담배꽁초를 줍고 있었다.

안면이 있는 여관 주인은 모습을 나타내지 않았다. 종업원이 나를 알아본 듯 인사를 하며 작은 방으로 안내했다.

그러자 곧 나는 옷을 벗고 샤워한 다음, 덧문을 닫은 채 셔츠 차림으로 레몬주스를 마시고 책을 읽으면서 적당히 오후의 시간을 보냈다.

저녁 무렵이 되자, 별로 서늘해지지는 않았지만, 많은 사람들이 거리로 쏟아져 나왔다. 나 역시 그들과 함께 공원의 산책로를 걸었다.

신문팔이는 이리저리 뛰어다니면서 목청을 힘껏 높였고, 오렌지 장사들과 수분이 많은 참외 장수들이 거리에 활기를 돋우고 있었다.

돈이 많거나 권력 있는 주인이 여름 피서를 떠나자 기다렸다는 듯이, 마부들은 그 호화로운 마차에 자기의 남녀 친구들을 가득 태우고 거리를 누볐다. 그 당시에는 자동차가 많지 않았다.

잠을 제대로 자지 못한 채, 나는 다음 날 오후에도 여행을 계속했다. 열기와 먼지가 더욱 피로감을 느끼게 했다.

그러나 독일로 돌아가기 전에 단 한 번이라도 제대로 잠을 자고 하룻저녁이라도, 이탈리아의 공기를 마음껏 마시고 싶었다.

그래서 나는 옛 시골 도시 꼬모에서 마지막 여행을 즐기기로 마음먹고 결심한 대로 행동에 옮기기로 했다.

하얗게 햇볕이 쏟아지는 정거장을 벗어나기 위해 여행 가방을 들고 시내 중심지로 가려고 할 때, 그저께 만났던 낯익은 중년 신사가 두 필의 말이 끄는 마차에 앉아서, 나를 향해 고개를 끄덕이며 인사를 보내왔다.

'그를 피하는 것은 어렵겠군.'

하고, 나는 속으로 생각하며 미소 지었다.

여기서 또 그 중년 신사를 만난 사실에 아무런 의의나 악의가 나에게는 있을 수 없었다.

그가 부드러운 탄력이 있는 마차를 타고 빠르게 골목길로 접어 드는 동안, 나는 성당 쪽을 향해 가다가 이번에는 잠을 제대로 잘 수 있는 곳을 찾기 위해 호숫가에 있는 아름답고 작은 광장으로 갔다.

작은 시골 도시 꼬모는 텅 빈 것 같았다. 곧 난 숙소를 정했다. 정원이 아름다운 여관이었다.

이제 막 해가 기울면서 풍요로운 저녁이 호수로부터 떠오르며 아득히 보이는 강변을 보랏빛 먼지로 덮어버릴 때, 나는 환희 같은 감동을 안았다.

고향으로 돌아가기 전에, 다시 번 이탈리아의 여름을 향유 할 수 있다는 것이 무엇보다도 기뻤다.

그리하여 나는 눈물겹도록 감사한 마음으로 작고 아름다운 시가지를 애정 어린 눈빛으로 바라보았다. 거기엔 저녁과 함께 한낮엔 집 안에서 실컷 자고 난 사람들이 바쁘게 움직이고 있었다. 옷으로 몸을 감싼 여인들이 천천히 성당 쪽으로 걸어가면서 태양을 향해 눈을 깜박거렸다.

행복해 보이는 젊은이들은 한 필의 말이 끄는 마차를 타고 속력을 내면서 교외로 달려가거나, 어떤 다른 젊은이는 갈색 밀짚 모자를 쓰고 하얀 반바지에 노란 신발을 신고는 단춧구멍에 버지니아 담배를 끼우고 잠에서 막 깨어난 듯 골목길을 서성이고 있었다.

어디선가 하모니카 소리가 울려왔다. 구두닦이는 이제야 생기를 찾은 듯 그림자가 깃든 자기 자리로 돌아가 밀린 구두닦기 일을 시작했다.

그리고 카페 주인은 차양을 걷어 올리고, 상점 앞에 놓인 둥근 대리석 탁자를 닦았다.

엷은 잠에 빠져 있던 도시가 완전히 변모하여 삶에 눈을 뜨고 있었다.

식당의 보이들은 아이스크림과 베르무주를 맵시 있게 들고 손님으로 꽉 찬 자리 사이를 유영하듯 돌아다녔다.

젊은 아가씨들은 호들갑스럽게 떠들면서 거리를 돌아다녔는데, 때로 골목 안에는 편싸움이라도 벌이려는 듯 모여 있다가는 젊은 남자들이 나타나면 부끄러운 듯이 뿔뿔이 흩어지기도 했다.

그때 갑자기 골목 한 모퉁이에서 손풍금 소리가 요란하게 들려오자, 기다렸다는 듯이 아름다운 젊은이들은 그 소리에 맞추어 멋지게 춤을 추었다. 순식간에 거리의 축제가 벌어진 것이다.

저녁 무렵, 즐거움이 넘치는 거리의 그늘진 곳을 한가롭게 배회하는 사람들, 거리 한 모퉁이에서 벌어지는 춤판, 먼지투성이의 대리석 탁자에 앉아 저녁 어스름과 함께 마시는 베르무주. 아름답고 밝은 아가씨들의 모습과 무도곡의 가사를 맵시 있게 따라 부르는 목소리가 저녁 하늘에 울려 퍼졌다.

이 모든 것은 이미 내가 경험하고 느낀 영상과 감정의 귀환을 일깨웠다. 이런 시간을 만나게 되면, 멀리 북방에서 온 젊은 여행객은 꿈꾸는 듯한 환상에 잠겨 행복한 기분으로 거리를 배회하며, 젊은 처녀들의 춤추는 그 모습에 다정한 눈길을 보내게 된다.

그리하여 거리에 충만한 유혹이 어둠 속으로 조용히 묻힐 때, 젊은 사내들은 고독감을 느끼는 것이다. 허영과 사랑의 유회에 잠시 머물기 위해서는 돈과 정력을 낭비해야 한다.

젊은 나그네는 일찌감치 서둘러 주점에 들러, 홀로 외로움을 달래며 리조또(쌀 요리)와 포도주를 병째 마시면서 생각에 잠긴 채, 그날 저녁을 보낸다.

나는 이 모든 것에 익숙해져 있었다. 이미 이와 비슷한 여러 날 저녁을 혼자 생각에 잠겨서, 여행자로서의 우월감에 젖은 미소를 띠고 여유로운 기분을 서서히 상기하는, 이 분방한 시간의 즐거움을 알고 있었다.

그래서 낯선 지방을 여행할 때면, 결국에는 어느 한 주막집에 앉아서, 그곳의 유명한 요리를 먹으면서 포도주를 한두 잔씩 마셨다. 그런 다음에 아무런 욕망도 없이 방관자로서 이러한 밤의 생활에 참여할 수 있는 강한 삶의 열정을 느꼈다.

나는 호숫가의 광장 모퉁이에 있는 작은 카페의 테라스에 앉았다. 천천히 얼음물을 한 잔 마시면서 호수가 노을 속으로 가라앉고, 주위 산들이 차가운 청색으로 변하는 데에 시선을 던졌다.

그러자 표현할 수 없는 적막감이 엄습해 왔다.

나는 향이 진한 담배를 피우면서 보랏빛 연기 사이로 배회하는 군중과 노래하는 아가씨들과 춤추는 사람들의 뜨거운 웃음소리에서 솟아나는 감미로운 유혹에 빠지지 않으려고 애쓰고 있었다.

"안녕하시오?"

내 옆에서 들려오는 누군가의 음성이 있었다.

이미 여러 번 만난 적이 있는 그 중년 신사가 서 있었다.

그는 밝은 빛깔의 여름 양복을 깨끗이 입고 있었으며, 질 좋은 여송연을 피우고 있었다.

중년 신사는 북녘의 사투리가 강한 명확한 독일어로 말했다. 이때, 나는 낯선 이곳에서 예고 없이, 그를 만나게 된 것을 속으로 기뻐했다.

그는 내 옆에 거리낌 없이 앉았다. 레몬주스를 주문하고, 나에게도 포도주를 한 병 시켜 주었다.

우리는 곧 대화를 시작했다.

이 친절한 신사는, 내가 지금 생각하고 경험하는 모든 것을, 이미 오래전에 겪었고 느낀 것이 틀림없었다. 그리하여 현명하고 냉정한 판단으로 처신하는 법을 익힌 것이었다.

"당신도 이탈리아에서 사랑의 체험을 해 봤을 겁니다."

하고 호의적인 미소를 띠며 말했다.

"그것도 제 여행의 한 부분이죠."

나는 느린 음성으로 꿈꾸듯 대답했다.

"하긴 그럴 겁니다."

그는 다시 웃음 띤 얼굴로 말했다.

"늘 같은 일이 되풀이되지요. 그렇지 않은가요? 이처럼 아름다운 저녁이면, 누구나 이탈리아 여자들의 뒤를 쫓게 마련이죠. 또 그것은 여자들이 반할 정도로 아름다운 탓일 겁니다. 어쩌다가 성공해서 한 여자를 상대하게 되면, 갑자기 엄청난 돈을 요구하는 거리의 여자라는 것을 알게 되지요. 그때의 기분이란 정말 유감입니다."

나는 마음을 가다듬으면서 조용히 그의 말을 듣고 있었다. 이 신사는 물론 내가 동경하는 사람은 아니다. 다만, 나는 질이 좋은 포도주를 얻어 마셨고 저녁 광장 너머를 바라다볼 뿐이었다.

그때, 나는 바로 내 맞은편에 있는 호텔 위층에서 한 여인이 작은 발코니로 나오는 것을 보았다.

여인의 얼굴은 희다 못해 창백했고 검은 머리에 키가 큰 모습으로 옷을 걸치고 있었는데, 노을빛으로 하여 반쯤은 그림자처럼 보였다. 총총걸음으로 걸어 나와서 두 팔을 쇠로 된 난간에 올려 놓았다.

실루엣인 듯 그녀의 동작은 부드럽고 우아했다. 나는 그녀의 모습에 완전히 매료되었다.

"포도주 맛이 괜찮은가요?"

친절한 신사의 음성이, 바로 옆에서 들려왔다.

나는 아주 좋다고 대답하고는, 그를 위해 잔을 더 청했다. 그는 한 모금 가볍게 마셔 보고는 내 말에 동의했다. 다시 그의 잔에 가득 포도주를 따랐다.

내가 그의 잔에 술을 따르는 동안, 그 역시도 발코니에 서 있는 여자를 바라보고 있다는 것을 알았다. 그러나 그는 아무 말도 하지 않았다.

우리는 의자에 기대앉아서 한동안 고독하고 우아한 여인의 모습이 점점 짙어져 가는 잿빛 어둠 속에 하얗게 서 있는, 그곳을 바라볼 뿐이었다.

"저 여자도 혼자인가 보군요?"

신사가 먼저 말했다. 우리 두 사람은 여자에게서 잠시도 시선을 떼지 않은 채, 가끔 향기 높은 포도주를 한 모금씩 마셨다.

그가 다시 말을 이었다.

"어쨌든 일을 성사하려면, 저곳으로 올라가서 저 여인을 위해 약간의 노력을 해야 할 거요. 그렇지 않소? 현명한 젊은 사람이라면 아름답고 매력적인 여인이 저녁 내내 호텔 발코니에, 홀로 서서 사람들이 춤추는 모습이나 바라보고 있겠다는 생각이 아니라는 것쯤은, 당연히 알아야 하지 않겠소. 자! 어떻소?"

나는 대답 대신 포도주를 한 잔 마셨다. 어느새 술병은 비어 있었다. 나는 다시 한 병을 더 시킨 다음 잔을 가득 채웠다.

밤이 되자 광장은 조용해졌다. 카페 앞에 놓인 식탁에는 거의 사람들로 차 있었지만, 거리 한복판에서는 두세 쌍이 춤을 추고 있었다.

그러나 발코니에는, 아직도 그 낯선 여인이 하얗게 그림자처럼 서 있었다. 고독이 부서져 내리는 듯한 모습이었다.

조심성 있게 신사가 잔을 비웠다.

"정말 좋은 포도주군요."

그는 정확한 독일어로 말했다. 그의 말은 가장 사소한 진실까지도, 모두 포함한 듯한 확신이었다.

그러나 갑자기 나에게는 그 신사를 증오하고 싶은 강렬한 욕구가 일기 시작했다.

그때 그는 내 어깨 위에 가볍게 손을 올려놓았다. 마치 노인들이 더 이상 젊지 않다는 것을 젊은이들에게 복수라도 하려는 듯한, 어딘가 이질감이 느껴지는 태도였다.

"난 그만 돌아가 봐야겠소. 이젠 제법 잠잘 만큼 서늘해졌으니까 말이오."

"아! 그렇습니까?"

나는 무의미하게 대답했다.

"하지만 당신은 한동안 더 여기 앉아서 포도주를 마시며, 저 위를 쳐다보겠지요. 내 말이 틀렸나요? 저 여인은 정말 아름답습니다. 이봐요, 젊은 친구. 나는 너무 나이가 많지요. 그러니 잠을 잘 이룰 수가 있지요. 하지만 늘 그랬던 것은 아니오. 나도 젊었을 적엔, 당신과 같았소.

나는 오늘 저녁에 당신을 가까이하면서, 내 청춘 시절과 너무도 흡사하다는 것을 떠올리게 해주었다고 말하지 않을 수 없소. 아무래도 우리 두 사람은 모험하기 위해 여자를 정복하는 부류의 남자는 정녕 아닌 것 같소.

그저 우리는 발코니나 쳐다보며 포도주나 마시는 외로움이 많은 남자일 따름이지요? 당신은 내가 말하는 뜻을 제대로 이해할 수 없을 거요. 그러나 좀 더 세월이 지나면, 나와 같다는 내 말을 깨닫게 될 겁니다. 내 말을 믿어도 됩니다.

난 이러한 경우를 자주 겪었어요. 아주 어렸을 때라면 교육을 통해 다르게 훈련을 받을 수도 있겠지요. 그것은 우리를 행복한 존재로 교육하고자 하는 훌륭한 교육자가 있을 때 이루어질 수 있는 문제이기는 합니다만, 결국 인간이란 자기의 천성을 그대로 갖고 살아가게 마련입니다.

그리고 당신은 내일이건, 그다음 날이건 간에 이 탁자에 앉아 발코니를 쳐다보는 것과 같이 다른 발코니를, 어디선가 또 올려다보게 될 거요. 나도 꼭 그랬으니까. 어렸을 때, 수줍음은 가난 때문이라고 난 늘 생각했지요.

그러나 부자가 되고서도 사정은 하나도 바뀌지 않았어요. 자, 그럼. 난 가겠소. 안녕히……."

그러고 나서 그는, 그 빌어먹을 신사 놈은 가버렸다. 나는 거듭 그의 말을, 그의 지혜를 떨쳐버리려고 애썼지만 허사였다.

나는 마치 최면술에 걸려 온 정신이 순간적으로 정지된 것 같았다. 그는 악마였다.

나는 소리 높여 보이를 불렀다. 그 신사는 자기가 주문한 주스값만을 내고 갔다. 그러나 포도주 두 병값은 내가 계산해야 했다.

자리에서 일어섰을 때, 나의 눈길은 끝내 의지를 이기지 못한 채, 다시 한번 발코니 위로 향했다.

이미 어두워진 호텔 정면 발코니는 가까스로 형체가 보일 뿐이었다. 이미 그 여인의 모습은 보이지 않았다.

한 잔의 포도주와 헤세

엘리자베트. 그녀는 일생 독신으로 살며 헤세를 사랑했다.

다시 사랑을 꿈꾸며

생의 후반에 이르러, 나는 이따금 침잠하는 마음으로 내 어린 시절의 어딘지 쓸쓸한 모습과, 지나온 시간의 빛깔이 여러 영상으로 떠오르는 것을 추억하게 된다.

곱슬곱슬한 머리에 어렴풋한 동화 속 창백한 아이처럼, 늘 자유분방한 표정의 내 모습. 이러한 추억은 늘 그렇듯이, 잠이 오지 않는 밤이면 어김없이 가슴을 파고든다.

처음엔 꽃향기와 함께 먼 푸른 들판의 아련한 노래처럼 시작되지만, 마침내는 슬프고 괴롭고 쓸쓸한 기분에 휩싸여 절망과 고통, 죽음의 냄새를 맡게 되었다.

때로는 따뜻한 손이 전해 주는 체온처럼, 아스라이 피어오르는 추억에 대한 그리움에 기도하는 마음으로 눈가에는 촉촉한 물기가 젖어 든다.

이렇듯 내 어린 시절의 작은 이야기들이, 내 마음에 감동의 불을 지피다가는 금빛 액자에 담긴, 그윽한 한 장의 그림으로 기억 속에 걸리는 것이다.

너는 영원한 나의 골짜기
삶의 마술에 걸리어 가라앉아 버렸다.
내가 고난 속에서 괴로워할 때, 너는 때때로
나의 그늘에서 손짓하며
동화 같은 너의 눈을 살며시 떴다.
그러면 나는 긴 환상에 황홀해하며
너에게로 돌아가, 나를 잃었다.

오, 암흑의 문이여, 어둑한
죽음의 시간이여
나에게로 오라. 내가 건강하여
이 삶의 공허에서
다시 내 꿈으로 돌아갈 수 있도록.

그 그림 속에는 푸른빛이 뚝뚝 떨어질 무성한 상수리나무 숲이
어둠처럼 우거져 있고, 그 위로 형언할 수 없을 만큼 아름다운 아
침 햇살이 따갑게 빛나고 있었다.

그것들 중에서 지금까지도 생생하게 기억하는 것은 파도처럼
몰려와 있는 뒷산의 모습이다.

세상의 잡다한 일까지, 모두 잊게 하는 짧은 안식이 있는 동안
신으로부터 허락받은 내 삶의 모든 시간, 그것은 고독과 방랑이
었으며 바람과 같은 모습이었다. 산속을 헤매는 산책과 같은 것
이었다.

보잘것없이 작은 행복, 혹은 욕망 없는 사랑이, 어제도 오늘도 나에게 휴식을 베풀어 주었다. 또한 그것은 내 삶에 하나의 위안이었고 기쁨이었다.

이렇듯 내 어린 날의 푸른 초상을 꿈꾸며 방황하던 열정의 모습과 서로 비교해 보는 것보다 더 아름다운 이야기를, 나는 아직 알지 못한다.

적당히 휴식하고, 그리고 최고의 즐거움으로 내 삶을 오랫동안 사랑해 온 것이라고 말할 수 있으리라.

낯선 마을을 방랑하듯 떠돌아다니며, 갖가지 풍문을 전설처럼 들으며, 때로는 푸른 그림자 아래 한가롭게 누워서 나무와 구름과 아이들과 함께 밤의 별 이야기를 나누던 낭만이 있었다.

내가 무엇보다도 확실하게 기억하는 내 인생의 첫 출발은, 내 나이 세 살이 거의 다 지나가 갈 무렵의, 어느 날부터 시작된다.

그 무렵, 내 양친은 자주 나를 가까운 산에 데리고 가셨다. 그곳은 아주 높고 전망이 넓게 펼쳐진 곳으로서, 인근 여러 작은 도시가 한눈에 내려다보이는 산정이었다.

한 번은 동행한 삼촌이, 나를 높은 성벽 난간에 세워놓고는 낭떠러지를 내려다보게 했다. 순간 나는 정신이 아찔해지는 무서움과 짜릿한 흥분을 느꼈다.

조금은 들뜨고 흥분하여 집으로 돌아오자마자, 나는 침대에 누워서까지도 몸을 떨었다. 그때부터 나는 산을 바라보거나 생각기만 해도 가위눌리는 고통스러운 꿈을 꾸었고, 그 깊고 어두운 낭떠러지는 내 영혼의 동굴로서 마음속 깊은 곳에 자리 잡기 시작했다.

그때부터 나는 무서운 꿈속에서 울며 지내는 시간이 많아졌다. 기억하려 해도 내 인생의 첫 기억이 바로, 그날 이전의 것을 찾아 내지 못해 안타까울 뿐이다.

그러나 내 어린 시절에, 처음으로 느껴본 그날의 분위기를 곰곰이 생각해 보면, 그것은 누구에게 잘하려는 마음가짐과 수치의 감정처럼 일찍, 그리고 강렬히 내 내부 깊은 곳에서 싹튼 감정이었지 싶다.

지금도 생각해 보면, 어린 시절의 나는 수줍음을 잘 타는 소심한 성격이었던 것이 분명하다.

나는 보통 5, 6세 된 철모르는 아이들로부터 부끄럼 없는 말을 들을 때가 종종 있었다. 체험한 것을 더 정확하게 기억해 낼 수 있는 것은, 다섯 살 이후에 겪었던 일들이었을 것이다.

무엇보다도 내가 자란 환경, 양친이 늘 계시던 우리 집, 어린 시절을 보낸 도시와 그 풍경 따위가 기억의 소중한 재산이다.

우리가 살던 작은 도시의 한쪽에는, 집 몇 채가 늘어선 거리가 늘 밝은 햇빛을 받으며 꿈속처럼 뻗어있었다.

그밖에 높이 치솟은 도시의 진기한 건물들, 관청, 저쪽 성당 너머로 라인강을 건너는 다리가 있지만, 무엇보다도 우리 집 정원에서 시작하여 내 어린 발걸음으로는, 아무리 걸어도 끝없이 멀게 느껴졌던 넓은 초원이 있었던 것을 기억한다.

온갖 정신적인 깊은 체험과 사람들, 모든 집, 심지어는 부모님의 모습까지도 꿈과 호기심으로 가득하게 했던 그 초원만큼, 그렇게 선명하게 회상되지는 않는다.

초원의 기억은 내 이웃들의 얼굴보다 훨씬 더 오래된 것 같다.

그것은 어떤 고유한 운명을 지닌 전설과 같은 것으로, 낯모르는 의사가 내 시중을 드는, 낯선 사람의 손길이 닿을 때마다 느껴지던 불쾌감은 어린 나를 더욱 소심하게 만들었고, 그로 인해 푸른 숲과 구름이 있는 들판에 혼자 있고 싶어 하던, 어린 시절의 내 버릇은 강렬한 의지로 굳어진 모양이다.

그 무렵, 오랜 시간 돌아다니다 보면, 언제나 아무도 발을 들여놓지 않은 푸른 바닷속 같은 깊은 숲이 있는 광활한 초원을 찾아 헤매고 싶은 강렬한 유혹에 깊은숨을 몰아쉬곤 했다.

이제 많은 시간을 흘려보내고, 노년에 이른 고독한 시간에도 그때의 감정은 마찬가지이다.

옛 추억에 빠지면, 무엇보다도 나의 가슴은 아련한 행복감으로 촉촉이 젖는다. 그것은 늘 어린 시절로 돌아가는 뒤안길로 이끄는 시간의 길목이었다.

지금도 그 초원의 엷은 안개가 내 머리 위로 피어오르는 것 같은 아련함에 빠질 때가 있다.

어떤 초원에서도, 이렇듯 아름다운 들꽃과 화려한 나비들을 볼 수 없을 것이며, 시냇물 속 무성한 수초, 계곡의 황금빛 민들레, 가지각색의 진귀한 패랭이꽃이나 앵초, 풍령초, 그리고 여러 가지 꽃들로 구름이 피어나듯 뒤덮인 아름다운 풍경들을 결코, 볼 수 없으리라 확신한다.

나는 지금껏, 그렇게 아름답고 가냘픈 질경이꽃과 노란 불이 이는 듯한 꿩버들꽃을 일찍이 본 일이 없을 뿐만 아니라, 사람을 유혹하듯 쳐다보는 도마뱀과 나비들을, 지금까지 한 번도 본 적이 없다.

오직 나의 머리는 너무 많은 것들에 집착한 나머지 현란한 현기증으로 정신을 차릴 수 없었다.

그 이후 아름다운 꽃과 도마뱀에 대한 나의 감정과 시선은 차츰 온갖 사악한 것들에 익숙해지게 되었다.

이런 것들을 생각해 보노라면, 훨씬 훗날에 내 눈으로 직접 보고, 내 손으로 갖게 된 아주 귀중한 것, 심지어 나의 예술까지도 그 황홀하도록 가득 찬 초원에 비하면, 너무나 보잘것없다는 기분이 들었다.

어느 맑은 아침, 나는 팔베개를 하고 풀밭 위에 드러누워 있었다. 태양은 머리 위에서 금빛으로 빛나고, 시냇물은 이야기처럼 흘러가고 있었다.

붉은 양귀비꽃 더미가 흡사 하나의 섬을 이루고 있는 주위로 푸른 풍령초와 등꽃 빛깔의 황새냉이도 돋아나 있었다.

그 위를 노랑나비, 가냘픈 아름다운 빛을 내는 오색 부전나비, 빨간색이 드문드문 섞인 장군나비, 햇볕 사이로 아주 보기 드문 무지갯빛 멋쟁이나비와 이름 모를 나비도 날아다녔고, 풍뎅이의 연한 푸드덕거림이 아련하게 들리는 초원은 온통 꿈의 바다와 같았다.

어느 날인가, 경외심을 불러일으킬 만큼 아름다운 자태를 지녔다 하여, 아폴로라고 불리게 되었다는 나비 한 마리가 내 곁으로 날아왔다. 눈빛처럼 하얀 날개를 하느적거리는 신비스러운 모습의 나비였다.

　내 친구와 이야기할 때, 조금은 말해 둔 것이 있지만, 날개에는 둥근 모양의 엷은 무늬와 섬세한 다이아몬드형의 선과 양 날개 위로 짙은 붉은색의 눈이 있었다.

　아득히 먼 지난 시간 속의 일이지만, 내 기억에 이렇듯 강렬하고 선명하게 자리 잡은 이 나비의 빛깔은, 긴 세월이 흘렀음에도 너무나 인상적이었다.

　지금도, 그때 나비를 발견한 순간, 나를 압박해 왔던 숨이 막힐 듯 가슴을 설레게 했던 그 기쁨이 짜릿하게 전해 옴을 느낄 수 있다.

　아이들이라면, 대개 그렇듯 모자를 벗어들고 그 아름다운 나비를 살그머니 덮치려고 했었다. 그러자 나비는 순간 사방을 살피더니, 아주 우아한 동작으로 몸을 세워 홀연히 눈 부신 햇살 사이로 사라져 버렸다.

　한 마리 작은 파랑 나비가
　바람에 불리어 날아간다.
　진주 빛깔의 소나기처럼
　반짝거리며 사라진다.
　나는 보았다.
　이처럼 순간적인 반짝임으로
　깜박거리며

행복이 반짝반짝 손짓하며
사라지는 것을.

　어떤 학문적인 관심에서 나비를 쫓고 채집에 열을 올린 것은
절대 아니다. 또한 나비의 유충이나 이름을 '나비'라고 표시해 놓
는 일은, 나에게 그리 중요한 것이 못 되었다. 나에게는 그 자체
의 이름이 더 중요했다.
　날개가 붉은 놈이면 겁쟁이라고 불렀고, 갈색으로 빛나는 것은
딱따구리라는 이름을 붙여 주었고, 혹은 흔한 나비 떼나 숲 벌레,
그리고 별로 아름답지 않고 희귀하지도 않은 나비는 통틀어 좀
경멸하는 이름으로 그저 밤새夜鳥라고 불렀다.
　죽은 놈들에는 별 관심이 없어서 수집하는 데 노력을 기울이지
않았다.
　때로는 음악의 선율 속에서도 그 무성한 여름의 초원에서와 같
은 인상을 전혀 느끼지 못했다. 이미 멀리 사라져간 기차의 기적
소리에 많은 두려움을 느꼈던 것 같다.
　그런데도 그 당시의 음악은 나와 친밀한 관계를 맺고 있었다.
그럴 만도 한 것이, 중요하게 여기지 않던 사원이 어스름한 새벽
안개 속에 갇힌 풍경, 혹은 저녁 무렵 황혼 뒤에 찾아오는 흐린
형상은, 항상 오르간 소리에 뒤섞여 불가사의한 느낌으로 다가오
곤 했다.
　이렇듯 사원과 도시에 대해서는 푸른 자연보다는 뒤늦게 조금
씩 알게 되었다.

나의 부모님은 반나절쯤 혼자 들과 계곡을 산책하는 일은 허락했지만, 시내로 나가는 일은 엄격하게 금지했다.

꾸지람을 들었으나
나는 아무 말도 하지 않는다.
울면서 잠들지만
눈을 뜨면 젊음으로 넘친다.

꾸지람을 들어도
어린애라고 해도
나는 이제 울지 않는다.
웃으면서 자겠다.

어른들은 죽는다.
아저씨도, 할아버지도
그러나 나는
언제까지나 여기에 있다.

　나 역시도 당연하게 많은 사람들과 마차로 달리는 혼잡한 도시 풍경은 사실 두렵기도 했다.
　푸른 초원을 유일한 내 휴식처로 보낸 몇 개월의 시간은, 아주 아름답고 맑고 또 순수한 꿈으로 내 의식 속에 자리 잡고 있는데도 특히, 어렸을 적의 어떤 날은 희미한 영상으로 부드럽게 반짝이며, 추억으로 떠오르곤 했다.

이런 나날의 일상들을 더 많이 기억할 수만 있다면, 나는 그 대가로 무엇이든 보답할 수 있을 것이다.

이따금 나는 지나온 삶의 길, 추억 속으로 돌아가 보면, 그때마다 잊어버린 수많은 나날에 대한 한 가닥의 따뜻한 눈물에 눈가가 촉촉이 젖는다. 이제는 내 어린 시절의 일들을 소상히 이야기해 줄 사람이 아무도 남아 있지 않다.

내 어린 시절 대부분은 그리움에 대한 찬탄과 누구에게도 비밀을 밝힐 수 없는 불가사의한 행복감에 굳게 닫힌 채 빛날 뿐이다.

그것은 인생으로서 불완전하고 궁핍한 것으로 모순투성이에 속하기 때문에, 우리들의 어린 시절을 낯설게 하고 손바닥에서 굴러떨어진 보물처럼 우리를 허전하게 한다.

때때로 먼 회상에 잠기면, 소년 시절에 이르는 추억의 실타래를 되감을 수 있으나, 그 이전의 일들에 대해선 그것을 연결해 주는, 단 며칠의 희미한 영상 속 사물이 되어 산산이 부서져 내리면서 기억에 남을 뿐이다.

이런 날들의 추억에서 하나의 탑이 뒤로 물러서듯, 끝도 없이 펼쳐진 수수께끼와도 같은 불완전한 삶이 출렁이는 바다만 보일 뿐이다.

그러나 여기서 내가 항상 볼 수 있는 것은 그 불가사의한 고요한 바다였다. 수면은 거울처럼 빛나고 아무런 형태도 없으나, 그 어떤 신비와 보물을 감싼 베일과도 같은 성스러운 장막 속에 놓여 있었다.

그 먼 지난날의 시간 속에 흩어져 있는 그 모든 은빛 섬광 같은 것 중에서, 특별히 내게 소중했던 것은 산책, 바로 아버지와 함께 거닐었던 산책길이다.

그와 더불어 양친의 아득한 모습이 희미하게 떠오르면서 점점 선명하게 자리를 잡는다. 아버지와 나는 산 중턱에 있는 작은 교회 성 마르가르텐 성벽에 기대앉아 햇볕을 즐기곤 했다.

그 높은 곳에서 양친은 처음으로 라인 강변의 평원을 내게 가르쳐 주었다.

그곳의 맑고 푸른 풍경에 대한 첫인상은 그 후에도 자주 찾아와, 너무나 낯익은 뚜렷한 모습과 혼합되어 지금까지, 내 기억 속에 살아있다.

그 후로도, 나는 여러 번 혼자 그곳에 올라가 경치를 바라보곤 했다. 그러나 아버지에 대한 기억은 점차 분리되어 갔다.

양친의 검은 턱수염이 내 금빛 머리칼이 흘러내린 이마를 스쳤고, 나를 바라보던 다정한 눈길, 그 성벽에서 쉬던 휴식을 떠올릴 때마다 동양인처럼 유난히 검은 그의 콧수염과 머리카락, 단단하고 귀족적인 모습의 우뚝한 코, 그리고 굳게 다문 붉은 입술, 그때 나를 내려다보던 그의 커다란 눈이 나를 사로잡았다.

그러다가 잠시 후엔 푸른 여름 하늘을 가만히 쳐다보며 깊은 감상에 젖던 아버지의 모습을, 다시 떠올릴 수 있는 것은 소년 시절의 행복한 추억이다.

그해 여름이 거의 지나갈 무렵 서로 연관성은 없었지만, 나는 아버지의 또 다른 모습을 보게 되었다. 지금도 분명하게 기억나는 일로서, 나의 머릿속에 매우 슬픈 그림자로 남은 아버지의 모습이었다.

다른 때보다 더 크게 보이는 수척한 모습, 아버지의 쓸쓸한 얼굴이 석양빛을 받으며 왼손에 가죽 모자를 들고 서 있는 것이었다. 그러자 어머니가 천천히 온화한 걸음걸이로 그에게 다가가 기대듯 섰다.

키는 어머니가 훨씬 작았으나 아버지보다 오히려 씩씩해 보였고, 하얀 숄을 어깨에 걸치고 있었다. 무엇보다도 인상적인 것은, 영원히 갈라놓을 수 없을 듯 보이는 그들의 검은 머리 사이로 붉은 태양이 작열하는 광경이었다.

거의 붙어 있다시피 하고 있는 두 분 사이로 마지막 태양이 핏빛으로 사라져가고, 두 사람의 윤곽이 빛 사이로 차츰 길게 외로운 그림자를 드리웠다.

들에는 누렇게 익은 곡식이 노을빛을 받아 불타고 있었다. 그때가 언제였는지는 정확히 기억해 낼 수 없지만, 그 광경만은 아주 생생하고 지워지지 않는 추억으로, 지금까지도 간직되어 확연히 내 마음속에 남아 있다.

저편 가득 붉은 태양을 등에 지고 무르익어 가는 곡식 사이로 뻗어간 작은 오솔길에, 아무 말 없이 서 계시던 두 분의 모습보다 더 값진 것은 이 세상에 또 없을 것이다.

어둠이 겹치는 선과 빛깔이 더 황홀하고 더 귀중한 모습으로 내 기억 속에 남아 있는 한, 실제이든 한 폭의 그림이든, 아직 본 일이 없는 성스러운 광경이었다.

두 분의 타는 듯 황홀한 모습은, 마치 지는 석양빛을 흡사 들이키는 것 같았다. 무수한 꿈, 그리고 뜬 눈으로 하얗게 밤을 지새울 때면, 이때의 기억에 나의 두 눈은 형언할 수 없이 아름다운 보석을 바라보는 것처럼 황홀했다.

그것은 내 생의 황금기 유년 시절이 베푼 유산이라고 할 수 있으리라. 그렇듯 빛이 넘쳐흐르고 풍요로움으로 일렁이는 밀밭과 그 너머로 펼쳐진 붉고 화려한, 그리고 평화로움과 열기로 가득 차 있던 저녁노을을 결코 잊을 수 없을 것이다.

골짜기에는 꽃향기가 가득 차 있다.
어린 시절과 같은 먼 꽃의 향기가
그곳은 꿈꾸는 자를 위하여
숨어 있던 꽃받침을 열고
태양과 닮은 그 내부를 어렵게 보여준다.
목적도 없이
산기슭까지 까만 옷을 걷어 올리고
의미를 알 수 없는 미소를 지으며
꿈이라는 선물을 뿌린다.
산 아래에는 하루의 볕에 그은
잠든 사람들이 누워 있다.
그들의 눈은 꿈에 넘쳐 있고
많은 사람들은 한숨을 쉬면서
얼굴은 소년 시절의 꽃처럼 편안하다.

꽃향기는 상냥하게 그들을 어둠 속으로 유혹하여
아버지와 같은 엄격한 대낮의 소리로부터
그들을 멀리하여 위로한다.

아버지와 어머니에 대한 추억은, 여기서부터 더욱더 또렷해지기 시작한다. 초원에서의 고독한 시절이 있긴 했지만, 나는 비교적 가족적인 분위기에서 온화한 생활을 그대로 계속했다.

그 후 수많은 사람들과의 접촉을 통해 그들이 주는 무분별한 자극 때문에, 노년에 이르러서는 다채롭게 변해 갔다.

내 아버지가 표명했던 사려 깊은 생각이나 미술에 대한 끊임없는 동경과 해박한 지식, 시 짓기를 얼마나 좋아하였는지, 그리고 어머니가 어떻게 일상생활을 통해서 음악적인 영향을 내게 주었는지, 그에 대해선 확신할 수가 없다.

왜냐하면, 이런 종류의 개별적인 인상은 많은 시간이 지난 다음에야, 내 기억 속에서 하나씩 자리를 잡아갔으며, 훨씬 이전부터 내게로 파고들었을 것이라는 생각 때문이었다.

내 어린 시절의 놀이에 대해서는 별로 꼬집어 이야기할 것이 없다. 유별난 것, 이상한 것도 없거니와 보통의 아이들보다 색다른 것도 없었다.

우리 집은 꽤 부유한 편이어서, 늘 인자하고 신앙심 깊은 양친의 각별한 보살핌이 있었기 때문에 많은 장난감을 가질 수 있었다. 장난감 병정이며, 그림책, 집짓기 돌, 흔들 목마, 피리, 마차와 말채찍 같은 것들이 있었으며, 성장해 감에 따라 나중엔 은행

놀이 같은 것이, 놀이의 대상이 되었다.

그리고 이따금 연극 놀이를 할 때는 어머니의 바느질 상자를 이용할 수도 있었다. 그러나 나는 이렇게 손쉽게 얻을 수 있는 물건들에는 별 관심이 없었다.

나 역시 다른 아이들처럼 걸상으로 말을 만들거나 책상으로 집 만들기를 좋아했으며, 쓰다 남은 천 조각으로 새를 만들고, 벽난로의 아궁이와 침대 시트로 커다란 동굴 만들기를 즐겼다.

무엇보다도 어머니가 옛날이야기를 해주시면, 그것은 내 꿈의 세계를 밝히고, 동심의 다리를 놓았고, 새로운 모험의 빛이 넘치게 되었다.

나는 어머니로부터 위대한 사람들의 이야기를 많이 듣긴 하였지만, 어머니가 내게 들려주신 이야기들은 그것들과 비교해 볼 때 한결같이 부자연스럽고 진부한 느낌이었다.

아! 놀랍도록 밝고, 황금이 깔린 듯했던 나사렛 예수의 이야기! 베들레헴의 별, 마구간의 아기 예수! 엄청나게 민감했던 어린 시절의 내 생활에서, 어머니의 이야기보다 더 달콤하고 더 성스러운 것은 없었다.

놀라움에 눈을 동그랗게 뜬 금발의 소년은, 어머니의 무릎에 꼭 붙어 앉아서 신기하게 생각했다.

도대체 어머니는 어디서 그토록 재미있고 힘 있는 마술을 갖게 되었을까?

어쩌면 그토록 지칠 줄 모르는 어머니의 입에서 나오는 마술의 샘은, 어디서 비롯된 것일까?

지금도 어머니는 변함없는 모습으로 아름다운 갈색의 머리를 들어 나를 바라보며 계시고, 그 눈빛엔 저 초원의 저녁 무렵에 느꼈던 부드러움과 그리움 같은 것이 감돌고 있다.

나는 최근에야 비로소 깊은 동화의 샘에서 성서의 그 끝없는 울림과 의미의 샘물을 들이켰다. 정직한 요하네스, 그리고 백설공주와 함께 일곱 개의 산을 넘어서 일곱 명의 난쟁이를 따라, 나를 그들의 신나는 세계로 이끌었다.

호기심에 넘치는 어린 내 마음은, 달빛이 물결치는 궁전에서 비단옷을 입은 여왕과 함께 시종을 거느리고 춤을 추는 파티를 상상해 보기도 했으며, 11명의 요정이 사는 산과 숯 굽는 사람, 도둑들이 들락거리는 깊은 산 속의 동굴을 마음대로 상상해 보기도 했다.

습기 차고 이상한 냄새가 나는 작은 내 침실에 두 개의 침대가 놓여 있고, 그 사이 좁은 공간에는 장난감이 있었다.

눈이 찢어진 악마와 얼굴이 검게 그을린 광부, 목이 잘린 남자, 몽롱한 살인자, 푸른 눈빛을 한 사팔뜨기 맹수들이 살고 있는 듯 보여 몹시 무서웠다.

나는 한동안 어른들과 함께 그 옆을 지나가야만 했다.

언젠가 한 번은 아버지가 슬리퍼를 가져오라고 내게 말씀하셨다. 나는 겨우 침실로 갔으나 그 무시무시한 곳으로 다가갈 수가 없었다.

나는 몹시 침통한 얼굴로 되돌아와서 아버지에게 신발을 찾을 수 없었노라고 핑계를 늘어놓았다.

지금은 이미 전설이 된 먼 과거로부터
내 젊은 날의 초상이 나를 바라보며 묻는다.
지난날 태양의 밝음으로부터
무엇이 반짝이고 무엇이 타고 있는가를!

그때 내 앞에 비추어진 길은
나에게 많은 번민의 밤과
커다란 변화를 가져다주었다.
나는 그 길을 다시 걷고 싶지 않다.

그러나 나는 나의 길을 성실하게 걸었고
추억은 보배로운 것이었다.
잘못도 실패도 많았다.
하지만, 나는 그것을 후회하지 않았다.

환상적인 놀음을 이해해 주시던 아버지는 내 말이 거짓말인 줄 알면서도, 다시 한번 나를 그곳으로 보냈다. 나는 또 침실로 들어가야 했다.

그러나 더욱 불안한 마음만 지닌 채 똑같은 변명을 하기 위해 되돌아오고 말았다. 문틈으로 내 거동을 끝까지 지켜보던 아버지는 진지하게 나에게 말씀하셨다.

"너, 지금 거짓말을 하고 있구나. 정말 슬리퍼가 그곳에 없단 말이지?"

순간 나는 가슴이 꽉 죄는 듯했다. 알 수 없는 죄책감에 나는 내 장난감 마귀 앞에 서 있는 아버지에게 매달려 크게 울음을 터뜨렸다. 뜨거운 눈물을 흘리면서 내 환상의 장난감이 자리 잡은 구석 가까이에 가서는 안 된다고 울면서 매달렸다.

그러나 아버지는 성큼성큼 걸어가서 허리를 굽히고 천천히 살펴보더니, 요란하게 꾸며진 동굴은 조금도 건드리지 않고 슬리퍼를 들고 무사히 되돌아오셨다.

이때만큼 아버지에게 고마운 마음을 가져본 적이 일찍이 없었다. 신이 계신다면, 그분의 특별한 은혜로까지 생각하며 고마워했다.

언젠가는 불안한 마음 때문에 병을 얻은 적이 있었다. 이 사건은 내 신경을 몹시 자극해서 날카롭게 만들었고, 고통스러운 온갖 형상들을 내 마음속 깊이 새겨 놓았다.

내 공상 속에는 뱀의 머리를 한 여자 괴물 메두사가 나타나서 나를 괴롭히곤 했는데, 나는 정말 내 환상의 세계에 놀라 밤이면 식은땀을 흘렸고, 낮이면 어둡거나 음침한 곳을 꺼렸다.

이렇게 내 어린 시절의 낭만은 하루하루 공포와 달콤한 아픔의 연속이었다.

언젠가 날이 저물 무렵의 일이었다. 우리는 조금 무서운 기분이 들어 시내에서 곧장 집으로 돌아왔다. 옆집의 열네 살 된 소녀 두 명과 그녀의 남동생, 그리고 나, 이렇게 넷이었다.

높은 건물과 시계탑의 그림자가 마치 사나운 맹수의 이빨처럼 날카로운 형상으로 거리에 드리워져 있었고, 거리의 등불은 모두 밝게 켜져 있었다.

거리를 지나다가 대장간을 힐끔 보니, 그곳에는 얼굴이 검게 그을린 사내가 옷을 반쯤 벗고, 흡사 고문당하는 노예처럼 커다란 집게를 쳐들고 불을 내뿜는 아궁이 옆에 서 있었다.

또 한 번도 본 적 없는 젊은이들이 카페 앞에서 술에 취해 소리를 질러대고 있었는데, 그 소리는 마치 성난 짐승들이 울부짖는 것 같기도 했고, 죄수들의 아우성 같기도 했다. 날은 점점 어두워져 갔다.

이때 소녀들 가운데 누군가 어둠 속에서, 아주 낮은 목소리로 '바르바라의 종'에 관한 이야기를 들려주었다. 그것은 바르바라 교회에 걸려 있던 종의 이름인데, 마술과 죄업에 의해 생겨났다는 전설의 종이었다.

그 종이 울릴 때마다, 아무도 모르게 죽임을 당한 바르바라의 이름과 영혼을 피맺힌 음향으로 불러낸다는 것이었다. 그러다가 한 살인자가 도적질해 땅에 묻혔는데, 이 종이 밤에 울릴 때는 땅으로부터 울음이 터져 나오듯 비참한 소리를 낸다는 것이었다.

내 이름은 바르바라이지요.
나는 바르바라에 잡혀 있어요.
내 고향은 바르바라입니다.

소녀가 나에게 들려준 이야기에 놀란 나는, 거리에 깔린 어둠

만큼이나 무서운 그 이야기를 그냥 마음속에 깊이 숨겨두려고만 애썼다.

왜냐하면 함께 가던 어린아이들은, 그저 아무것도 모른 채 걱정 없다는 듯 제각기 뿔뿔이 흩어져 갔고, 이야기를 나에게 들려주던 나이 많은 소녀 역시, 자신의 이야기에 스스로 무서워하는 표정이었지만, 나는 그 소녀에게 무서움과 두려움에 떠는 내 모습을 보이는 것이, 어쩐지 창피하였다.

그러나 사실 그 이야기는, 나를 더욱 공포에 질리게 했고, 마침내는 형언할 수 없을 만큼 떨어 이가 서로 부딪쳐 소리가 날 정도였다.

하지만 폐허가 된 성안의 교회에서 저녁 종이 울리고 이야기가 끝났을 때는, 나는 너무 공포에 떤 나머지 작은 손에 땀이 나도록 꼭 쥐고, 마치 지옥에서 뛰쳐나온 듯 밤길을 내달렸다.

그러면 뒤에서 누군가가 쫓아오는 것 같아서, 나는 오직 앞만 보고 비틀거리면서 뛰어 숨을 헐떡이며 집으로 돌아왔다.

결국 나는, 그 밤을 온통 공포에 싸인 채 꼬박 뜬 눈으로 아침을 맞이했다.

그 후부터 얼마 동안 나는 바르바라라는 말만 들어도, 무엇인가 얼음장같이 찬 것이 내 온몸으로 스며드는 것 같아서, 그때부터 나는 더욱 요귀나 악령의 존재를 확신하게 되었다. 그것들에 대한 무시무시한 두려움이 나를 괴롭혔다.

그런 시간의 흐름 속에서 눈뜨기 시작한 나의 이성은, 더욱 나를 성가시게 했다. 이따금 알 수 없는 막연한 불안감에 들떠서 짜증을 내고, 화를 내고 쓸데없이 시간을 낭비하기도 했다.

사람들 대부분이 미처 깨닫지 못하고 있는 그들의 상실한 진실을 추구하고 싶은 행동, 사물의 정체와 근본을 알고 싶어 하는 열망, 조화와 안정에 대한 동경 같은 것들이 나를 괴롭혔다.

그럴 때마다 해답도 없는 숱한 질문과 더불어 비밀의 고통을 반복하여 겪을 수밖에 없었다.

이런 문제에 대해 질문받는 어른들은, 그것이 모두 중요하지 않다거나, 지금은 너에게 조금도 필요하지 않은 일이라는 투로 가볍게 넘겨 버렸다.

이렇듯 변명이나 농담처럼 내뱉는 그들의 대답은, 나의 영혼을 다시 혼란하게 했고, 나는 할 수 없이 신화神話의 세계로 빠져들게 되었다.

많은 사람들의 삶이 이러한 탐구와 끊임없는 물음 속에 존재한다면, 인생은 훨씬 순수하고 진실할 것이다.

그렇다면 무지개란 무엇인가? 바람은 왜 신음을 낼까? 초원 위에 떠도는 구름은 어디서 흘러오며, 꽃은 왜 피었다가 질까?

대체 비와 눈은 어디서 오는 것일까? 우리는 이렇듯 부유한데, 이웃집에 사는 양철 직공은 왜 가난할까? 밤이면 태양은 어디로 가버리는 것일까?

이러한 숱한 질문들에 대답할 어머니의 지혜와 인내가 모자랄 때는, 곁에 계시던 아버지가 사랑과 섬세함으로 자세히 설명해 주셨다.

"하나님께서 그렇게 하신 것이란다."

라는 식으로 말씀하셨지만, 그것으로 내가 만족하지 않을 경우, 아버지는 자신의 예술가적 기질을 발휘하여 눈에 보이는 세상, 동식물이 뛰노는 자연, 우주의 신비한 세계와 천체의 운행을 설명해 주셨다.

그리고는 궁금해하는 내 시선을 피하기 어려운 듯, 옛이야기에 나오는 훌륭한 인물들에 관해 말씀해 주셨다.

한 번도 꿈꾸어 본 적이 없는 희랍의 도시며, 고대 로마의 여러 나라를 알기 쉽게 들려주셨다.

이럴 때 아이들은 어른들의 머릿속에서 극렬한 싸움을 일으키게 하고, 그 어떤 정확한 귀결을 지울 수 없는 환상의 마력을 통해서 영혼에 사물을 기를 수 있는 상상의 눈이 열리는 것이다.

어린애다운 창조력을 지니고 뛰어놀기에 열중하면서도 의문 나는 점은 수없이 많았다. 그중에서도 가장 의문이 나는 것은 「세계 도시」의 진실성에 대한 것이었다.

나는 그 책을 몹시 좋아해서 거의 사춘기 무렵까지 즐겼는데, 이야기 속에는 로빈슨이나 걸리버의 역할을 바꾸어 실제처럼 꾸민 내용도 있었다.

그래서 나는 한동안 이런 기이한 인물들이 현실 세계에 실제로 존재하는지, 아니면 어느 화가의 황홀한 환상이었는지, 매우 의심하지 않을 수 없었다.

기사나 건축물, 그리고 역사적 대상을 섬세하게 묘사한 그림을 보노라면, 어린 시절 친구들을 놀리던 유쾌한 장난이 떠오른다.

그러면 어느 사이에 신이 나서 아킬레스 대사원, 아니면 그와 비슷한 것을 그리거나 만들어서 친구들에게 보여주며 장난쳤다.

어떤 때는 아버지가 내 뒤로 오셔서는 스케치북의 맨 마지막 장을 들춰 보이면서, 우리 마을의 교회를 그린 것을 활짝 펴 들곤 했는데, 그럴 때마다 나는 무척 당황했다.

그 후부터 꽤 오랫동안 아버지의 말씀이라면, 무엇이든 조금도 의심할 수 없는 절대적인 것으로 믿게 되었다.

어느 날, 한 번은 이웃에 사는 아이가 찾아와서 중요한 이야기라면서 속삭이듯 말했다.

즉, 우리들의 이야기 속에서나 상상의 세계에서만 체험할 수 있는 인물인 '짐승 같은 사람'이 밀밭 한가운데 있는, 베드로 묘지에서 조금 떨어진 곳에 살고 있다는 것이었다.

그러면서 그 아이는 자기 아버지가 그런 이야기를 해주었다고 덧붙여 말했다. 그는 아주 자랑스럽게 뽐내며 말했지만, 나에게는 별로 흥미를 끄는 이야기가 못 되었다.

왜냐하면, 그렇게 자세하게 설명해 준 것은 아니었지만, 이미 아버지가 말해 주셔서 나도 알고 있는 내용이었다. 나는 그 자리에서 의기양양하게 조금은 조롱하는 투로 너의 아버지는 바보라고 조소 섞인 말을 해주었다.

이 대답 때문에, 나는 얼마 후에 그 모욕당한 친구로부터 얻어맞고, 결국은 아버지한테서까지 혹독한 벌을 받았다.

내가 신뢰하고 존경하는 아버지로부터 가혹한 처벌을 받을 때마다 나는 고집과 침묵으로 맞서곤 했으나, 내 어린 마음은 말할 수 없이 아프고, 비통함과 함께 커다란 실망감을 느꼈다.

이런 감정들은 내가 기억할 수 있는 것 중에서 가장 뚜렷하게 되살아나 고통스러웠다. 적어도 학교에 들어가기 이전을 회상할 때마다 유일하게 떠오르는 우울한 감정의 단편들이기도 했다. 그러나 그것은 단순히 내게 고통을 주기 위한 체험이 아니었다.

아버지의 가혹한 벌은 나에게 겸허한 마음가짐과 용서를 구할 줄 아는 태도를 깨우쳐 주기 위함이었다는 것을, 오랜 시간이 지난 후에, 다시 부모님의 다정한 눈빛과 보살핌을 확인하고서야 깨달을 수 있었다.

물론 그렇게 되기까지, 나는 많은 고통의 시간을 보내야 했고 대가를 치러야 했다. 물론 그렇게 화해함으로써 매질은 적어졌고, 마침내 지친 나는 모든 것을 이해하게 되어 '용서해 주세요.' 하고 말하게 되었다. 그러나 그것은 씁쓰레한 감정의 앙금으로 남았다.

그런 일이 있었던 바로, 그날 저녁 잠자리에 들 때면, 어머니는 키스도 해주지 않았고, 돌봐주시지도 않아 아무 말 없이 고개를 떨군 채 침대로 가야만 했던 수치를, 지금도 기억하고 있다.

그날 밤처럼 격렬한 슬픔과 심적 갈등을 느껴본 적이 없었다. 그처럼 알 수 없는 고통과 쓰라린 감정이 슬프게 나를 짓눌렀던 일은, 그 후로 별로 없었던 것 같다.

그리하여 그날 밤은 누구에게도 기도할 수가 없었다. 나의 기도 소리는 혀끝에서만 맴돌 뿐이었다. 그것은 성경의 엄격함과 그 속에서 영원히 벗어날 수 없다는 무거운 분위기 때문에 질식하는 사람처럼 답답했다.

이 우울하기 짝이 없는 시간으로 하여, 그 후 나는 진실한 기도만 하게 되었다.

그러는 동안에 나의 사고는 차츰 성숙해 갔고, 최초로 얻은 교훈과 경험으로 하여 더 침착해진 나의 행위에 고독한 기쁨을 느끼기 시작했다.

이때부터 내 행동은 어떤 모방을 맹목적으로 따르는 것이 아니라, 더 발전적이고 지적인 형태의 놀이를 즐기게 되었다.

아이들이 그렇듯 ABC를 배우게 된 것은 학교생활을 어렵게 한 시초가 되었다. 학교생활이 시작되면서, 나는 이미 추억을 가진 사람이 되었고, 내일과 미래만 생각하는 습관에 익숙해져 있었다.

이런 보잘것없는 단편들은, 아직도 내 마음속에 간직된 소중한 보물들이다.

물론 이것이 전부는 아니다. 꿈에 젖어 있던 봄날의 감격과 행복하게 즐겼던 놀이, 어린아이들만이 지닐 수 있는 기쁨과 즐거움 뒤에 느낄 수 있는 따뜻한 감정, 나는 이 모든 것들을 결코 말로써 표현할 수가 없었다.

그런 것들은 그다음의 어느 때보다 차츰 성숙해 가면서 느꼈던 숱한 감정들보다 더 절실했고 가슴에 와닿았다.

때때로 숲속을 거닐고, 이웃 아이들과 어울리고, 몰래 숨어 어린 고양이를 기다리던 일, 아이들과 재잘대며 양 떼들을 쓰다듬어 주던 아름다운 추억의 꽃다발을 여기서 일일이 세세하게 쓸 수가 없다.

학교에 들어가기 전 얼마 동안 나는 우스꽝스럽게도 슬픔에 빠진 일이 있었다.

소년의 자부심이 눈을 뜨기 시작했고, 모든 꿈이 현실적인 생각으로 바뀌어 가는 불확실한 상황에 대한 번민, 빛을 잃어가는 영롱한 환상의 세계와 황금빛 찬란했던 어린 시절이 점점 퇴색해 가고 있었다.

내 추억은, 어느 잊을 수 없는 밤과 함께 분주했던 어린 시절의 마지막 해를 장식했다. 그날은 내가 학교에 들어가기 바로 전날, 누이동생의 생일인 11월 27일이었다.

온 집안 식구들의 관심과 애정은 누이동생에게 쏠려 있었다. 나는 왠지 알 수 없는 우울감에 싸여 어둠이 밀려드는 창가에 혼자 앉아 있었다.

창밖엔 늦가을의 스산함과 정취가 초저녁 어스름에 잠겨 있고, 어느덧 하늘엔 별이 하나씩 돋아나고 있었다.

곧 현실적인 삶에 첫발을 내디뎌야 한다는 생각 때문에 기대감보다는, 지금까지 마음껏 누렸던 자유와 꿈의 세계로부터 이별해야 한다는 아쉬운 감정이 내 마음을 침통하게 했다. 순간 별들이 움직이는 것을 보았다고 생각한 것은, 바로 이때였다.

나는 미동도 하지 않고 똑바로 눈을 뜨고 하늘을 바라보았다. 갑자기 별 하나가 유난히 빛을 반짝이기 시작하면서 마침내 자취도 없이 한 줄기 빛으로 변하더니 어둠 속으로 사라져갔다. 그러자 또 하나의 별이 아닌 거의 동시에 두 개의 별이 사라진 것이다. 그러고는 마침내 모든 별이 하나가 되어 움직였다.

때마침 아버지가 안으로 들어오셨고, 뒤이어 하인이 따라왔다.

우리들은 한동안 그렇게 조용히 어둠 속에서 무수한 별들이 펼치는 신비로운 광경을 말을 잃은 채 지켜보았다.

어린 시절 밤하늘을 올려다보며 광활한 별 무리의 움직임을 한 번쯤이라도 지켜본 사람이라면, 누구든 그 광경을 잊지 못하리라 확신할 만큼 황홀한 순간이었다.

내 마음을 밝게 해주는
파란 밤의 힘으로
험한 구름 사이 깊숙이
달과 별의 하늘이 나타난다.

영혼이 그 동굴에서
훨훨 타오른다.
파리한 별들의 향기 속에서
밤이 하프를 연주한다.

그 소리가 울리자
불안은 사라지고 괴로움도 줄어든다.
비록 내일은 죽어 없어질지라도
오늘은 내가 이렇게 살아 있다.

학교생활을 시작하면서부터 친구들을 사귀는 나의 사회생활이 자리를 잡아갔다. 비로소 작은 생활이란 범위가 사회의 형태를 띠게 된 것이다.

한 인간이 사회적 존재로서 현실 생활의 법칙과 규율의 지배를 받게 된 것이다. 여기서 새로운 노력이 시작되고 또 다른 절망이 뒤따랐으며, 인간의 갈등과 의식이 시작되었다.

매일매일의 불만과 불화, 투쟁과 숙고의 끝없는 반복이 계속되는 삶이 있었다.

비로소 나의 삶은 시간이란 평균대에서 평일과 휴일로 분리되는 분수령을 맞게 된 것이다. 모든 사람은 시간에 맞추어 생활해야 하며 일을 해야만 한다는 사실이다.

반복되는 하루하루는 제각기 그 나름의 무게와 특수한 가치를 지니며, 또한 시간이란 흐름은, 그때마다 독특한 부분으로 분리되어 있어 측량할 수가 없다.

또한 무한한 시간으로 충만해 있던 생활도 끝나가고 있었다. 즉, 축제일이니, 일요일, 생일 같은 날은 더 이상 나에게 아무런 감동도 주지 못했다.

이런 날들이 돌아오는 것은 시계의 숫자만큼이나 정확해서, 나는 그 시침이 그날에 이르기까지 얼마만큼의 시간이 필요한지를 알게 되었다.

나를 직접 교육하고 싶어 하셨던 우리 아버지의 희망 때문에 일상적 관례와 친구들이나 친척의 충고는 받아들여지지 않았다.

그래서 나는 공립 학교에 입학하게 되었고, 해마다 바뀌는 여러 선생님의 수업을 받았다. 나는 학교생활에서 온갖 고통을 내

방식대로 인내했다.

학교와 집은 엄격히 분리된 두 개의 개별 체였고, 나는 두 곳에 있는 우두머리에게 무조건 복종해야만 했다. 그 중의 한 사람은 사랑스러운 존재였으나, 다른 한쪽은 두려움의 대상이었다.

나는 엄격한 선생님께 자주 매를 맞거나 학교가 끝난 뒤에도 남아 있어야 했다. 하지만, 나는 이런 벌에도 차츰 익숙하게 되었고, 아버지의 단순한 처벌도 그 효력을 발휘하지 못하게 되었다.

그래서 집에서의 징벌은 그 의미를 잃어갔고, 나의 부당한 행실에 대한 아버지의 소극적 해결 방법은 점차 그 힘을 잃어갔다.

그로 인해 아버지는 끝없는 근심 걱정에 시달렸고, 나의 모든 행실을 개선하고 용서받을 수 있을 때까지, 많은 시간과 어려움이 뒤따르는 불행한 상황에 놓이게 되었다.

위험한 시기였다. 이따금 절망에 빠진 나는 심신이 피로했으며, 심한 걱정 끝에 병에 걸리기도 했고, 수치심과 분노와 자만심에 길들어 갔다.

이렇듯 학교생활에 재미를 못 느낀 나는 집에서 잘못을 저지르거나, 누군가에게 꾸지람을 들었을 때, 폭발하는 감정을 애써 억누르고 넓은 숲으로 뛰쳐나갔다. 그러고는 어떤 알 수 없는 거대한 힘에 대항이라도 하듯 울먹이며 몸부림쳤다.

이러한 감정은 점심시간에도 찾아들었으며 혼자 있을 때, 공부 시간이 싫어졌을 때도 일어났다.

불안과 억눌린 내 정열과 생활의 충족감 그리고, 불안감에 대한 어떤 여유가 필요할 때, 나는 어린아이들의 내면 깊숙이 잠재해 있는 난폭성을 폭발시킬 기세로 놀이에 몰두하기 시작했다.

나는 곧 친구들 앞에 두드러지는 존재로 모습을 바꾸었다. 육상 선수같이 빠른 속도로 아이들의 우두머리가 된 것처럼, 그리고 도둑 두목, 인디언 추장처럼 열심히 나돌아 다녔다.

특히 집안 분위기가 좋지 않다고 여겨질 때는, 더욱 거칠게 행동했다.

나의 부모님, 특히 어머니께서는 밖에서 개구쟁이 친구들이 짓궂게 나를 부르거나 남들로부터 골목대장이라니, 말썽꾸러기라는 소리를 들을 때면 슬픈 시선으로 나를 바라보셨다.

그러면 나는 어머니의 시선을 피해 아무 말 없이 자리를 빠져나오곤 했다.

초등학교 3학년이 되던 어느 날, 나는 이웃의 가난한 직공 집 창문을 깨뜨린 적이 있었다. 그 사람은 우리 아버지에게 달려오더니, 내가 고의로 저지른 일이라고 악의에 찬 말을 했다.

그리고 그는 확실하다는 듯, 내가 매일 나쁜 일만 동네에서 저지르는 거리의 불량소년이 될 것이란 말까지 덧붙였다.

그날 저녁 아버지는 이 모든 사실을 그대로 다시 한번 내게 설명하면서, 내가 스스로 실토하도록 했다.

나는 집에까지 와서 고자질한 그가 몹시 미워 유리창을 깨뜨린 명백한 사실조차 완강히 부인했다.

나는 혹독한 처벌을 받았다. 그러나 내 고집이 완전히 꺾이지는 않았다. 그 후 며칠 동안 나는 기가 죽어 지냈으나 마음은 그 일로 하여 적개심에 불탔다. 아버지 또한 아무 말도 없으셨으며,

그로 인해 온 집안에는 침울한 그림자가 드리워졌다.

그 무렵의 나에게는, 그 어느 때보다도 불행한 나날이 계속되었다. 그때 마침 아버지는 일주일간의 여행을 계획하고 계셨다. 그날 오후 내가 학교에서 돌아왔을 때, 아버지는 짤막한 편지 한 장을 남겨 놓고, 이미 여행을 떠난 뒤였다.

나는 식사를 서둘러 끝낸 다음 맨 위층에 있는 다락방에 처박혀 편지를 뜯어보았다. 그러자 아름다운 그림 종이에 적은 아버지의 낯익은 글씨가 눈에 들어왔다.

'나는 네가 저지른 행위를 인정하지 않는 데 대해 벌을 주고 싶었다. 그런데도 자기의 잘못을 인정하지 않으려 한다면, 너와 어떻게 이야기를 나눌 수 있겠느냐? 만일 내가 한 말이 사실과 다르다면, 너를 벌한 것이 잘못이겠지. 일주일 후에 내가 다시 돌아올 때, 우리 둘 중 한 사람이 용서할 수 있게 되길 바란다.—아버지로부터.'

아버지의 편지로 하여 하루 종일 나는 가슴이 답답하고 흥분을 가라앉히지 못한 채 집안과 정원을 이리저리 서성거렸다.

한 사람으로부터 정정당당하게 편지를 받았다는 자부심과 깊은 회한, 편지 속의 글은, 다른 어떤 말보다도 내 가슴을 깊이 파고들었다.

다음 날 아침, 나는 그 편지를 들고 어머니의 침실로 가서 울었다. 말은 한마디도 나오지 않았다. 그러고는 마치 한동안 집을 떠났다가 돌아온 탕자처럼 집안을 천천히 둘러보았다.

모든 것이 아득하게 멀어졌다가 새롭게 느껴지고, 어떤 속박에서 벗어난 것 같은 해방감을 맛보았다.

저녁이 되자, 참으로 오랜만에 나는 어머니의 곁에 앉아서 아주 어렸을 때 그랬던 것처럼, 그녀의 이야기를 들었다.

이야기는 매우 감미롭고 따뜻하게 어머니의 입을 통해서 흘러나왔지만, 그것은 더 이상 아름다운 동화가 아니었다.

어머니는 내게 섭섭함을 느꼈던 때의 일들을 말씀하셨다. 그리고 항상 근심과 사랑의 마음으로 날 지켜보고 계셨음을 알려 주셨다. 어머니의 말씀 한마디 한마디는 날 부끄럽게 했고, 또한 행복하게 만들기도 했다.

그리고 나서 어머니와 나는 사랑과 존경으로 아버지에 관한 이야기를 나누었으며, 아버지가 빨리 돌아오시기를 그리운 마음으로 기다렸다.

아버지가 여행을 끝내고 집에 들어온 날은, 마침 나의 여름방학이 시작되기 바로 전날이었다. 그래서 나의 기쁨은 한층 더 컸다. 아버지와 나는 짧은 몇 마디를 주고받은 다음, 서재에서 나왔다. 아버지는 나를 어머니에게로 보내면서 이렇게 말씀하셨다.

"여보, 여기 우리 아들이 다시 돌아왔구려. 오늘부터, 이 아이는, 다시 내 아들이 되었단 말이오."

"나는 벌써 일주일 전에 내 아들을 찾았어요."

어머니는 얼굴 가득 웃음을 띠며 말했다. 우리는 즐겁게 식탁에 둘러앉았다.

이렇게 시작된 여름방학은 내 학교생활 중에서 가장 울타리가 잘 쳐진 푸른 정원과도 같은 추억을 마련해주었다.

낮에는 밝은 햇빛이 가득 찼고, 저녁이면 즐거운 놀이와 이야기로 시간을 보냈으며, 밤이면 행복한 마음으로 잠자리에 들어 깊이 잠들었다.

매일 저녁 아버지는 내 손을 잡고 시내에서 30분쯤 떨어진 한적한 교외의 채석장으로 산책하곤 했다. 우리는 그곳에서 집을 짓기도 했고, 화석을 찾아 암석을 쪼아내기도 했으며, 어떤 지점을 목표로 삼아 돌을 던지기도 했다.

그리고 집으로 돌아오는 길에 한 농장에 들러 우유를 마시고 빵을 얻어먹기도 했다. 그런 날이면, 우리는 어머니가 준비해 놓은 저녁 식사를 웃으며 사양했다.

두 사람만 아는 온갖 비밀로 어머니를 놀려대기도 했고, 화석이며 반짝이는 돌 따위를 자랑하기도 했다.

아버지는 산책길의 개척자이자 사냥꾼이요, 사수, 그리고 발명가의 면모를 보여주었다. 우리 두 사람은 가방 속에 빵 한 덩어리만을 넣고 반나절 동안 초원이나 숲속을 거닐기도 하고, 모험심이 많은 소년들처럼 새로운 길을 찾기도 하고, 처음 보는 식물을 채집하기도 했다.

그러면 나는 늘 몸이 약해서 심한 두통과 병고에 시달리시는 아버지의 뺨에서 젊음이 솟구치고 있음을 느낄 수 있었다.

우리는 마치 소년처럼 함께 거닐면서 날카로운 창을 만들고, 연을 만들어 띄우고, 정원에 웅덩이를 파고, 온갖 장난감 도구며 상자를 함께 만들기도 했다.

이 무렵, 내 귀가 틔기 시작하면서 나의 환상은 멜로디와 더불어 상상의 나래를 펴기 시작하였다.

때로는 교회 문을 살며시 열고 들어가 오르간 연주 소리를 들으며, 오랫동안 그 아름다운 음률에 젖는 것은, 나의 커다란 즐거움이었다.

나 혼자서 오가는 등굣길에서는, 물론 정원에서도, 심지어는 잠자리에서도 흥얼대며 노래를 불렀다. 특히 찬송가와 가요가 내게 더 감동적이며 인상적이었다.

아홉 살이 되던 생일날, 부모님은 내게 바이올린을 선물로 사 주셨다. 이날부터 아름다운 다갈색 바이올린의 맑은 선율은 내가 가는 곳이면, 어디든 따라다녔다.

그 후 오랫동안, 그것은 내 마음의 고향이요, 피난처가 되었다. 그것은 감동과 기쁨, 그리고 숱한 슬픔의 고통을 함께 맛보게 해 주었다.

선생님 또한, 나에게 만족감을 주었다. 나의 청음력과 사고력은 날카로웠으며 정확했다.

상급반이 되어 바이올린 연주자가 되기 위한 수업을 계속 받는 동안, 나의 팔은 더욱 단단해지고 숙련되어 갔으며, 관절은 섬세해지고 손가락은 강인하면서도 자유자재로 유연해졌다.

그러나 뜻밖에도 음악은 좋지 못한 폐단을 불러일으켰다. 왜냐하면 너무 음악에 몰두한 나머지 학교 공부를 등한시한 것이다.

무엇보다도 음악은 어린 시절의 난폭성이 사라지게 했고, 무분별한 열정과 성급함을 순화시켜 주었으며, 나를 침착하게 변화시켜 주었다.

결코 나는 바이올린 연주자가 되기 위한 전문 교육을 받은 것은 아니었다. 또한 전문적인 음악가도 아니었다. 그 수업은 나에게 하나의 즐거움을 주었을 뿐이다.

엄격한 연습이나 정확성보다는 얼마만큼 빨리, 어떤 곡을 연주할 수 있게 되는지가 그 목표였다.

어머니의 생일 축하로 연주한 첫 번째 찬송가는 축제 분위기를 더욱 빛냈다. 그다음 가보트|17세기 프랑스의 춤| 곡을 연주하고, 또 하이든의 소나타를 연주하였을 때의 기쁨, 나는 스스로 기쁨에 도취하여 자만심에 빠져들기도 했다.

그러나 점차 내 성격의 나쁜 점이 드러나기 시작하여 현을 다루는 경박한 터치와 수법의 결점이 드러났다.

학교생활은 14세가 될 때까지, 나 자신에게도 결점이 없진 않았지만, 숨 막히는 억압의 고통을 안겨주었다. 그리고 학교 교육은 나에게 많은 고통과 쓰라림, 그리고 온갖 훈육이 부담으로 여겨져, 그것을 분별할 수 없게 되었다.

초등학교 8년간의 학교생활을 하는 동안, 나는 오직 한 분의 선생님만 존경했다. 지금도 나는 그분께 감사하며 마음으로 기억하고 있다.

어린아이의 영혼을 조금이라도 이해한다면, 그들만이 지닌 온화함을 조금이라도 지닌 사람이라면, 교사들의 책임감 없는 거친 행위에 상처 입은 아이들의 고통을 이해할 수 있을 것이다.

물론 나는 어린아이들의 근면성을 일깨워 주기에 필요한 매질을 반박하려는 것은 아니다.

그렇다면, 선생님들의 태도는 어떠한가.

아이들의 믿음이나 판단에 대한 경솔한 태도, 소심한 어린이의 질문에 무성의한 태도, 그들은 별생각 없이 거친 대답을 하기 일쑤이며, 어린아이들의 돌발적인 충동을 단 한마디로 일축하거나 무시하기가 보통이며, 어린아이의 단순함을 비웃는 무분별한 태도를 비난하고 싶을 뿐이다.

물론 이것은, 나 혼자만 겪는 괴로움은 아닐 것이다. 선생님들의 가혹한 행위에 대한 나의 끊임없는 분노와, 때때로 무참히 파괴되고 위축된 내 어린 영혼의 슬픔은 한 개인만의 비통함이라고 단정 지을 수는 없을 것이다.

왜냐하면, 나는 실제로 많은 사람들로부터 이런 불평의 소리를 들어왔다. 그들은 항상 불투명한 세계에서 신체적인 성숙, 이해할 수 없는 고독감, 그리고 거기에서 벗어나고 싶은 욕망, 갈등이 비롯되는 미묘한 시기이기 때문에 폭발하는 그들의 행동은 이해받을 수 없을 만큼 격정과 난폭성으로 표현되는 것이다.

그러나 나는 이런 슬픔과 불평을 가슴에만 품고 있을 수가 없었다. 어른이 된 후부터는 어린이들을 각별한 사랑으로 대해 왔으며, 이따금 얼굴을 붉히고 서 있는 그들의 모습에서 어렸을 적 내 불안했던 마음을, 다시 떠올려 보곤 했다.

이렇듯 고통스럽던 지난날을 다시 기억 속에서 되살려 글로 쓰는 것은, 또 얼마나 슬픈 일인가?

소년 시절부터 조금씩 눈뜨기 시작했던, 내 의식의 세계에서 젊은 날 맛보았던 아련함은, 항상 우울 속에서 추억이란 이름으로 기억되곤 했다.

정원이나 숲속을 거닐면서, 그리고 서재에서 아버지로부터 받은 가르침은 존경과 사랑의 의식을 밝고 투명하게 밝혀 주었다.

아버지의 가르치심은 나에게 역사와 문학에 무한한 길을 열어 주었다.

왕관을 쓴 제후들, 핍박당하는 사람들, 행군하는 군대의 대열, 화려한 옛 도시의 역사와 숱한 전설적인 이야기를 담고 있는 그리스 신화, 월계관을 쓴 개선장군, 영토를 빼앗긴 데 대한 복수심, 그리고 전설 같은 승전 장면 등이 나오는 로마의 역사도 흥미진진했다.

한편, 그러한 영화의 흥망성쇠 속에서 오랫동안 수렵과 약탈의 방랑 생활을 한 고대 독일의 이야기에는 별 흥미가 없었다.

질문과 대답, 그리고 그냥 이야기를 통해 전달된 아버지의 이러한 말씀은, 나에게 삶의 좋은 밑바탕이 되어 주었다.

수업 시간에 선생님의 입을 통해 학습하는 교육 내용은 지루하고 짜증스럽게 느껴졌으나, 아버지의 설명을 듣는 순간부터 매력적인 형식을 갖추었고, 아주 진지하게 느껴졌다.

나는 선생님의 사랑을 받는 학생은 아니었지만, 학급 성적은 상위권에 들었다. 특히 라틴어 성적은 우수하다 할 정도였다. 나는 라틴어를 쉽게 배웠고, 또한 열심히 공부했다.

라틴어는 내 학창 시절뿐만 아니라, 내 일생을 통해서 나와 친밀했으며, 또 그것에 능통했다.

그러나 나는 슈바벤 지방의 중학교에 들어갈 준비를 하고 있었고 시험에 합격했음은 물론이다. 이것으로 나의 중학교 생활은 끝났다. 한 달간의 여름방학이 끝나면 수도원 부속학교에 진학하게 될 것이다.

방학 때 아버지는 처음으로 나에게 괴테의 시를 읽어 주셨다. 그것은 아버지가 늘 즐겨 애송하는 「나뭇가지 위」라는 시였다.

초승달이 은빛으로 여울지는 어느 날 저녁, 아버지는 나를 숲이 우거진 산으로 데리고 갔다. 나는 가쁜 숨을 몰아쉬었다. 아름다운 달빛, 조용한 풍경을 말없이 바라보다가 진지하게 이야기를 나누었다.

아버지는 바위에 앉더니 사방을 휘둘러 보고 나서 나를 살며시 끌어안으면서 나직한 음성으로 그 아름다운 시를 읊어 주셨다.

모든 산봉우리에는
고요한 휴식이 있고
나뭇가지 위엔
너의 숨결이
숲속의 새들조차 침묵하는데
잠시 기다려보게
그대에게도 휴식이 찾아올 걸세.

그 이후로 나는 여러 번 이 시를 들었고, 또한 읽게 되었다. 상황과 분위기는 달랐으나 그 숲의 울림은 마찬가지였다. 숲속의 새들조차 침묵하는데, 그것을 들을 때마다, 나는 부드럽게 가슴을 감싸는 듯 아련한 슬픔을 느끼곤 했다.

또한 내가 그 시를 읽을 때마다 형언하기 힘든 슬픈 행복감에 젖어 들곤 했다.

그 시가 내 입에서 쏟아져 나오는 순간엔, 언제나 아버지의 팔이 나를 감싸는 것 같았으며, 그의 커다랗고 시원한 이마를 보는 듯했으며, 아버지의 나지막한 목소리가 들리는 것 같았다.

인도 여행에서 돌아온 후 〈싯다르타〉를 쓸 무렵의 헤세

〈싯다르타〉 본문에 있는 삽화

카사에 있는 헤세의 집. 헤세는 이곳에 정착하여 많은 글을 썼다.

사랑을 위한 자화상

어느 시점에서 내 일생을 돌이켜보면, 나 역시 다른 사람들의 삶과 마찬가지로 사랑의 시간과 불행한 시간이 대부분 공존하면서, 기나긴 인생의 여정을 나그네처럼 걸어왔다.

참회하고 용서받으며 홀로 앉아 있는 공간, 그리고 끝없는 무감각과 공허의 시간 속에서, 다시 하늘의 새로운 별들을 향해 내일을 꿈꾸는 것이다.

지금은 내 가슴 속에 폐허가 된 청춘의 뒤안길로 몸을 떨면서 되돌아가 보자.

산산조각이 난 희망과 꺼져버린 열정, 내가 쳐다볼 수 있는 것은, 모두 먼지투성이 속에서 뒹굴고 있다. 아는체하기조차 부끄럽다는 듯 친구들은 내 옆을 그대로 지나쳤다.

그 옛날, 바로 내가 생각해 냈던 뚜렷한 하나의 상이 나를 빤히 바라보는가 하면, 마치 수백 년 동안 나와는 아무 관계가 없고 본 적도 없다는 듯 침묵하고 있었다.

내 삶이란 하수도에 쏟아지는 더러운 오수처럼 쓸모가 없는 시간의 낭비였다. 그것은 회복할 수 없을 정도로 깨져버렸고, 신앙심마저 팔아먹은 듯, 달콤한 것들은 모두 부패하고, 모든 고상한 것은 빛을 잃은 삶이었다.

내 삶의 순수한 빛은 어두워져 갔고, 아름다움에 대한 모든 예감은 가을날에 빛바랜 낙엽처럼 허공을 헤매고 있으며, 그저 먼 길을 도보로 한 걸음씩 걸을 수밖에 없는 고달픈 삶이었다.

그리워할 것도, 기억할 것도, 나에게는 없었다. 심지어 미워할 대상도 없었다. 성스러운 것, 훼손되지 않은 모든 것들이 아직은 남아 있으나, 그것들은 이미 빛과 소리를 잃었다. 그러므로 내 인생의 파수병들은 모두 깊은 잠에 빠진 것이다.

내가 건너야 할 다리는 이미 끊긴 지 오래였고, 나를 기다리는 먼 푸른 지평선은 쳐다보는 것조차 단념할 수밖에 없게 되었다.

이렇듯 황홀한 것과 사랑할 만한 가치가 있는 작은 것들까지 사라져 버리자, 나는 난파한 배처럼 항로를 잃고 절망에 놓이게 되었다.

의식도 불분명해져 눈을 감고 무거운 육체를 이끌고서 떠난다는 말도 없이 문도 닫지 않은 채, 밤이면 집을 비우는 몽유병자처럼 방랑했다. 사실은 과거의 속박에서 벗어난 것이다.

누가 땅을 밟고 서서 고독의 얼굴을 본 일이 있는가? 누가 이 세상이 금단의 땅이라고 말할 수 있는가?

마치 높은 절벽에서 그 아래를 내려다보듯 내 시선은 어지러웠고 끝 간 곳을 알 수 없었다.

금단의 땅을 방황하던 끝에, 마침내 나는 지쳐 쓰러졌다. 그러나 내가 걸어가야 할 길은 아직 멀고 무한히 뻗어있었다.

조용한 밤이 찾아와 나를 위로하고 위안을 주면 서글프게 잠들어버렸다.

깊은 수면과 꿈은 귀향하는 친구처럼 예고 없이 나를 찾아와서 어깨에 멘 나그네의 남루한 짐을 벗겨 주었다.

"당신은 어느 날, 망망대해 한복판에서 타고 있던 배가 난파된 경험이 있습니까? 그리하여 육지로부터 당신을 구조하려는 사람이 헤엄쳐 오는 장면을 목격한 경험이 있습니까? 몹시 몸이 아플 때, 정원에 나가서 신선한 공기를 마음껏 들이마시고 상쾌해진 기분으로 맥박이 다시 뛰는 것을 느껴본 일이 있습니까?"

이제 삶의 먼 여정에서 돌아온 나에게는 치료받고 상처받은 감사의 마음에 새로운 빛이 감싸고 있다. 알 수 없는 어떤 힘이 나에게 친절히 인사하는 밤이면, 나는 모든 것을 깨달을 수 있다. 이것이 바로, 내 삶의 소용돌이였다.

하늘은 그 어느 때보다 다른 모습을 하고 있었다. 윤회하는 별들의 순례는, 이미 결정된 친구와 같은 유대감을 내 삶 속에 심어 주었다.

나는 거친 벌판에서 자라 가꾸어진 삶 속에서 하나의 금빛 자리를 발견한 것 같았다.

그것은 하나의 힘이고 법칙이었다. 엄청난 경이로움으로써 내가 받아들인 것과 같이 미래와 과거의 시간은 모두 보석처럼 빛나며, 내 마음속에 빛으로 남아 있다. 그것은 이 세상의 온갖 사물과 놀라움과 구원으로 다시 태어나지 않으면 안 되었다.

이제 나는 새롭게 태어날 것이다. 마치 기적처럼 조용하고도 부지런히, 그리고 아주 유능한 재산가가 될 것이다. 하지만 가장 높은 가치에 대해서는, 아직 나는 알지 못한다.

꽃이 시들 듯이
청춘이 늙듯이
인생의 단계도, 지혜도 사랑도 그때그때
꽃이 피는 것처럼 영속은 허락되지 않는다.

삶의 외침을 들을 때마다 마음은
용감하게 슬퍼하지 않고
새로운 다른 속박을 받아
작별과 재출발의 각오를 해야만 한다.

일의 시작에는 마력 같은 것이 깃들어 있다.
그것은 우리를 지키고 살아가는 데 도움을 준다.
우리는 공간을 하나씩 명랑하게 뚫고 나가야 한다.
어느 곳에도 고향을 마주한 듯한 집착을 가져서는 안 된다.

우주의 정신은 우리를 속박하려 하지 않고 제한하지도 않으며
우리를 한 단계씩 높이려고 한다.
어느 생활권에다 뿌리를 내려
유쾌하게 살게 되면 탄력을 잃기 쉽다.

출발과 여행의 각오가 되어 있는 사람이
습관의 일상에서 벗어나게 될 것이다.
임종의 순간에도 우리는 새로운 공간으로 향하여
건강하게 보내게 될지 모른다.
우리가 부르짖는 삶의 외침은
결코 끝나는 일이 없을 것이다.
마음이여, 이별을 생각지 말고 건강하게 되어라.

산정에 올라 한때를 보내는 헤세

몬테뇰라. 헤세는 오랫동안 이곳에서 살았다.

몬타놀라에서의 헤세

이별보다 아름다운 사랑

젊은 친구들이여, 더 이상 나를 괴롭히지 말 것을 간절히 바랍니다. 이제부터 내 학창 시절의 슬픈 이야기를 해볼까 합니다.

내가 사랑했던 아름다운 여인 살로메와 나의 절친한 친구 한스 암슈타인에 대해서 말하려고 합니다.

어쩌면 그것은 좋은 생각인지도 모르겠습니다. 여러분들은 조용히 정숙한 마음으로 나와 함께, 무슨 하찮은 대학생의 연애 사건인가 하고 추측해서는 안 됩니다. 절대로 우스운 이야기가 아니니까요. 우선 포도주라도 한잔했으면……

그것도 백포도주라면 더욱 좋겠습니다.

자, 그럼 창문을 닫아 주시겠습니까. 아니 천둥이 치게 그냥 내버려두십시오. 번개와 천둥이 치는 무서운 밤, 오히려 그런 분위기에서 이야기하는 것이 더 어울릴지 모르겠습니다.

젊은 여러분들은 우리 기성세대 역시, 젊은 날에는 굵고 짧게 살고 싶은 한때가 있었다는 사실을 기억해 두어야 할 것입니다. 아직 술은 남아 있습니까?

난 일찍 부모를 여읜 탓에 방학이 시작되면, 곧바로 오토 삼촌 댁으로 달려가서 과일도 먹고, 동네 부랑배들의 이야기도 듣고, 숭어잡이도 하며, 때때로 숲속의 돌로 지은 집에서 나만의 시간을 보내곤 했습니다.

그것은 삼촌의 취미를 이해하는 조카가 나였기 때문입니다.

여름과 가을 방학, 크리스마스 때가 되면 작은 가방과 빈 주머니로 가서 마음껏 포식하고 먹을 것까지 얻어 왔습니다. 나는 항상 어린 사촌 동생을 사랑했고, 그곳에 있는 동안만은 학교 공부 따위는 모두 잊어버리고 유쾌한 나날을 보내곤 했습니다.

때로는 삼촌과 심심풀이 내기를 하기도 하고, 독한 이탈리아 담배를 피우며 낚시질을 함께 즐기고, 그에게 아슬아슬한 탐정 소설을 읽어 주고, 저녁 무렵이면, 그를 따라 주점에 들러 찬 맥주를 얻어 마셨습니다.

그 시절, 이런 모든 것은 나쁘기보다는 훌륭하고 남자다운 일로 생각했습니다. 금발의 사촌 여동생은 수줍음을 잘 타는 온화한 성격이어서, 우리의 거친 행동을 이해하지 못하고, 이따금 연민과 애원에 찬 시선을 보내곤 했습니다.

대학생이 되기 바로 직전, 그러니까 고등학교 마지막 여름방학에 다시 삼촌 댁에 갔었습니다. 그때 난 졸업반 학생답게 들뜨고 자부심으로 가득 차 있었으며, 무분별한 알 수 없는 불만에 얼마쯤은 난폭해져 있었습니다.

그러던 어느 날, 이 작은 도시에 새로운 산림서 소장이 취임하게 되었는데, 노년에 직위를 얻은 그는 젊지도 않고 그리 건강해 보이지도 않았지만 성실하고 근면해 보였습니다.

그러나 첫눈에 좋은 평판을 얻을 사람 같지는 않았습니다. 그는 부자라서 훌륭한 가구들과 이 지방에서는 볼 수 없는 애완용 개와 잘 훈련된 말과 우아한 마차를 타고 왔습니다.

장난감 같은 작은 총, 신형 영국제 낚시기구들은 처음 보는 아주 사치스럽고 근사한 것들이었습니다.

정말 모든 것이 귀하고 훌륭한 것들로 온 마을 사람들의 부러움을 샀습니다. 그러나 다른 무엇보다도 우리를 놀라게 한 것은, 살로메라는 양녀가 그들 일행에 끼어있다는 것이었습니다.

어떻게 저토록 강렬한 야성미를 지닌 처녀가 그런 진지하고 조용하기만 한 사람 곁에 있게 되었는지, 우리로서는 정말 이해하기 힘들 정도였습니다.

그 처녀는 매우 이국적인 용모였는데, 브라질이 원산지인 강한 열대성 식물처럼 건강하면서도 매우 독특한 모습을 하고 있었습니다. 적도의 태양처럼 강렬한 인상인 것만은 틀림없습니다.

여러분들도 그녀가 어떻게 생겼는지, 매우 궁금할 것입니다. 하지만 설명하기가 그리 쉽지 않다는 것을 솔직히 고백합니다.

누구에게나 금방 눈에 띄는 이국적인 용모로 보였으니까요.

스무 살가량의 몸집이 크고 아주 건강해 보이면서 명랑하고 쾌활한 걸음걸이는, 우리들까지도 즐겁게 하여 주었습니다. 또한 목이며 어깨, 팔과 손이 단단하게 뻗어있으면서도 율동적이고 고귀하게 보였습니다.

머리카락은 유난히 숱이 많고 굵고 길었으며, 짙은 갈색으로 이마 위에서 물결이 넘실거리듯 곱슬거렸고, 뒷머리를 다발로 묶어 커다란 꽃핀으로 장식하고 있었습니다.

얼굴은 자세히 설명하지 않겠습니다. 그러나 살이 약간 찐 편이고, 입은 큰 편이었습니다.

무엇보다 눈이 아주 인상적이었습니다. 얼굴에 비해 눈이 무척 컸으며 짙은 갈색으로 약간 돌출한 것이 매력적이었는데, 습관인지 앞을 보고 웃으며 눈을 크게 뜨면 꼭 그림 같았습니다.

그러나 그녀가 사람을 빤히 쳐다보면 모두 당황했습니다.

태평스러운 듯한 눈길이면서도 훑는 듯 무관심한 듯하나, 조금도 사양하거나 수줍어하지 않고 사람을 똑바로 보곤 했는데, 결코 건방진 것은 아니었고, 마치 예쁜 애완용 동물 같은 부드러움을 간직하고 있었습니다.

무엇보다도 그녀는 자기의 감정을 직설적으로 나타내는 성격이었습니다. 대화가 지루하면 고집스러울 정도로 입을 다물었고, 한눈을 팔거나 스스로 부끄러워질 정도로 사람을 빤히 쳐다보는 버릇이, 젊은 나에게는 아주 감동적이고 인상 깊었습니다.

남자들은 그런 그녀에게 매료되어 열중했고, 여자들은 그녀를 좀처럼 이해하려 들지 않았습니다. 나 역시 성급하게 그녀를 사랑한 것은, 결코 잘못이 아니라고 확신했습니다.

산림서의 직원, 약제사, 교사, 군인, 부유한 상인이나 공장주의 아들들, 박사의 아들까지 모두 경쟁이라도 하듯, 그녀를 좋아하고 선망의 눈길로 바라보곤 했습니다.

아름다운 살로메는 혼자 들길을 거닐기도 하고, 이곳저곳을 방문하며, 때로는 예쁜 마차를 몰고 시골길을 다니기도 하며 자유로운 시간을 즐기고 있어 접근하기에 어렵지 않았고, 그리하여 순식간에 많은 젊은이로부터 사랑의 고백을 듣는 존재가 되었습니다.

한 번은 살로메가 삼촌과 사촌 여동생이 집을 비운 사이에 방문한 적이 있었는데, 정원의 벤치에 앉아 있는 내 옆에 와서 서슴없이 앉는 것이었습니다.

정원 한구석 작은 텃밭에는 디롤릿츠 열매와 딸기가 빨갛게 익어 있었고, 그것을 보자, 그녀는 환호성을 지르며 구즈베리 열매를 한 움큼 따서 그 크고 붉은 입안으로 집어넣는 것이었습니다.

그때 그녀의 모습은 강렬하도록 아름다웠습니다. 곧 우리 두 사람은 이야기를 주고받았고, 결국 난 열기로 달아오른 얼굴로 그만 사랑의 고백까지 하게 되었습니다.

"아! 진심인가요."

하고, 이어서 그녀가 말했습니다.

"나도 당신이 꼭 마음에 들어요. 그런데 그리벨을 아세요?"

"카롤 말인가요? 잘 알죠."

"그 사람, 아주 매력적이더군요. 눈이 아름답죠. 그 사람도 날 사랑한다고 했어요."

"그가 직접 그렇게 말하던가요?"

"물론이죠. 바로 어제 그랬어요. 좀 우스운 사람이에요."

그녀는 활짝 웃으면서 머리를 뒤로 젖혔는데 희게 드러난 목에 엷은 푸른빛의 정맥이 움직이는 것이 보였습니다. 순간 나는, 그녀의 손을 잡고 싶은 강렬한 충동을 느꼈으나, 그러지는 못하고 조용히 손을 인사하듯 내밀었습니다.

그러자 그녀는 구즈베리 열매 몇 개를 내 손바닥 위에 놓고 안녕이라는 짧은 말만 남긴 채, 그만 떠나가 버렸습니다.

그 후부터 나는 그녀가 자기에게 연정을 품은 사람을 희롱하고, 그런 우리를 얼마나 자만감에 가득 찬 마음으로 희롱하는가를 알게 되었습니다.

그러나 나 역시 다른 많은 젊은이와 마찬가지로 열병을 앓듯, 또는 아련한 현기증과도 같은 맹목적인 애정으로 괴로워하며 낮과 밤의 순서를 잊은 채, 그녀가 내 사랑을 희롱하지 않고, 또 내 삶의 모든 것을 희생하지 않기를 간절히 소망했습니다.

이렇듯 악몽과 같은 시간 속에서 나 자신을 불태우며, 그녀의 주위를 맴돌게 되었습니다.

아직도 포도주가 남아 있습니까? 고맙습니다……. 이토록 내 생활은 질서를 잃고 젊음을 낭비하며 방황하고 있었습니다.

그해 여름뿐만 아니라, 거의 일 년 이상을 그런 상태로 나날을 보냈습니다. 그러자, 그녀를 사모하는 자 중에 몇은 지친 나머지 스스로 떠나갔고, 더러는 새로운 상대를 찾기도 했습니다.

하지만 살로메는 조금도 태도를 바꾸지 않았고, 때로는 명랑하고, 때로는 조용하고, 때로는 누구도 가까이할 수 없을 정도의 냉랭한 몸가짐으로, 여전히 우리 위에 군림하고 있었습니다.

방학이 되면, 나는 열병이 재발하듯, 그녀를 향한 열정에 빠져들어 방황하면서, 그것을 견디어내는 데 익숙해졌습니다. 나와 같은 고민이 있는 친구는, 그녀에게 사랑을 고백하는 일은 바보스러운 짓이라고 말해 주었습니다.

왜냐하면 그녀는 이 세상의 모든 남자가 자기를 사랑해 주었으면 하는 이기적인 마음을 노골적으로 이야기했기 때문입니다. 그러므로 그녀에게 조금도 동요하지 않는 몇 사람에게는, 온갖 교태와 아양을 부리며 접근하는 것이었습니다.

그러는 동안, 나는 튀빙겐의 학교 운동에 가담했고, 두 학기를 술집에만 드나들면서 분별없는 생활을 하고 있었습니다.

이때 만난 친구가 한스 암슈타인인데, 나와 나이가 같고, 그도 학생운동에 적극 참가하고 있었습니다.

의대생으로는 그리 뛰어난 두뇌가 아니었지만, 음악을 좋아하고 나와의 작은 마찰이 있어도 시간이 갈수록 떨어질 수 없는 사이로 발전하게 되었습니다.

그해 겨울, 크리스마스 때, 한스는 나를 따라 삼촌 집에 손님으로 가게 되었습니다. 그 역시 일찍 부모님을 여의었기 때문에 나와 같은 처지였습니다.

내 기대와는 달리, 그는 아름다운 살로메에게 전혀 관심이 없었고, 오히려 내 사촌 여동생에게 관심이 더 많은 눈치였습니다.

그는 날씬한 미남자로 음악에도 깊은 조예가 있었으며, 재치 있는 말솜씨를 구사하는 무척 촉망받는 젊은이였습니다.

그래서 나는 그가 내 사촌 여동생에게 잘 보이려고 애쓰는 걸 즐겁게 바라보았고, 또한 동생이 연극같이 냉담하게 대하는 두 남녀의 우스꽝스러운 싸움을 지켜보며, 나 스스로는 여전히 살로메를 만날 만한 곳을 찾아 헤매는 데 열중하고 있었습니다.

부활절이 되자, 다시 우리는 삼촌 집에 갔는데, 내가 삼촌과 함께 낚시질하며 시간을 끄는 동안, 내 친구는 사촌 여동생과 급속도로 가까워졌습니다.

이 무렵 살로메가 자주 찾아와서 나를 열광시키고 있었습니다.

그녀는 한스와 누이동생 베르타의 관계를 외관상으로는 호의적으로 바라보는 눈치였습니다. 우리는 한데 어울려 숲속으로 산책도 하고, 낚시도 하며 아네모네를 찾아 계곡과 초원의 들길을 쏘다니기도 했습니다.

그때 살로메는 나를 완전히 사로잡았고, 한편으로는 그들에게서 잠시도 눈을 떼지 않는 듯했고, 뭔가 깊이 생각하는 듯 조롱하는 시선으로 그들을 바라보고는, 나에게 사랑이나 신혼의 행복 따위에 관해 아리송한 견해를 이야기하기도 했습니다.

한 번은 내가, 그녀의 손을 붙잡고 재빨리 입을 맞추자, 돌연 그녀는 성난 얼굴로 쏘아보는 것이었습니다.

"당신의 손을 이리 줘요. 깨물어 버릴 테니."

나는 손을 내밀었고, 그녀의 크고 고른 이가 거침없이 내 손가락에 닿는 것이 느껴졌습니다.

"더 세게 물까요?"

나는 바보처럼 고개를 끄덕였습니다. 그 순간 강한 통증과 함께 내 손에서는 피가 흐르는데도 그녀는 웃으며, 나를 조롱하듯 빤히 바라보는 것이었습니다. 무척이나 아팠고 피는 계속 흘렀습니다.

우리가 다시 튀빙겐으로 돌아왔을 때, 한스는 나에게 베르타와 여름에 약혼하기로 약속했다고 감격해하면서 말했습니다. 나 역시 당연한 것으로 받아들였습니다.

사실 그들 두 사람은 잘 어울리는 한 쌍이었습니다.

새 학기를 맞이하면서 나는 편지를 여기저기 보냈고, 8월이 되자, 우리는 다시 기다렸다는 듯이 달려가 삼촌과 한 식탁에 앉게 되었습니다.

한스는 삼촌과 아직 이야기가 안 되어 있었으나, 그도 약간은 눈치챈 것 같았고, 그래서 어떤 어려움이 있으리라고는 생각되지 않았습니다.

다시 살로메가 우리를 찾아왔고, 불안하고 날카로운 시선으로 여기저기를 살피면서 조용한 베르타에게 지나친 장난을 거는 못된 행동을 서슴없이 하곤 했습니다.

그녀는 조금도 호감을 보이지 않는 한스에게 교태를 부리며, 자기 곁에 붙잡아 두고 좋아하게끔 하려는 모습은, 누가 보더라도 결코 아름다운 행동은 아니었습니다.

결국 그는 맹목적으로 선량한 한 마리의 양처럼 그녀에게 끌려갔습니다. 사실 그녀의 유혹이 그를 열정적인 기분에 휩싸이게 하지 않았다면, 아마 그것은 기적이었을 것입니다.

하지만, 그의 태도는 확고부동하여 일요일이 되자, 삼촌과 정면 대좌하여 약혼식 이야기를 하려고 마음먹고 있었습니다.

그때 금발의 사촌 여동생은 미리부터 신부로서의 행복감에 젖어 엷은 흥분을 감추지 못하고 있었습니다.

한스와 나는 창문이 낮은 일 층의 아랫방과 윗방에서 각각 잠을 잤는데, 아침이면 그 창문을 통해 정원으로 나가곤 했습니다.

어느 날, 살로메가 찾아와 몇 시간을 우리와 함께 보내게 되었는데, 그때 베르타는 집안일을 돌보느라고 자리에 없었습니다.

그녀는 나의 친구를 독차지하고는 몸이라도 내맡기듯 교태를 부리며, 나를 격노케 했습니다. 결국 참다못한 나는, 그들과 떨어져 혼자 거리로 나왔습니다.

이곳저곳을 돌아다니다가 저녁 무렵에 돌아와 보니, 이미 그녀는 가버렸는지, 보이지 않았고, 나의 불쌍한 친구는 잔뜩 이마를 찌푸리고 피곤한 듯한 눈을 하고 있었습니다.

몹시 괴로워하고 있다는 것을 내가 알아차리자, 그는 머리가 아프다고 핑계를 댈 뿐, 더 이상 말하려고 들지 않았습니다.

'그래, 머리가 아플 거다.'

하고 나는 속으로 빈정대면서, 그를 내 옆으로 끌어당기며 화가 난 음성으로 말했습니다.

"무슨 일인가? 말해 봐."

나는 아주 진지한 표정으로 물어보았습니다.

"아무것도 아냐. 그냥 너무 더워서 그래."

그는 이렇게 변명하는 것이었습니다.

그러나 나는 그의 거짓말을 용서할 수 없어서 산림서 소장의 딸이, 어떻게 너를 미치도록 만들었느냐고 단도직입적으로 물어보았습니다.

"무슨 소리야. 아무것도 모르면, 날 좀 가만히 내버려둬."

그는 비탄에 젖은 목소리로 말했습니다.

나는 그가 말하지 않아도 대략 짐작할 수 있었으며, 한편으로는 깊은 연민의 정까지 느꼈습니다.

그의 얼굴은 고통과 후회로 일그러져 있었고, 매우 고민하는 빛이 역력했습니다. 나는 더 이상 그의 잘못을 탓할 수 없었으며, 살로메에게는 알 수 없는 분노가 치밀어 올랐으나, 한편으로 패배의 쓰디쓴 절망감을 느끼지 않을 수 없었습니다.

'이제 나의 깊은 연민을 내 가슴에서, 멀리 쫓아버릴 수 있다면……'

나는 너무나 많은 시간을 살로메로 인하여 방황했고 낭비하였다는 자책감에 괴로워하기도 했습니다.

나 역시 모든 처녀가 살로메보다 존경스러웠으나, 그녀가 너무 아름답고 매력적이었기에 어쩔 수 없이 포로가 되었던 것입니다.

또다시 번개가 치고 있습니다. 그날도 오늘과 비슷한 저녁이라고 생각됩니다. 소나기가 쏟아지는 무더위 속에서 우리 두 사람은 쓸쓸히 정자에 앉아 포도주를 말없이 마셨습니다.

어둠과 빗소리, 젊음의 갈증과 우울로 하여 찬 포도주만 들이켰습니다. 술잔을 권하거나 들이키는 술을 서로 만류하지도 않았습니다.

한스는 슬픔에 젖어 걱정스러운 듯 포도주잔을 응시했고, 정원의 나뭇잎은 훈훈한 바람에 흔들리며 계절의 강렬한 냄새를 풍기고 있었습니다.

어느 사이에 시간은 흘러 밤 아홉 시가 되고 열 시가 되었습니

다. 아무 말 없이 우리 두 사람은 의심과 수심 어린 얼굴을 하고
는 쭈그리고 앉아, 큰 유리 항아리에서 포도주를 퍼내고 정원에
깔린 어둠만 바라볼 뿐이었습니다.

그리고 얼마 후에 말없이 헤어져 한스는 방문을 통해, 나는 창
문을 넘어 내 방으로 갔습니다.

방안은 내 마음만큼이나 무덥고 습했으나, 나는 셔츠 바람으로
의자에 앉아 파이프에 담배를 담아 보랏빛 연기를 피워 올리면서
마음을 정리하지 못한 채 우울하게 어두운 밖을 바라보고 있었습
니다.

달빛이 밝게 비칠 때였으나 하늘은 회색 구름에 덮여 있었고
멀리서 천둥소리가 들려오고 있었습니다.

무덥고 습기 찬 공기가 깔려 있어 질식할 것 같은 밤이었습니
다. 어떠한 말로도 아름다움을 묘사할 수 없는 그런 기분이었습
니다. 하지만, 그 기분 나쁜 이야기를 하지 않을 수 없는 지금의
나를 이해하시길 바랍니다.

파이프 담배를 마저 태우고 침대에 누워 쓸데없는 잡념에 번민
할 때, 창밖에서 인기척이 들려왔습니다. 누군가가 조심스럽게
안을 들여다보고 있었습니다. 그때 내가 왜, 그대로 누워 있었는
지, 지금 생각도 좀 이상한 일이었습니다.

그 검은 그림자는 곧 사라져 몇 발짝 한스가 있는 방 쪽으로
가는 듯싶더니 창문을 조심스럽게 두드리는 소리가 들렸고, 다시
잠잠해졌습니다.

그러자 "한스 암슈타인!"하고 나직이 부르는 여자의 목소리가

들려왔습니다.

그때 난 격한 감정에 사로잡혔습니다. 그 목소리의 주인공이 다름 아닌 살로메였기 때문입니다.

난 꼼짝도 하지 않고 사냥꾼과도 같이 온 신경을 집중해 귀를 기울였습니다. 짐작하기조차 어려운 일이었습니다. 그러자 다시 그녀의 목소리가 분명하게 들려왔습니다.

"한스 암슈타인! 한스……."

낮은 음성이었지만, 분명하고 급한 부름이었습니다. 그때 나의 등은 땀으로 축축이 젖었습니다.

그러자 친구의 방에서 기척이 나면서, 그가 기다렸다는 듯이 재빠르게 창가로 달려가는 것이었습니다. 급한 속삭임이 열렬하게 아주 나지막이 들려왔습니다.

'아니 저럴 수가 있단 말인가!'

나는 괴로웠고 자리에서 일어나 소리 높이 외치고 싶었으나 그냥 누운 채로, 이런 나 자신을 이상하게 생각하고 있었습니다. 보아서는 안 될 것을 본 순간 같은 두려움이, 갈증이 그리고, 포도주의 뒷맛이 나를 쓸쓸하게 만들었습니다.

다시 속삭임이 들리고, 곧이어 한스 암슈타인이 정원으로 나와 그녀와 어깨를 나란히 하고 서 있다가, 두 개의 그림자가 하나로 포개지듯이 한 발짝도 움직일 수 없을 정도로 밀착된 모습이 창문 밖 어둠 속에 실루엣처럼, 나의 시야를 어지럽혔습니다.

그들은 그렇게 정원을 벗어나 정자와 우물 곁을 지나 문밖으로 나가 숲으로 갔습니다. 뒤이어 두 번이나 계속 천둥이 울렸고, 그 불빛으로 하여 살로메의 긴장된 눈을 볼 수 있었습니다.

"이봐, 친구들…… 목이 마르면 잔을 들게나……."

그래, 이야기를 더 계속해야겠습니다.

한밤중에, 그녀는 누워 자는 내 친구를 불러낸 것입니다. 이제 난, 그가 그녀에게서 풀려날 수 없을 것이라는 사실을 확인해야만 했습니다. 그것은 그녀가 달콤한 말과 육체로 그를 적극적으로 유혹했기 때문입니다.

그러나 나는 한 가지 기대를 걸고 있었습니다. 그것은 친구 한스가 나보다 훨씬 책임감이 강하다는 사실이었습니다. 그가 밖에서 살로메와 나눈 키스로, 배반당한 사촌 동생 베르타에 대한 죄책감이 그의 마음을 아프게 했을 것입니다.

그보다는 내가 심하게 책망한 것이, 그를 더욱 괴롭히는 중대한 실책이라고 생각되기도 했습니다.

무엇보다도 내가 사랑하는 여인이 한밤중에 내 절친한 친구와 함께 있다는 그럴듯한 연상이 머릿속을 어지럽혔습니다.

결국 나는 심한 갈증을 느낀 나머지 물을 한 모금 마시고는, 얼마 후에 내 친구가 조용히 돌아와 창문을 통해 그의 방으로 들어갈 때까지, 그대로 차가운 방바닥에 누워 있었다는 사실을 기억할 뿐입니다.

그가 깊은숨을 몰아쉬며 오랫동안 양말을 벗지 않은 채 방안을 왔다 갔다 하는 소리를 듣다가 깜빡 잠이 들었습니다. 밤이 얼마나 깊었는지는 알 수 없었습니다.

나는 다음 날 아침, 일찍 잠에서 깨어났습니다. 아마 새벽 5시도 안 되었을 겁니다. 나는 황급히 옷을 입고 한스가 자는 방 창문으로 가서 안을 들여다보니, 그는 어지럽혀진 침대에 누워 깊이 잠들어 있었습니다. 이마에는 땀이 흐르고 매우 괴로운 표정을 짓고 있었습니다.

나는 곧장 밖으로 달려 나와 산지기의 아담한 집이 자리 잡은 고요한 풍경과 들판, 과수원과 밭이랑을 바라보면서 어젯밤의 일을 떠올려 보았습니다.

온통 내 머릿속은 술을 마시고 난 뒤보다 더 심한 현기증을 느꼈으나, 이리저리 돌아다니는 동안 다소 마음을 가라앉힐 수 있었습니다. 마치 악몽을 꿈꾼 것처럼 조금씩 평온을 되찾고 있었습니다.

내가 다시 정원으로 돌아왔을 때, 한스는 창가에 서 있다가 나를 본 순간 황급히 방안으로 모습을 감추었습니다. 내 가슴 속에서는 다시 분노의 불길이 타올랐지만, 그의 비겁한 태도가 나를 더욱 슬프게 했습니다.

그러나 이러한 감정은 그와 나 사이에 아무런 도움도 되지 못했습니다. 결국 내가 그를 찾아갔습니다. 그가 나를 향해 돌아섰을 때, 난 너무 놀란 나머지 소리를 지를 뻔했습니다.

그의 얼굴은 잿빛으로 어두웠고, 갑자기 주름투성이로 쭈그러져 있었기 때문입니다. 마치 그는 경주에 지친 말처럼 겨우 몸을 가누고 있을 뿐이었습니다.

내가 의아한 표정으로 물어보았습니다.

"한스, 왜 그래?"

"너무 더워서 잠을 제대로 못 잤을 뿐이야. 아무 일도 없어."

그러나 그는 나의 시선을 의식적으로 피했고, 그래서 나는 그가 창가에서 피했을 때와 같은 당혹감과 고통을 느꼈습니다.

나는 벽 가까이에 앉아 그를 바라보면서 말했습니다.

"이봐, 한스! 난 네가 지난밤에 누구와 함께 있었는지 다 알고 있어. 살로메와 무슨 일이 있었지?"

그러자 그는 고통스러운 듯 얼굴을 일그러뜨리며, 나를 바라다 볼 뿐이었습니다. 그의 참담한 모습은 마치 겁에 질린 들짐승 같았습니다.

"아무 말도 하지 말아줘. 날 이대로 가만히 있게 해주겠어?"

"한스! 그렇게 할 수는 없어. 너와 내가 이 집에 손님으로 와 있는 이상, 베르타나 작은아버지에게는 아무 이야기도 하지 않겠어. 그보다는 우리들의 문제야. 너와 나, 살로메 우리 세 사람은 어떻게 되는 거지? 다음에도 그녀와 즐길 셈인가?"

그러자, 그는 대답 대신에 한숨과 깊은 신음을 낼 뿐이었습니다. 나 역시 지금과 같은 기분으로는 어떠한 말도 할 수가 없었습니다. 적당한 시기에 다시 이야기하기로 하겠습니다.

이런 상황에서는 나는 물론, 한스도 어쩔 수가 없었습니다. 나는 커피를 마시겠다는 핑계를 대고 자리를 피했고, 그는 더 자고 싶다며, 나를 경계했습니다.

그때 내 속마음은 낚싯대를 가지고 시원한 물가로 갈 작정이었지만, 내 뜻과는 달리 어느새 산림서 직원들이 살고 있는 사택 부근에 발길이 닿아 있었고, 길옆 풀숲에 누워 습기를 머금은 아침

더위를 잊고 엷은 졸음에 취해 있을 때, 말발굽 소리가 요란히 들리며 살로메가 마차의 뒤에 타고 모습을 나타냈습니다.

그녀는 산림서 직원과 함께 숲길을 달리면서 종달새처럼 아침을 즐기고 있었습니다.

그녀의 마차 옆에 앉아 있는 그 젊은 산림서 직원은 양산을 펼쳐서 살로메를 햇빛으로부터 보호하느라 애쓰고 있었고, 그녀가 채찍을 들어 힘껏 휘두르며 활기차게 웃자, 젊은 직원은 당황한 듯 따라 웃는 것이었습니다.

살로메는 아주 큰 밀짚모자를 맵시 있게 쓰고 있었으며, 화려하나 가벼운 옷을 입고 방학을 맞은 아이들처럼 싱그럽고 행복한 표정을 짓고 있었습니다.

그때 나는 한스의 수심에 찬 얼굴을 떠올리고는, 살로메가 슬퍼하는 그의 모습을 본다면 알 수 없는 위안을 받을 수 있겠다는 막연한 생각을 가져보기도 했습니다.

마차는 나를 지나쳐 앞쪽을 향해 빠르게 사라져 버렸습니다.

나는 그만 집으로 돌아가 뉘우침과 절망감에 사로잡혀 있는 한스를 들여다보는 것이 더 좋을 것이라는 생각과 함께 두려운 마음에 마차를 따라 골짜기 쪽으로 갔습니다.

친구에 대한 동정심에서 그리고 숲속의 정적과 고요, 서늘한 그늘을 찾기 위해서라는 내 나름의 변명이었으나, 사실은 아름답고 매력적인 그녀 때문이라는 것이 더 옳을 것입니다.

그러자, 정말 산모퉁이를 서서히 돌아가는 마차가 보였고, 나는 숭어들이 뛰어노는 시냇가에서 그녀를 만날 수 있을 거라는 기대감에 부풀어 있었습니다.

이미 오랫동안 나는 숲 그늘에 누워있었는데도 대단한 더위를 느꼈고, 마침내는 천천히 걸으면서 얼굴에 흐르는 땀을 닦아냈습니다.

시냇가에 다다랐을 때, 그녀가 눈에 띄지 않아서 조금은 섭섭한 마음으로 그늘에 앉아 쉬면서 머리를 차가운 물 속에 담갔습니다.

그런 후에 조심스럽게 바위 위로 해서 시냇물을 따라 내려갔습니다. 물이 거품을 내며 흐르고 있었고, 나는 살로메를 찾느라고 곁눈질하다가 바위에 넘어지기도 하였습니다.

바로 그때, 살로메는 이끼 낀 통나무 뒤에 놀란 듯이 서 있었는데, 무릎까지 옷을 추켜올린 자세로 서 있는 그녀의 모습을 보고는, 나 역시 놀라 한순간에 숨을 멈추고 그 자리에 우뚝 섰습니다. 그녀의 한 발은 물속의 물거품에 덮여 있었고 이끼 낀 돌을 밟은 다른 한 발은 아주 예쁘게 보였습니다.

"안녕하십니까?"

그녀는 고개를 끄덕였고, 나는 할 수 없이 그녀 옆에서 낚시질을 시작하였습니다. 사실 나는 그녀와 한마디의 이야기도 나누고 싶지 않았고, 더더욱 낚시질은 관심 밖의 일이었습니다.

그러기에는 너무 지쳐 있었고 피로한 나머지 머릿속이 텅 빈 상태로 상황을 판단하기에 어려움이 있어서, 잠자코 흐르는 물에 빈 낚시를 드리우고 있었습니다.

살로메가 그런 내 마음의 동요를 알고 있다는 듯, 은근히 즐거워하고 요염하도록 얼굴을 냉정히 하는 모습을 훔쳐보면서 낚싯대는 그냥 옆에 걸쳐 놓은 채, 그녀에게서 약간 떨어져 이끼로 덮인 바위에 앉아 있었습니다.

나는 그늘에 한가로이 앉아 구름이 떠 있는 물속을 걸어 다니는, 그녀를 바라보았습니다.

그러자 살로메는 멈춰서서 물을 한 움큼 내 쪽으로 뿌리고

"나도 당신 있는 쪽으로 갈까요?"

하고 묻는 것이었습니다.

그런 다음, 그녀는 양말과 구두를 재빨리 신기 시작하더니

"왜 도와주지 않죠?"

하고 다시 말했습니다.

"어울리고 싶지 않아서 그렇습니다."

하고, 내가 대답했습니다.

"왜죠?"

그녀는 미심쩍다는 듯이 순진한 표정을 지으면서 말했습니다.

하지만, 나는 어떤 대답을 해야 좋을지 몰라 잠시 망설였습니다. 이 순간이 나에게는 슬프도록 이상하게 느껴졌고, 그녀와 함께 있는 것조차 전혀 즐겁지 않았습니다.

살로메가 아름답게 느껴질수록, 더욱이 나에게 친절하게 대하면 대할수록, 친구 한스 암슈타인과 사촌 여동생 베르타가 떠오르면서, 우리 모두를 장난감처럼 가지고 놀다가 팽개쳐 버린 듯한, 자기만족을 위해 우리 세 사람을 마음껏 희롱하고 불행하게 만드는, 그녀를 향한 격렬한 분노가 끊임없이 내 가슴 속을 불태

우고 있었습니다.

이제는 그녀에 대한 괴로움과 연민의 정, 고통 같은 것이 내 정열의 불꽃을 식혀 이 어리석은 젊음의 유희를 끝내야 할 시간이 온 것을 깨닫게 되었습니다.

"댁까지 바래다 드릴까요?"

내가 조금 냉정하게 말했습니다.

"난 조금 더 있고 싶은데, 당신은 어때요?"

그녀는 웃음 띤 얼굴로 말했습니다. 그 웃음 속에는, 아직도 야릇한 여운이 감돌고 있었습니다.

"아니, 가는 게 좋을 듯해서요."

"그렇다면, 날 혼자 여기에 남겨두고 가시겠다는 건가요? 거기 앉아서 이야기하면 좋을 텐데요. 당신은 나와 함께 오래 있기를 좋아하시잖아요?"

"살로메 양, 오늘은 매우 친절하시군요. 하지만, 난 가야 합니다. 당신은 나보다도 상대할 남자가 더 많이 있을 테니까요."

나는 일어서면서, 조금은 냉정한 마음으로 말했습니다.

그러자 그녀는 밝은 웃음을 가득 머금고

"그럼, 안녕히!"

하고 즐거운 듯이 말하였습니다.

그리하여 나는 얻어맞은 듯한 기분으로 재빨리 그곳을 떠났습니다.

집으로 돌아왔을 때, 한스가 기다리고 있었다는 듯이 나를 보자 자기 방으로 데리고 가는 것이었습니다. 그가 들려주는 이야기라는 것은, 모두가 명백하고 이해할 만한 내용이었지만, 나를 혼란 속으로 몰아넣었습니다.

이제 그는 사촌 여동생의 불행 따위는 문제 삼지 않을 정도로 완전히 살로메에게 사로잡혀 있었습니다. 더 이상 이 집에 손님의 자격으로 머물고 있을 수 없음을 알고, 오후에는 떠나야겠다고 말했습니다.

나는 모든 것을 이해할 수 있었고, 아무런 반대할 조건도 없었습니다. 다만 떠나기 전에 베르타에게 모든 것을 솔직하게 털어놓고 말할 것을 약속받았습니다.

그러나 무엇보다도 중요한 일은 한스가 성격상 불분명한 것을 싫어하기 때문에, 곧 살로메와 확실한 약속을 한 다음, 그녀의 양아버지로부터 승낙을 받아두려고 한 것입니다.

왜냐하면, 그는 더 이상 이런 상태로 삼촌 댁을 방문할 수 없었기 때문입니다.

나는 좀 더 인내심을 갖고 기다리도록 그를 설득하였으나, 아무 소용이 없었습니다. 그때 그는 흥분해 있어서 무분별했고 예민한 명예심 때문에, 더욱 그러한 것같이 느껴졌습니다.

그리 유쾌하다거나, 결코 명예롭지 못한 이 복잡한 사건에서, 어떻게든 승리자로 보여서 순수하지 못한 애정을 자신이나, 다른 사람들에게 정당하게 보이기 위한 행동에서 비롯된 것이라는 추측을, 나는 나중에야 알게 되었습니다.

나는 그의 기분을 바꾸어 주려고 무척 노력도 해보았습니다. 심지어는 사랑하는 살로메를 비방하면서, 그에 대한 그녀의 애정은 순수한 것이 아니라, 사랑을 하나의 유회로 작은 질투에 불과하다는 것을 암시해 주었습니다.

하지만, 헛수고였습니다. 끝내 그는 내 말의 뜻을 멀리했고 함께 산림서 소장의 집으로 가자고 졸라대는 것이었습니다.

어느새 외출할 준비까지 하고 있어 정말 놀라지 않을 수 없었습니다.

그때, 나의 감정은 어떻게 표현할 수 없을 정도로 야릇함을 느꼈습니다. 나 스스로 그렇게 여러 학기 동안 달려와 사랑했던 보람도 없이, 친구가 그 처녀에게 구혼하는 것을 도와주어야만 했으니 말입니다.

물론 싸울 일도 아니었지만, 내가 양보하기로 결심하고 고통받는 만큼 친구를 도와주겠다는 결심을 하자, 마음은 조금 안정과 위로를 받을 수 있었습니다.

한스는 무슨 대항할 수 없는 악마에게 사로잡힌 듯이 정열적이고 활력으로 넘쳤습니다.

나 역시 검은 외투를 입고 한스와 같이 산림서 소장의 집으로 갔습니다.

우리는 둘 다 괴로움에 사로잡혀 있었고, 한낮이라 날씨는 팽창한 공기로 무더웠고 단추를 단정히 잠근 예복 사이로 바람 한 점 들어오지 않았습니다.

내가 맡은 일은 한스가 살로메와 단둘이 이야기할 틈을 갖도록 산림서 소장 옆에 달라붙어, 그의 관심을 다른 곳으로 돌리게 하는 일이었습니다.

하녀는 우리 두 사람을 훌륭한 거실로 안내했고, 산림서 소장과 살로메가 함께 들어왔습니다. 곧 나는 노인을 따라 옆방으로 가서 엽총을 구경시켜 달라고 했습니다. 그러는 사이 한스와 살로메는 단둘이 거실에 그대로 남아 있었습니다.

산림서 소장은 교양이 있어 보였고 조용한 태도로 나를 친절하게 대해 주었습니다. 난 엽총에 꽤 관심이 있는 듯 애써 자세히 관찰하는 모습을 보였으나, 사실은 끊임없이 옆방에 정신을 집중하고 있었고, 거기서 들려오는 것들이 이상하게 나를 흥분시켰기 때문에 마음이 편치 않았습니다.

처음에는 조용한 속삭임이 이어지더니 갑자기 큰 소리가 들려왔는데, 나는 그것을 감추기 위해 연극을 꾸며 큰소리로 산림서 소장에게 말했으나, 우리 둘이 동시에 들을 수 있을 정도로 흥분한, 한스 암슈타인의 격정 어린 목소리가 고함치듯 들려왔기 때문에, 모든 것이 탄로되었습니다.

"무슨 일인가?"

하고 산림서 소장이 말하며 문을 힘껏 열었습니다.

거실에는 살로메가 서성거리며 서 있다가 말했습니다.

"아버지, 암슈타인 씨가 청혼했어요. 하지만 제가 거절했더니……."

하고 그녀가 침착하게 말하는 것이었습니다.

이미 한스는 이성을 잃은 것처럼 보였습니다.

"넌 부끄러움도 모르는 여자란 말이냐. 날 강제로 다른 사람에게서 빼앗고는…… 이제…… 뭐……."

그러자 산림서 소장은 그의 말을 도중에 중단시키고 냉정하면서도, 그리고 좀 거만스럽게 진상을 밝히라고 요구했습니다.

그러자 한스는 잠시 침묵하고 있다가, 겨우 진정하며 분노와 흥분 때문에 숨이 찬 목소리로 그동안 두 사람의 관계를 말하기 시작했으나, 곧 말의 순서가 뒤바뀌고 너무 감정에 치우친 나머지, 그나마 중단하고 말았습니다. 할 수 없이 내가 나서야겠다는 생각이 들었고, 마침내 일을 완전히 망쳐버리고 말았습니다.

나는 산림서 소장에게 진심으로 양해를 구하고, 내가 아는 두 사람의 관계를 모두 말해 주었습니다.

살로메가 먼저 내 친구를 유혹했고, 내가 밤에 목격한 사실까지 숨김없이 털어놓았습니다.

그러자 노인은 애써 마음을 진정시키는 듯 두 눈을 감고 시종 괴로운 표정으로 듣고 있을 뿐 아무 말도 하지 않았습니다. 5분쯤 후에 우리는 다시 거실로 나왔는데, 한스만 혼자 앉아 있었습니다.

"자네 친구로부터, 우리 딸이 호의를 보였다는 별로 유쾌하지 못한 이야기를 들었네. 하지만, 살로메는 아직 어린아이라는 걸 잊지 말게."

하고 산림서 소장은 애써 태연하게 말했습니다.

"아직 아이일세. 철모르는 아이 말이야! 내일 다시 이야기하는 것이 어떻겠소?"

이렇게 말하며 그는 당당한 모습으로 우리 두 사람의 곁을 떠났고, 우리는 그만 기가 죽어 말없이 삼촌 댁으로 돌아오고 말았습니다.

돌아오는 도중 갑자기 폭우가 쏟아져 깊은 우울감에 빠져 있는데도 불구하고 예복을 버리지 않으려고 서둘러 개처럼 빗속을 뛰어갔습니다.

점심 식사 때 삼촌은 매우 명랑한 기분이었으나, 우리 세 젊은이는 음식을 먹는 둥 마는 둥 이야기할 기분마저 잃고 말없이 앉아 있었습니다.

베르타는 한스가 그녀에게서 소외당하고 있다는 사실을 느꼈고, 슬픈 시선으로 나와 그를 번갈아 바라보았습니다.

어색한 식사가 끝나자, 우리는 담배를 피우며 발코니에 앉아 어디서인가 들려오는 천둥소리를 듣고 있었습니다.

굵은 빗방울이 떨어질 때마다 땅에서는 폭발하듯 먼지가 일어났고, 초원과 정원은 안개로 덮였으며 젖은 공기와 풀냄새로 가득 차 있었습니다.

나는 한스와 더 이상 하고 싶은 말이 없었습니다. 아니 그와 대화를 나눌 가치를 느끼지 않았다고 하는 편이 더 옳을 겁니다.

분노와 고통이 그에게서 혐오감을 느끼게 했고, 그를 바라보면 살로메와 그림자처럼 붙어서 정원을 떠나던, 어젯밤의 일이 너무나 생생하게 떠올라, 오히려 나는 수치심에 떨었습니다.

나는 그날 밤의 모험을 야비하게 친구를 위한다는 구실로 산림서 소장에게 고해바친 데 대해 나 자신을 비난했고, 한 여자를 맹목적으로 사랑한 나머지 그로 하여 당하는 괴로움이, 어떤 것인가를 뼈저리게 체험했습니다.

지금은 비록, 내가 그 여자를 포기했고, 다시는 소유하고 싶지 않은 여자이긴 하지만 말입니다.

그때 발코니 문이 열리면서 비에 젖은 검은 형체가 들어왔습니다. 비옷을 벗자, 그게 아름다운 살로메라는 것을 알고 놀라지 않을 수 없었습니다. 그녀가 무슨 말인가 하려고 하자, 나는 그녀가 방금 들어온 그 문을 통해 나와버렸습니다.

거실에는 베르타가 혼자 근심에 싸여 뜨개질하고 있었습니다. 순간적으로 버림받은 여자에 대한 동정심에, 나는 알 수 없는 분노를 느꼈습니다.

"베르타! 지금 살로메가 한스 암슈타인과 함께 있어."
하고, 그녀에게 알려주었습니다.

베르타는 하던 일감을 밀어놓자, 얼굴이 창백해졌습니다. 그러자 경련이 이는 듯한 얼굴에 곧 울음을 터뜨릴 것 같았으나, 그녀는 입술을 깨문 채 움직이지 않고 한 자리에 서 있었습니다.

"가봐야겠어요."
하고 분명한 어조로 말하며, 그녀는 밖으로 나갔습니다.

나는 그녀가 조금도 당황하는 빛이 없는 의연한 몸가짐으로 발코니 문을 여닫는 것을 바라보고 있었습니다.

한동안 그 자리에 선 채 발코니에서, 무슨 일이 벌어지고 있을까 상상해 보았습니다.

하지만, 내가 관여할 일이 아니라는 사실을 깨닫고, 나는 곧 방으로 올라가 긴 의자에 누워 담배를 피우며 빗소리에 귀를 기울였습니다.

그러고는 지금 저 세 사람 사이에 어떤 일이 일어나고 있을까 상상하며 사촌 동생이 가련하다고 생각했습니다.

어느새 비는 그치고 다시 땅바닥이 메말라 가고 있었습니다. 다시 거실로 올라가 보니 베르타가 식탁을 정리하고 있었습니다.

"살로메는 갔어?"

하고 내가 물었습니다.

"네, 벌써 갔어요. 그동안 어디 있었어요?"

"잤어. 그런데 한스는 지금 어디 있지?"

"나갔어요."

"그래, 셋이 뭘 했지?"

"그 얘기라면 그만둬요."

나는 끈질기게 졸라댔고, 마침내 그녀는 이야기하지 않을 수 없었습니다.

그녀는 조용하고 나지막한 음성으로 말하면서, 조금도 동요하지 않는 얼굴로 날 쳐다보았습니다. 성품이 온화한 여동생은 내가 생각한 것보다 더 용기 있었고, 우리 남자들보다도 더욱 대담하였습니다.

베르타가 발코니로 갔을 때, 한스는 의기양양한 자세로 서 있는 살로메 앞에 무릎을 꿇고 있었답니다. 그때 베르타는 처참한 패배감을 느끼며 자제하였습니다.

결국에는 암슈타인을 일으켜 세우고 그로부터 해명을 요구했습니다. 그러자 그는 모든 것을 털어놓았고, 살로메는 옆에서 재미있다는 표정으로 이따금 웃기까지 했다는 것이었습니다.

그가 이야기를 마쳤을 때, 베르타는 어떠한 대답도 할 수 없었고, 두 사람 사이에는 어색한 침묵만이 모든 것을 대변해 주고 있었습니다. 살로메가 가려고 외투를 입을 때까지 침묵이 이어졌습니다.

"기다려요."

이윽고 베르타가 침묵을 깨며 말했습니다.

"저 여자가 당신을 유혹했으니, 이제 당신은 저 여자 거예요. 모든 것이 끝났어요."

하고, 베르타가 한스에게 말했습니다.

그러자 살로메가 무엇인가 이야기하려는 듯했으나, 그녀는 흥분해 있었던 탓으로 알아듣지 못했습니다.

"무엇인가 나쁜 말이었을 거예요. 인정 없는 여자니까요."

하고, 베르타가 말했습니다.

마침내 그녀가 밖으로 나가려고 문 쪽으로 다가갔을 때, 아무도 말리지 않았고 혼자 계단을 내려갔습니다. 그러자 한스는 불쌍한 베르타에게 용서를 빌었습니다.

결국 그는 오늘 떠날 것이고, 그녀는 그를 잊어야 했으며, 한스는 동생에게 자기 자신을 가치가 없는 사람이라고 말하고는 밖으로 나가버렸다는 것이었습니다.

베르타가 나에게 이런 말을 했을 때, 나는 위로의 말을 찾으려고 했으나, 그녀는 반쯤 덮인 식탁에 엎드려 격렬히 흐느껴 우는 것이었습니다.

그녀는 더 이상 아무 말도 못 하게 했고, 나는 옆에서 그녀가 울음을 멈추길 기다리는 수밖에 없었습니다.

"가세요, 오빠도 어서 가란 말이에요."

하고 그녀가 외치듯 말해, 나는 할 수 없이 밖으로 나왔습니다.

한스가 저녁 식사 때도 모습을 나타내지 않고 밤에도 돌아오지 않았으나, 나는 그리 놀라지 않았습니다.

어쩌면 그는 이미 이곳을 떠났을 것이고, 가방이 그대로 있었지만, 나중에 보내 달라는 편지를 할 것이라고 대수롭지 않게 생각했습니다.

이러한 도피가 유쾌한 행동은 아니었으나 이해 못 할 것도 아니었습니다. 무엇보다도 난처한 것은, 이제 내가 삼촌에게 지금까지의 괴로운 사실을 알리는 일뿐이었습니다.

하늘과 땅을 한꺼번에 무너뜨려 버릴 듯 번개가 때리고 있어 난 일찍이 방으로 올라갔습니다. 지루하고 고통스러운 하루였습니다.

다음 날 아침, 바로 집 앞에서 들려오는 떠들썩한 소리에 나는 잠에서 깨어났습니다. 아직 회색 어둠이 남아 있는 새벽 다섯 시였습니다.

초인종 소리가 빠르게 울렸습니다. 나는 황급히 바지를 입고 밖으로 뛰쳐나갔습니다.

바로 문 앞, 한스 암슈타인이 소나무 가리로 만든 들것 위에 회색 털로 된 야외복을 입은 채 누워있었습니다.

산림서 직원이 그를 발견하고 세 명의 나무꾼이 그를 들것에 들고 왔다는 것이었습니다. 물론 마을 사람들이 몇 명 더 있었습니다.

내가 더 이상 어떠한 말도 할 수가 없다는 사실을, 여러분들도 이해하시길 바랍니다.

이제 나의 이야기는 모두 끝났습니다.

오늘날에는 학생의 자살 사건이 별다른 의미를 주지 못할 만큼 그 빈도가 높지만, 그 당시 우리 젊은이들은 삶과 죽음에 대한 경외감을 가지고 있었고, 그를 알고 있는 사람들은 오랫동안 잊지 않고 많은 이야기를 했습니다.

물론 나 역시 그 경솔하고 철없는 살로메를, 지금까지 용서치 않고 있습니다.

그 일로 다소 충격을 받은 그녀도 깊이 참회를 한 것은 사실입니다. 그 당시에는 생각이 좀 모자라는 듯싶었으나, 그녀에게도 생을 진지하게 받아들여야 할 시기가 있었습니다.

누구나 다 그렇듯 그녀 역시, 결코 쉬운 인생의 길을 걷는 것은 아니었습니다. 그렇다고 노년에 들어선 것은 아니었지만.

그건 먼 훗날 또 하나의 이야기로 우리의 기억에 남을 것입니다. 그러나 오늘은 여기서 그만 이야기를 끝내는 것이 좋을 듯싶습니다.

그런 뜻에서 우리 술 한 잔 더 유쾌히 마셨으면 합니다. 자, 그럼, 어떻게 하시겠습니까?

루트 벵거(Ruth Eenger). 헤세의 두 번째 부인. 1924년 1월에 결혼. 20세 연하임.

〈나르치스와 골드문트〉를 쓸 무렵의 헤세.

카사 카무치. 펜과 잉크로 그린 헤세의 스케치.

사랑의 방랑자

이 근처에서 잠시 이별하기로 하자. 이제 얼마 동안은 이런 마을의 모습을 볼 수 없게 될 것이다.

왜냐하면, 어느덧 국경인 알프스산이 가까워졌고, 조국의 목가적인 풍경이나 향수 어린 모국어, 그리고 대륙풍의 북방 건축물도 추억처럼 뒤에 남겨 놓지 않으면 안 되었기 때문이다.

국경을 넘는다는 것은 얼마나 행복하고 멋진 일인가! 유목민이 농민보다 조금은 원시적인 것처럼 방랑자 역시, 여러 면에서 원시인에 가깝다.

그렇지만 가정을 꾸리고 안주하고 싶은 안락함을 극복하고, 미지의 삶을 꿈꾸면서 무수히 국경선을 넘나드는 방랑의 길은 한 인간으로서, 내일의 또 다른 발견을 하는 찬란함을 향유할 수 있어 길을 떠나고, 다시 귀향하는 것이다.

먼 여정에서 돌아와 맑은 빛으로 반짝이는 은빛 해안에 닻을 내리는 배의 모습은 얼마나 아름다울까?

가령, 나처럼 국경이라는 것을 아주 무시해 버리는 무정부주의

자와 같은 사람이 곳곳에 있다면, 아마도 전쟁이나 침략, 봉쇄와 같은 극단적이고 무모한 행동은 하지 않을 것이다.

사실 국경만큼 저주스러운 것도, 국경만큼 어리석은 것도 없다. 국경은 잔혹한 무기나 침략군의 장군과 다를 바가 없다.

이성이나 인간적인 감정, 그리고 평화가 이 세상을 봄날의 햇볕처럼 지배하고 있는 한, 인간은 광포한 전쟁을 잊어버릴 수 있고, 그것을 무시한 채 웃어넘길 수도 있다.

하지만, 일단 전쟁이나 그 무자비한 광기가 폭발하면 국경은 곧 중대하고 절대적인 것이 된다. 전쟁 중의 국경은 우리와 같은 방랑자에게는 감옥이나 고문과 같은 고통을 주었다.

이제 나는 조국에서 마지막으로 보게 될 이 낡은 집을 노트에 스케치해 두기로 마음먹었다.

그리고 나의 시선은 고풍스러운 지붕과 기둥, 나아가서는 사랑하는 것들, 다시 말해서 고향을 생각나게 하는 것들과, 잠시 이별을 나누어야 했다.

이것이 진정 이별이라고 한다면, 나는 더한층 애정을 갖고 고향을 그리워하게 하는 모든 것과, 다시 사랑을 나누고 싶다.

아마도 내일이면 국경을 넘어 다른 곳에서, 이국적인 지붕과 낯선 집을 바라보면서 사랑하게 될 것이다. 사랑의 글로 표현하는 것처럼, 내 마음을 이곳에 묻고 다시는 방랑의 길을 떠나지 않으리라고 결심할 것이다.

아! 나는 이 세상 어느 곳에 있던지 내 마음과 함께 있으리라.

나는 꿈꾸며 방황하는 나그네이다. 나의 사랑을, 이 세상 어느 한 곳에만 연연하여 남겨두는 것을 대단한 것이라고 여기지 않는다. 또한 나는 우리들이 집착하며 사랑하는 것은, 하나의 덧없는 꿈과 같다고 생각한다.

봄볕과 함께 오는 나른함, 푸른 산을 되돌아오는 메아리의 공허함처럼, 우리들의 사랑도 결국은 침체하여 그 모습과 빛깔이 변모할 때, 우리에게는 사랑이 의심스러운 것으로 남게 된다.

사랑스러운 이 땅의 농부여, 안녕! 유산자와 위대한 안주자, 그리고 성실한 자와 유덕한 자에게도 이별을 고하기로 하자.

나는 그들을 사랑할 수도 있고, 존경하고 부러워할 수도 있다. 하지만, 나는 그들을 본받으려다가, 나의 반생을 물결처럼 덧없이 흘려보냈다.

또한 나는 나에게 어울리지 않는, 그런 사람이 되려고 헛된 노력을 하기도 했다. 나는 시인이 되기를 갈망하면서 선량한 시민으로 살아가기를 원했다.

나는 훌륭한 예술가로서 꿈꾸며 사는 사람이 되기를 원하면서도, 유덕자|遺德者 : 죽은 사람이 남긴 덕|로 고향에 남아 전원생활을 즐기려고 했다. 그와 같은 생각은 오랫동안 계속되었다.

인간이란 동시에 두 개의 존재로 있을 수 없으며, 두 개의 존재로 살아갈 수도 없다는 것, 나는 유목민이며, 결코 농부가 아니라는 것, 꿈꾸며 방황하는 방랑자이며, 소유하고 지키는 생활인이 아니라는 것이다.

그러한 사실을 깨닫게 될 때까지, 나에게는 우상에 지나지 않았던 신과 계율 앞에서, 나는 오랫동안 번민과 고뇌의 나날을 보냈다.

결국 그것은 나의 잘못이고 자학이며, 세계의 불행에 함께 책임져야 할 공범이기도 했다.

나는 이러한 상황에서 나 자신에게 자책의 폭력을 원했고, 그 속에서 구원의 길을 찾아 나설 용기를 가지지 못하기 때문에 고통과 괴로움을 더하게 되었다.

구원의 길은 어디에나 열려 있는 것이 아니었다. 그것은 오로지 자기의 마음으로만 통할 뿐이다. 그리고 거기에 신이, 평화가 안주해 있는 것이다.

습기에 눅은 바람이 검은 산 쪽에서 불어와 내 곁을 지나갔다. 저쪽 푸른 하늘에 떠 있는 구름의 섬들이, 다른 지상의 나라들을 내려다보고 있다.

그 하늘 밑에서 나는 또다시 인간의 행복은 향수라는 고독에 이르는 길을 걷지 않을 것이다. 그렇지만, 나는 깨달았다.

나는 완전하지 않으며, 그렇게 되려고 노력한 적도 없다. 오직 나는 방랑하며 꿈꾸면서 즐거움을 맛보는 것처럼, 나의 향수를 즐길 뿐이다.

이 바람, 내가 꿈꾸며 떠나는 방랑의 길에는 세상의 바람과 산 너머 저쪽 먼 나라의 분수령과 낯선 언어, 처음 보는 산맥, 그리고 이국의 말할 수 없는 내음이 풍기고 있다. 그곳은 알 수 없는 약속으로 빛나고 있다.

잘 있거라, 조국의 아련한 시골의 농가와 풍경이여!

젊은이가 최초로 어머니의 곁을 떠나는 것처럼, 나는 너에게 작별을 고한다. 마치 어머니 곁을 떠나야 할 때는 바로, 지금이라는 것처럼……

그러나 젊은이는 완전히 어머니 곁을 떠날 수 없다는 것을, 나는 다시 분명히 깨달았다.

한없이 뻗어간 작은 길에 바람이 분다. 잔가지 많은 나무와 덤불 곁에 흩어져 있는 것은 돌과 마른 이끼뿐이다.

누구도 이런 곳에서는 아름다움을 찾을 수도 볼 수도 없다. 짐을 나를 수도 없다. 이렇게 높고 험한 곳에서는 건초는 물론, 땔나무조차 구할 수가 없다.

그러나 동경의 먼 세계가 사람들의 마음을 동요시켜 그리움으로 들뜨게 만든다.

그리하여 동경의 그리움은 갈망의 모습으로 변모되어 꿈꾸면서 방랑의 길을 떠나게 하는 것이다. 마침내 그리움은, 이 높은 산정에 바위와 습지와 눈 속을 헤치고, 저쪽의 다른 계곡과 타향의 집들, 서로 다른 언어와 인간만이 통하는 이 고요하고 작은 길을 만든 것이다.

구름이 낮게 떠 있는 고개 위에서 잠시 걸음을 멈춘다. 작은 길은 고개를 중심으로 하여 양쪽으로 아스라하게 뻗어있고, 바로 여기서 시작하여 작은 개울이 길을 따라 양쪽으로 흐르고 있다.

그리고 이 높은 곳에 서 있는 사람만이 두 개의 세계로 통하는 길을 볼 수 있다.

지금 내 구두에 닿아 있는 물웅덩이에서 시작된 작은 시냇물이 북쪽으로 흘러가고 있다. 그 물은 수없이 긴 여정을 거쳐 차가운 바다에 닿을 것이다.

바로 그 옆에 있는 눈구덩이에서 떨어지는 물방울은 남쪽을 향해 줄기를 이루면서 흐르고 있다. 그 물은 아득히 흘러가 아프리카와 경계를 이루는 지그리아나 아도리아 해변까지 닿을 것이다.

그러나 세계의 물은 다시 만나서 빙해와 나일강으로 흐르다가 하늘을 떠 가는 구름 속으로 모습을 감추기도 한다.

이처럼 오랜 시간의 아름다운 우화가 내 사색의 순간을 신성한 것으로 만들어 주기도 한다.

결국 우리와 같은 방랑자에게 길이란 귀향을 의미하는 존재다.

그러나 이 산정의 고갯길에 서 있는 나의 눈은 선택의 자유로 하여, 약간 망설이고 있다. 나는 남과 북을 동시에 바라볼 수 있기 때문이다.

내가 남쪽을 향해 오십 보만 걸어가면, 남쪽만 보게 될 것이다. 그리하여 신비에 싸인 남국의 숨결이 산골짜기마다 가득 차 있고, 나의 심장은 그것을 향해 벅찬 감동으로 발걸음을 빨리하여, 어디에서인가 기다리고 있을 푸른 호수와, 화려한 정원에 대한 예감과 잘 익은 포도와 건초의 향기, 그리고 순례와 로마 원정의 오래된 신성한 이야기들이 전설처럼 서려 있는 곳으로 달려가게 될 것이다.

지금 나의 두 귀에 먼 골짜기로부터 들려오는 종소리처럼 희미하게 남아 있는, 호수와 들꽃 향기에 취해 오후 내내 풀밭에 누워 있던 기억, 슬픈 눈빛을 담은 하늘, 산 너머 북쪽 먼 고향으로 띄워본 석양의 그리움, 그리고 스산한 바람 속에 서 있는 신성한 옛 건물 앞에서 올린, 최초의 기도와 짙은 갈색 바위 너머로 보이는 포말이 이는 바다를, 처음으로 보았을 때의 꿈같은 환희가 깃들어 있었다.

그러나 이제는 그런 흥분조차 어디로인가 멀리 사라졌다. 아름다운 이국에 대한 사랑스러운 감정마저 멀리 떠나버린 텅 빈 가슴에, 어느덧 봄은 지나고 우기의 계절이 이어지고 있을 뿐이다.

끊임없이 들려오는 먼 지방에 대한 유혹의 속삭임도, 이제는 아무런 감동을 주지 못한다.

내 가슴에 전해 오는 그 반향은 더욱 고요할 뿐이다. 나는 하늘에다 기쁨의 모자를 벗어 던지지 못한다. 그리고 어떠한 노래도 부를 수가 없다.

하지만, 나는 미소를 짓는다. 입뿐만 아니라 영혼으로, 눈으로, 온몸으로 웃음 짓는다. 그리고 이곳까지 풍겨오는 그 다정한 흙내음에, 옛날과는 달리 세심하고 고요하게 날카로우면서 원숙하게 더한층 감사한 마음을 바친다.

그 모든 것이, 지금은 옛날보다도 더 가깝게 내 소유가 되고 더 미덥도록 부유하게 넘치도록 의미를 지닌 채 나에게 말한다.

나의 동경은 들뜨고 혼미하지만, 영혼은 저 먼 곳에 꿈의 색깔을 칠하지 않는다. 오직 나의 맑은 눈은, 지금 있는 것으로 만족할 뿐이다.

이제 세상은 옛날보다 더 아름다운 모습으로 바뀌어 가고 있다. 참으로 세상은 너무나 아름다워졌다. 하지만 나는 고독하다. 그러나 고독한 것을 슬퍼하지는 않는다.

지금의 나는, 나 자신이 다른 나이기를 바라지 않는다. 언제나 태양처럼 불타오를 자신이 있다. 오직 성숙해지길 원할 뿐이다.

또한 나는 죽음을 기쁘게 받아들일 용기가 있고, 다시 태어나고 싶은 욕망도 있다. 세상이 더욱 아름다워졌음을 절감한다.

나는 남쪽에 기다리듯 자리 잡은 최초의 마을, 여기서부터 나의 방랑 생활을 시작한다.

목적지도 없고, 꼭 찾아야 할 사람도 없는 시간이 정지된 거울 속을 걸어가는 것 같은 방랑, 거기서 때때로 맛보게 될 한낮의 휴식, 해방된 시간과 나날이 있을 뿐이다.

나는 배낭 속에 들어 있는 낡은 바지를 꺼내 입을 때 한없는 기쁨을 느낀다.

또한 처음 만난 주점에서 밖으로 술을 가지고 나오는 동안, 나는 문득 한 편의 시나 그림보다도 더 아름다운 전원교향곡을 연주하던, 이탈리아 음악가 브즈니(1866~1924)의 환상을 잠시 생각한다.

"자넨 너무나 촌스러워 보이는군."

하고 약간 비꼬는 투로 그가 말하면, 그를 좋아하는 내 마음에는 아무런 동요도 일어나지 않는다.

그것은 우리 두 사람 사이의 마지막, 아직은 그렇게까지 되어 있지는 않았지만, 스위스 취리히에서 만났을 때의 일이었다.

그때 그는 마하라의 교향악을 지휘하고 있었는데, 어느 날 우리 두 사람은 자주 가는 레스토랑에서 마주 앉았다.

나는 브즈니의 창백한 유령 같은 얼굴과 오늘날까지도 우리가 가지고 있는 가장 빛나는 반속물주의자의 마음을 확인하고는, 다시 유쾌해졌다.

그렇지만 어째서 그런 것을 생각하게 되었을까?

아! 나는 깨달을 수 있었다. 내가 생각한 것은 그 사람 브즈니가 아니었다.

또한 투명하도록 선명한 추억이 깃든 취리히도 아니며, 열정의 마하라의 교향곡도 아니었다. 그것은 기억이 무언가 귀찮은 것에 방해받았을 때 일으키는 착각과 같은 것이었다.

그런 경우는 가끔 무방비 상태의 형상이 하나의 원경처럼 떠오르는 것이다.

그렇다. 이제야 모든 것이 확실해졌다. 그 레스토랑에서 말을 건네지는 않았지만, 우리 두 사람 외에 밝은 블론디 머리를 하고, 뺨이 무척 붉은 젊은 여자가 앉아 있었다.

천사와 같은 모습을 한 여자여서, 이 여자를 쳐다보고 있는 것은 아름다운 기쁨이기도 했고, 동시에 절망감을 느끼게 하는 고통이기도 했다.

그동안 나는 얼마나 그 여자를 사랑했던가!

나는 또 한 번 열여덟 살의 격정에 휩싸인 젊은이로 되돌아간 것이다. 갑자기 모든 것을 깨달을 수 있었다.

아름답고 밝은 금발의 유쾌한 여자여, 그대의 이름을 뭐라고 했던가. 이제 나는 기억할 수가 없다.

그러나 나는 오랫동안 그녀를 사랑하는 마음으로 꿈꾸었으며, 그리고 이 산촌 작은 길을 걸어가면서, 그녀를 생각하고 있었다.

누구도 그녀를 나처럼 사랑하는 사람은 없을 것이다. 누구 하나 나처럼 많은 힘을, 절대적인 힘을 인정한 사람도 없을 것이다. 그러나 나는 불성실한 사람이란 선고를 받았다.

우리 대다수의 방랑자는 거의 비슷한 성격의 소유자들이다. 또한 방랑하는 버릇이나 방랑 생활 대부분을 연애며 여자에 탐닉하는 습성이 있다. 여행에서 로맨틱한 감정의 절반은 모험에 거는 기대에 불과하다.

또한 우리 방랑자는 사랑의 실현이 불가능하면 할수록, 그것에 더욱 연연해하고, 처음에는 사랑의 상대로 여성에게 집착하다가는 점차 시골 마을이나, 산, 호수, 한적한 산길을 따라 걷는 아이들, 다리 밑의 거지, 목장의 소, 숲속의 새, 이름 모를 나비에 이르기까지, 세상 모두를 연인으로 생각하는 깊은 마음이 있다.

이렇듯 삶을 방관하는 인생의 나그네이기도 한, 우리 방랑자들에게는 사랑, 그것만으로 충분하다.

목적도 없이 홀연히 떠나는 즐거움, 도상의 즐거움을 찾아 방황하는 것처럼 아름다운 얼굴을 한 청순한 여자여, 나는 너의 이름을 알지 못한다. 너에 대한 사랑에 연연하지도 않는다.

또한 너는 내 사랑의 목적이 아니라, 오히려 사랑의 시작에 불과하다.

나는 이 사랑을 길가 작은 하나의 풀잎에, 술잔에 비치는 달빛에, 교회의 둥근 붉은 지붕에까지, 모두 주고 싶다.

이 세상에서 내가 황홀하도록 열정으로 들떠 있는 것은, 모두 이러한 유혹 때문이다.

아! 나는 어리석은 말을 하지 않으면 안 된다.

어젯밤, 나는 산밑의 오두막집에서 그 금발의 여자를 꿈속에서 만났다. 결국 나는 바보처럼 순간 반해 버렸다.

만일 그 여자가 내 곁에 있어 준다면, 내 생애의 나머지를, 방랑에서 얻은 즐거움을 그녀를 위해 바칠 것이다.

또한 오늘 하루 내내 그 여자를 생각하며 지내고, 그 여자 때문에 포도주를 마시고 빵을 먹어야 했다.

또한 마을과 탑을 노트에 스케치하고, 그 여자 때문에 신에게 감사해야 하며, 이 세상에 그 여자가 살아 있는 동안, 내가 그 여자를 만났다는 사실을, 또 그 여자 때문에 한 편의 시를 쓰고 붉은 포도주에 취하고 싶은 것이다.

이렇듯 유쾌한 남쪽 지방에서, 나의 최초 휴식은 산 너머 저쪽 금발의 여자를 연모하는 것으로 끝나고 말았다.

너무나 아름다운 그녀의 입은, 또 얼마나 매력으로 가득 차 있는가!

나무는 언제나 나에게 가장 훌륭한 설교자였다. 그들이 민중이나 가족과 같은 생활을 하면서 숲을 이루고 있을 때, 나는 나무를 존경한다.

하지만 홀로 서 있을 때 한층 더 그를 존경한다. 그러한 것은 고독한 인간을 생각하게 하기 때문이다.

어떤 약점으로 하여 몰래 모습을 감춘 은둔자의 태도와는 달리 베토벤이나 니체처럼 운명을 극복해 가는 사람들 같다.

그들의 가지 사이로 세상의 바람이 스치며 소리를 내고 있지만, 그 뿌리는 무궁한 것 속에서 자기를 잃지 않을 뿐만 아니라, 생명을 다해서 한가지의 목적을 이루어보려고 끊임없이 노력한다.

그들 속에 깃들어 있는 자신의 법칙을 실현하고, 그들 본래의 모습을 완성해서 무엇인가를 나타내려고 한다.

아름답고 건강한 나무처럼 신성하고 역사적인 것은 없다.

하나의 나무가 사람들의 손에 베어져 그 가슴의 아픈 상처를 햇빛에 드러내고 있을 때, 그것은 마치 우리 인간의 무덤 앞에 세운 묘비에서, 그의 삶을 유추할 수 있는 것처럼 연륜과 기형적인 풍우風雨 속에서 온갖 투쟁과 슬픔, 그리고 갖가지 질병과 행복, 풍요로웠던 역사가 정확히 기록되고, 빈곤의 나날과 태풍의 시련을 이겨낸 발자취가 깃들어 있는 것이다.

그래서 충실한 농부의 아들이라면, 견고하고 잘 자란 목재를 확실하게 고르는 방법을 알고 있으며, 제 값어치를 가진 이상적인 나무는 산기슭의 위험이 뒤따른 곳에서 꿋꿋하게 자란다는 것을 알고 있다.

나무는 신성한 것이다. 그들과 대화를 나누고, 그들에게 귀를 기울일 수 있는 자는 진리를 배운다. 그들은 엄격한 교의의 율법을 설교하지 않는다. 그들은 사사로운 문제를 말하지 않고 생의 근본적인 법칙만을 침묵으로 말할 뿐이다.

나무들은 제각기, 이런 말을 자주 한다.

내 속에는 하나의 핵이, 하나의 불꽃이, 하나의 사상을 지닌 완전한 생명이, 영원한 대지의 어머니가 나에게 처음으로 시험해본 생명과 기도는 나뿐이다. 내 모습과 껍질의 모양은 나에게 독특한 것이다.

대나무 가지에 붙어 있는 잎사귀들의 작은 장난도, 내 껍질에 나 있는 아주 작은 상처도, 이 세상을 살아가는 동안 단 한 번뿐이다.

나의 사상은 이 특징적인 유일함 속에서 영원한 것을 형성하고 나타내는 일이라고 말한다.

어떤 나무는 이렇게 말한다.

나의 힘은 신념이다. 나는 나의 조상에 대해서는, 그 어떤 것도 알 수가 없다. 해마다 나에게서 떠나는 몇천의 자식들에 대해서도 아무것도 모른다.

오직 나는 내 근원의 비밀을 끝까지 살아봄으로써 터득할 뿐이다. 그 외에 어떤 것에 관심을 가지는 일조차 없다.

나는 내 안에 신이 존재한다는 것을 믿는다. 나는 나의 임무가 신성하다는 걸 믿고 있다. 이 신념 때문에 삶을 살아가는 것이라고 말한다.

우리들이 고통받으며 슬프게 사는 삶의 길이 어머나 고향으로부터 멀리 떠나는 것이 아닌가 하고 걱정하고 있다. 그러나 그 한 발 한 발, 하루하루가 새롭게 당신을 어머니가 계신 곳으로 인도한다는 사실을 모를 것이다.

여기에 있다든가, 저기에 있다든가 하는 것이 아니다. 그러므로 고향이란, 언제나 내 마음속에 있는 것이다.

저녁 무렵, 바람에 흔들리는 나뭇가지 소리를 듣노라면 방랑의 그리움이, 또다시 나의 마음을 열정으로 설레게 한다. 그러면 나는 조용히 서서 오랫동안 귀를 기울여 그리움에 대한 의미를 생각한다.

그것은 괴로움으로부터 도피하려는 것이 아니라, 고향과 어머니에 대한 기억과 삶의 새로운 모습에 대한 그리움이었다.

그것은 집으로 통하는 귀향이었으며, 세상의 모든 길은 집으로 향하고, 어떠한 일보다도 탄생에 가깝고, 죽음이며, 묘비와 같은 것이다.

어둠 속에서 우리가 불안을 느낄 때, 나무는 소록소록 소리를 내면서 말한다.

나무는 길고 먼 기억을 가지고 있다. 우리들보다 긴 생명을 유지하는 것처럼 숨소리도 내면 깊숙이 가라앉아 있다. 우리가 그들에게 물어보지 않는 한, 나무들은 우리보다 슬기롭다.

그러나 한 번만이라도 그들에게 귀를 기울여 내면의 소리를 듣게 되면, 비로소 우리의 좁은 생각과 작은 일에도 곧잘 감정을 상하는 흥분과 속됨, 어린애와 같은 것들이 얼마나 보잘것없는 행위인가를 깨닫게 된다.

슬프거나 괴로울 때 나무에 귀를 기울이는 것을 배운 사람은 더 이상 나무가 되고 싶다고는 생각하지 않는다.

또한 나 이외의 다른 것이 되고 싶다는 생각도 하지 않는다. 오직 나 자신이 고향이다. 바로 그것이 행복이다.

길은 다리를 지나 시냇물을 건너 폭포 앞까지 뻗어있었다. 지난날, 나는 이 길을 걸어서 간 적이 있다.

그때는 전쟁이 한창이었다. 휴가를 끝내고, 다시 병영으로 돌아가기 위해 길을 떠나 국도와 철로를 달려야 했다.

전쟁과 관청, 휴가와 소집, 빨간 종이와 초록 종이, 각하, 장관, 장군이 무슨 비현실적이고 환상의 세계인가?

그런데도 그것들은 생명이 있고 세계를 조용히 흔드는 힘과 나와 같은 보잘것없는 방랑자이며, 화가畵家를 산밑 오두막집에서 나팔 소리로 끌어내는 힘을 숨기고 있었다.

길은 초원을 지나 포도밭을 가로질러 한없이 뻗어있었다. 그리고 저녁 무렵 어둠이 몰려오면, 다리 아래로 흐르는 작은 시냇물의 흐느끼는 소리가 더욱 아련했다.

그러면 촉촉이 젖은 숲이 한 줄기 바람에 떨었다. 그리고 점점 희미해져 가는 하늘에 싸늘한 빛이 조금씩 모습을 나타낸다.

얼마 있으면 반딧불이 흐르는 계절이 다가올 것이다. 이런 자연에서 나는 작은 돌 하나까지, 모두 사랑하지 않으면 안 된다.

하지만, 이 모든 것은 어떠한 의미도 되지 못했다. 하늘 아래 나직이 굽히고 누워 있는 산과 어두운 숲에 대한, 나의 애정은 모두 하나의 감상에 불과했다.

현실은 내가 생각하는 것과 달리 너무나 많은 상실감을 주었다. 전쟁은 곳곳에서 우리를 괴롭혔고, 장군이나 용감한 병사의 입을 통해서 나팔을 울렸다. 그래서 나는 피난처를 찾아야 했고, 사람들은 제각기 살길을 찾아 뿔뿔이 흩어져야 했다.

이처럼 세상은 점점 어려워져 황폐한 불모의 계절로 변해 갔다. 그러나 내가 여행하는 동안 언제나, 이 다리 밑을 끊임없이 흐느끼며 흐르는 물소리는 내 마음속에서 노래했다.

그리고 싸늘한 저녁 하늘에는 달콤한 피로가 떠돌고, 세상의 모든 것이 유난히 어리석고 장난스럽게 보이기도 했다.

이제 우리는 다시 길을 떠나려고 한다. 저마다 자기의 시냇물을, 들판을 걸어간다.

그리고 옛 세계를, 숲속을, 언덕을 더 고요하고 피로해진 눈으로 바라본다. 또 우리는 땅에 묻힌 친구들을 생각하며, 자기 자신 또한 그렇게 될 수밖에 없다는 사실을 슬퍼할 뿐이다.

그러나 맑은 물은 변함없이 희고 푸르게 갈색의 산에서 흘러내리면서, 옛 노래를 부르고 있다. 숲에는 빛나는 새들로 가득 차 있고, 멀리서 나팔 소리조차 들려오지 않는다.

비상한 시기는 또다시 신비로 넘친 밤과 낮, 아침과 저녁, 정오와 황혼으로 이어져 있고, 세상은 새로운 기대에 부풀어 있다.

이제 우리는 풀밭에 누워 대지에 귀를 기울이거나, 다리 위에서 흐르는 물에 정다운 시선을 던지기도 한다. 또는 오랫동안 맑은 하늘을 올려다보며 위대한 심장의 힘찬 맥박 소리를 듣는다.

그것은 어머니의 음성이었으며, 우리는 그 어머니의 아들이다.

지금 여기서 이별의 길을 떠나야만 했던 지난날의 저녁을 생각해 보면, 어느새 슬픔이 먼 곳에서 들려오는 듯하다.

먼 하늘의 푸른빛과 분홍빛으로 타오르는 아지랑이는 전쟁과 같은 아픔을 모른다.

지금까지의 내 생활은 왜곡되고, 괴롭고 늘 무서운 불안으로 가득 찬 불면의 밤을 선사해 주었으나, 이제는 다시 가을 안개처럼 투명한 대기 속으로 사라져 가려고 한다.

그리하여 어느 날인가, 한 번은 마지막 피로를 느끼며 진정한 평화를 맞이하게 되면, 어머니의 품 안 같은 대지는 기쁨으로 나를 받아들일 것이다.

그것은 마지막이 아니라 재생을 의미한다. 그것은 낡은 것을 벗고 새것을 맞이하는 창조이다.

그때가 오면 나는 다른 모습, 다른 사상을 지니고 이 길을 다시 떠나고, 작은 시냇물 소리에 귀를 기울이고, 저녁 하늘을 우러러 보고 싶어질 것이다.

이토록 아름다운 집 앞을 지나치려면, 누구에게나 동경과 향수의 정을 느끼게 된다.

정숙과 휴식, 서민 생활에 대한 무한한 동경, 훌륭한 침대와 정원에 놓여 있는 의자와 맛있는 요리, 많은 책으로 벽을 가득 채운 서재, 고본, 아련한 담배 연기까지 향수를 느끼게 한다.

철모르는 시절, 우리는 얼마나 신학神學을 저주했던가? 하지만 신학은 신비한 매력으로 가득 찬 학문이 틀림없다.

신학은 총소리와 포연, 고함과 반역, 경멸의 역사와 아무런 관계가 없다. 신학은 깊고 사랑스러우며 성스러운 것들과 지혜와 구제, 천사, 성찬 등으로 표현된다.

나 같은 사람이 이런 집에서 살고, 훌륭한 목사직을 맡고 있다면 신기하다고 할 것이다.

품위 있는 검은 옷을 입고 조용히 걸어 다니고, 정원에 있는 배나무나 생나무 울타리에 애정을 보내면서, 그렇지만 정신적, 비유적으로 사물을 사랑하고, 마을에서 죽어가는 사람을 위로하고, 라틴어로 된 고서를 읽고, 요리하는 사람들을 조용히 타이르고, 일요일에 있을 훌륭한 설교를 생각하며 교회를 향해 돌이 깔린 길을 산뜻한 걸음걸이로 걸어가는 그러한 사람이 될 자질이 나에게도 있을까?

또한 날씨가 좋지 못한 때에는 거실에 난로를 피우고 창가에 서서 어두운 산과 들을 바라보며, 깊은 생각에 잠겨 삶을 관조할 것이다.

그와 반대로 날씨가 좋은 날이면, 정원의 나무를 돌보고 생울타리를 다듬으면서 원근에 떠 있듯, 마주 보이는 회색의 산들이 조금씩 장밋빛으로 밝아지는 변화를 사랑스러운 시선으로 바라볼 것이다.

어느 날 조용한 내 집 앞을 지나가는 나그네들을 깊은 관심을 가지고 살펴볼 것이다. 또한 나의 관심과 사념은 정답고 친절한 시선으로, 그들의 발걸음을 애정 어린 눈으로 좇을 것이다.

왜냐하면 나그네들은 나와 같은 안주자의 안일한 생활보다는 삶을 몸으로 부딪치며 살아가는 이 세상의 성실한 손님으로서 순례자의 길을 걸어가기 때문이다.

나는 오랫동안 목사가 되기를 꿈꾸어 왔다. 잘못하면 이교도의 길을 걷게 될지도 모르는 위험한 신앙의 길을 택하게 될지도 모른다.

어쩌면 어두컴컴한 서재에서 밤마다 독한 술로 우울증을 달래고, 수많은 악마에게 괴로움을 당하거나 고해성사를 하기 위해, 나를 찾아온 처녀와 은밀하게 저지른 죄악에 대한 양심의 가책으로, 밤이면 무서운 꿈에 놀라 깨는 불면의 고통을 당하게 될지도 모른다.

그렇지 않으면 녹색의 정원 문을 꼭 잠그고, 좋은 문지기에게 맡겨둔 채, 내가 해야 할 사무적인 일이나, 세상일에 대해서는 멀리 의식 밖으로 내몰고, 편안한 안락의자에 한가롭게 누워 여송연을 물고, 미친 사람처럼 안일에 빠질지도 모른다.

밤이 되어도 옷을 갈아입을 생각조차 하지 않으며, 아침이 밝아도 그냥 누운 채 뒹구는 나태함, 어쩌면 그런 상태에서 세상의 끝을 맞이하고 싶은 감정을 어떻게 설명할 수 있을까?

이러한 심정과 이와 같은 분위기에서는 절대로, 내가 원하는 목사가 되지 못할 것이 분명하다. 지금 같이 변함없는 사람, 좋은 방랑객으로 남기를 더 열망한다.

그리하여 나는 목사가 되지 못한 채 공상적인 신학자로 남고, 귀족의 생활을 즐기는 미식가가 되고, 적당히 게으름 피우고, 밤 늦도록 포도주잔을 비우고, 젊고 아름다운 여자에게 열을 올리다가 지치면, 시인과 배우가 되어보기도 하고, 때로는 저녁노을이 사그라지는 듯한 가슴 속의 불안과 슬픔으로 하여 상처받게 될 것이다.

그러므로 저 녹색의 문이나 생울타리, 나무들이 있는 화려한 정원, 고요와 평화가 함께 숨 쉬고 있는 목사관을 나그네다운 선망의 시선으로 바라볼 때도, 변함없이 아름다운 것이다.

그것은 내가 꿈꾸는 동경처럼, 길에서 창문 안에 서 있는 조용한 목사님의 모습을 들여다보는 것과, 그가 선망의 눈길로 방랑객을 바라보는 것은 동질의 감정이다.

또한 우리는 삶을 살아가면서, 극히 중요한 몇 가지를 제외하고는 거의 비슷한 본성이 있음을 안다.

혀에서 느끼는 쾌락과, 내 마음속으로 찾아드는 고통 역시 따지고 보면 같은 성질의 것이다.

생명이 움직이는 미묘함을 느끼는 것, 나의 영혼이 움직이고 있고, 무수한 형태로 변화할 수 있는 것, 즉 목사나 나그네의 영혼 속으로 가정부나 살인자, 어린애들이나 동물 속으로, 새들과 나무 속까지도 들어갈 수 있는 것은 절대적인 우리의 본질이다.

우리는 살기 위해, 그것을 요구하고 갈망한다. 만일 그와 같은 갈망의 대상이 없다면, 오히려 죽음을 선택하게 될지도 모른다.

나는 우물 옆에서 목사관을 한 폭의 수채화로 그렸다.

어느 것보다도 내 마음을 가볍게 해주는 녹색, 조금 떨어져 조용히 서 있는 교회 탑도 함께 그렸다. 중요한 것은 내가 15분 동안, 이 집에 머물면서 고향을 발견했다는 사실이다.

길가에서 바라만 보고, 집 안에 있는 사람은 전혀 알지 못하는 이 눈앞의 목사관으로부터 전해 오는 향수, 거기에는 내 어린 시절의 꿈이 있었고, 아름다운 시간이 그대로 머물러 있었다.

나는 아름다운 알프스의 남쪽 산자락에 자리 잡은 축복받은 지방을 다시 볼 때마다, 어느 날 갑자기 추방당했다가 고향에 돌아온 것처럼, 아련한 슬픔과 설레는 감정으로 마음의 깃을 여미지 않을 수 없었다.

지난밤 내내 습기로 젖은 산기슭을 막 솟아오른 태양은, 더욱 정답고 붉은 물감을 서서히 풀어놓고 있었다.

이곳에는 밤과 포도가 충실하게 익어가고, 사람들은 가난하지만, 천성적으로 선량한 마음가짐으로 교양 있는 생활을 하고 있었다.

그들이 만들어 놓은 것은, 마치 천연으로 그렇게 된 것처럼 착실한 모습으로 정답게 보였다.

집이며 벽, 포도원의 돌계단, 경작지, 작은 시냇물의 둑, 물방앗간, 이 모든 것은 새롭지도 낡지도 않았으며, 마치 인공적으로 만들어 축조해 놓은 듯 부자연스러웠으나, 주위 경관을 돋보이게 했다.

포도원의 울타리나 집, 지붕 모두가 갈색의 장석|長石 : 널찍한 돌|으로 만들어져 있고, 주위 경치와 아주 잘 어울려 수채화를 보는 듯했다.

이렇듯 낯설어 보이거나 강압적으로 느껴지는 것은, 하나도 없었다. 모든 것이 친절하고 정답게 보였다.

당신이 나그네라면 담장 옆이나, 바위, 나무뿌리, 풀, 땅 어디에나 앉고 싶은 곳에 자유로이 몸을 맡기면 된다. 그러면 곧 그림과 시詩가 당신을 에워싸고 주변은 아름답고 행복한 모습으로, 당신을 맞이할 것이다.

저쪽에 가난한 농부들이 살고 있는 작은 밭이 숨바꼭질하듯 펼쳐져 있고 그들 선량한 농민들에게는 경작을 대신할 소가 없고, 다만 돼지와 산양, 닭 몇 마리가 있을 뿐이다.

포도와 옥수수 채소를 밭에 가꾸고, 집은 돌로 지어져 있고, 계단은 물론 마루까지도 돌을 깔아놓았다. 돌층계를 밟고 올라가면 뜰 안으로 들어가게 되어 있었는데, 어디에서나 나무와 바위 사이로 파랗게 호수가 보였다.

마치 이곳에 머물고 있으면 사색이나 근심까지도, 모두 눈 덮인 산 너머 저쪽에 있는 것 같은 느낌이 들게 해주었다 귀찮은 사람들과 싫증 나는 사건들 속에서, 우리 인간들은 얼마나 많은 생각 속에 걱정하며 시간을 낭비하는 것일까!

자기 존재의 가치를 발견하는 데 온갖 노력을 기울여야 하고, 행복한 인간으로 살아가기 위해 피나는 삶을 다투지 않으면 안 된다.

그러나 이곳에서는 아무것도 문제가 되지 않았다. 사는 데 대한 변명도 필요 없고, 생각하는 것은 유희일 뿐이다. 누구나 이 세상은 아름답고 인생을 짧다고 느낀다.

인간의 욕망에는 한계가 없다. 나 역시 부질없는 욕망으로 헛되게 나날을 보내며 낭비한 시간이 남루한 연륜으로 과거에 머물러 있는 것이다.

부질없는 소망이지만, 나는 두 눈과 폐 하나를 더 가지고 싶다. 또 나는 내가 거인이었으면 하고 생각하는 때가 있다.

긴 두 다리를 들판의 풀 속에까지 뻗고, 머리는 눈 덮인 알프스의 산양 사이에 놓고, 발가락으로는 깊은 호숫물을 휘젓고 싶다.

또한 손가락 사이로 나무들을 키우고, 머리카락 속에 들장미가 피어나게 하고, 무릎은 앞산이 될 것이다. 내 가슴과 배 위에는 포도원이 생기고 집과 교회가 있는 그런 꿈 말이다.

그런 자세로 나는 만 년 동안이나 누워서 두 눈을 가늘게 뜨고 하늘과 호수를 바라볼 것이다.

내가 재채기하면 뇌우나 천둥소리가 될 것이고, 입김을 불면 눈이 녹아 폭포로 변할 것이다. 또한 내가 죽으면, 이 세상도 소멸할 것이다. 그러면 나는 새로운 태양을 가져오기 위해 대양을 건너간다.

오늘 저녁에는 어디에서 여장을 풀고 쉬어야 할까? 그런 것은 아무래도 상관없다.

지금 세계는 어떻게 된 것일까? 지금은 새로운 신과 새로운 법칙, 새로운 자유가 탄생했을까? 하지만 그것은 나와는 아무런 관계가 없다.

다만, 이 산정에 한 개의 앵초가 꽃 피고, 나뭇잎에 은빛의 솜털이 반짝거리고, 또 마을 입구에 서 있는 포플러 사이로 미풍이 불어오고, 내 눈과 모자 사이를 검은 갈색의 꿀벌이 붕붕 날아다니는—이런 것들은 무의미한 현상이 아니다.

꿀벌은 자연과 함께 행복을 노래하며, 그 소리는 나의 세계사가 되는 것이다.

비가 내릴 듯한 날씨였다. 호수 위로 내려앉은 회색빛 구름이 불안하게 떠돌고 있었다. 나는 주막에서 가까운 호수로 산책을 나섰다.

오늘 저녁만큼은, 나는 아주 멋있게 보내려고 생각 중이다. 어부 내외가 경영하는 작은 주막에서 저녁 식사를 한가롭게 마친 다음, 숙박을 예약해 놓고 호숫가를 거닐다가 적당한 시간이 되면, 달빛을 받으며 수영을 즐기려고 했다.

그러나 며칠 동안 맑은 날이 계속된 것이 탈인지, 날씨가 피로에 지쳤는지 아니면, 과민해진 것인지 불안스럽게도 불쾌한 소낙비를 퍼부었다.

나 역시 이에 못지않게 배반당한 기분으로 굴하지 않고 이 불안의 풍경 속을 산책했다. 아마도 내가 어제저녁에 포도주를 과음했거나, 혹은 불안한 꿈을 꾼 탓일 것이다.

어찌 되었든 간에 아무래도 좋았다. 나 역시 기분이 언짢고 공기는 맥 빠진 듯 흔들리고 우울한 것들이 흐르면서, 세상은 조금씩 빛을 잃어가는 것 같았다.

오늘 저녁 식사 때에는 특별히 신선한 생선을 주문해서 이 지방의 질 좋은 포도주를 마음껏 마셔 보아야겠다고 욕심을 부려 본다. 그러면 세상은 다시 조금씩 빛을 찾게 될 것이다. 그리고 불만의 시간도 인내할 수 있을 것이다.

그런 다음, 나는 주막에서 난롯불을 피워놓고 답답하고 지루한 비를 절대로 바라보지 않을 것이다.

또한 빗소리를 듣지 않기 위해 향기 좋은 여송연을 피워 물고, 보랏빛 연기를 허공에 날리면서 포도주잔을 난롯불에 빨갛게 비춰 보이겠다.

그러노라면, 어느덧 지루한 밤이 가고, 깊은 수면 속에서 밝은 내일을 꿈꾸게 될 것이다.

얕은 호수의 잿빛 수면 위로 굵은 빗방울이 떨어져 잔물결을 일으키고, 젖어 불안에 떨고 있는 나무에 바람이 거세게 몰아치고 있다.

겁에 질린 나무들은, 마치 죽은 생선처럼 납빛으로 변해 있었다. 모두가 제정신이 아니었다.

모든 것은 광막하고 참담했으며, 작은 소리까지도 비정상으로 들려왔고, 색채는 표현할 수 없도록 변색해 가고 있었다.

나는 이 모든 변화를 쉽게 깨달을 수 있었다. 그것은 어젯밤에 마신 포도주 탓만도 아니었고, 잠자리가 나빠서도, 비가 무분별하게 쏟아져서, 그런 것도 아니었다.

그것은 때때로 나를 지배하는 악마가, 내 마음의 거문고 줄을 하나하나 조화되지 않는 음조로 울렸기 때문이다. 즉 불안이 찾아온 탓이다.

어린아이들의 꿈에서 오는 불안, 해결할 수 없는 이야기를 들은 후에나, 학생 시절에 맛보았던 막연한 불안감이 중량을 이기지 못하고, 내 가슴 속을 짓누르고 있기 때문에 우울과 엷은 구토가 반복되는 것인가?

세상은 어째서 이토록 무의미한 것일까? 매일 같은 잠자리에 들고, 또 깨어서도 먹고 살아야 한다는 것이 지겹지 않은가?

도대체 무엇 때문에 생명을 연장해야만 하는가, 순종과 굴종으로 세상을 살아야만 행복한 것인가?

당신은 유랑자나 진정한 예술가는 될 수 없다. 역시 당신은 평범한 시인으로 생활하기를 원하지만, 훌륭하고 건강한 사람이 되기는 어렵다.

또한 당신은 한 잔의 술에 감정이 상하기도 하고 슬픔을 견디어내기도 한다.

한 줄기 빛이나 아름다운 공상을 삶의 한 방편이라고 긍정한다면, 더러운 것이나 구토까지도 긍정해야만 한다.

당신은 하나의 작은 우주와 같은 존재이다.

보석이건, 오물이건, 환락이건, 고통이건, 웃음이건, 죽음의 공포든 간에 긍정적으로 받아들이지 않으면 안 된다.

그 자체가 우리의 삶이기 때문이다.

당신은 절대로 그것에서 도피하거나 외면해서도 안 된다. 또한 속이려 해서도 안 된다.

사실 당신은 용감한 시민도 아니고, 지혜로운 그리스인도 아니다. 조화되지 못하고 자기 자신을 정복할 수 있는 능력의 소유자도 아니다.

다만 당신은 폭풍 속에 떨고 있는 한 마리의 새 같이 가냘픈 존재일 따름이다.

거센 폭풍을 불게 하여, 당신을 휘몰아치게 해보라!

지금까지, 당신의 삶은 많은 것들로부터 속고, 꾐에 빠지고, 꼭 두각시놀이에 연연해 온 것 아닌가!

당신은 현자, 행복한 사람들의 위선과 가면을 쓰고, 결국은 죽음의 길을 향해 곧장 달려온 것이다.

'아! 하나님. 어찌하여 인간은 이토록 모순 속에서 방황해야만 하나요?'

이제 나는 생선을 굽게 하고 포도주를 큰 잔에 가득 부어 마음 껏 마실 것이다. 그리고 마른 연초를 말아 물고, 난롯불에 침을 뱉고, 어머니를 떠올리면서, 지난날 사랑의 슬픔과 격정을 한 방울씩 기억하며 추억의 잔을 마실 것이다.

그런 다음에 피로가 어둠처럼 몰려오면 벽 옆에 놓여 있는 낡은 침대에 하루의 안식을 찾기 위해 그림자처럼 누울 것이다.

비바람 소리를 듣고, 심장의 고동과 새로운 싸움을 시작하고, 죽음을 기원하고 두려운 나머지 잠 속에서까지 신을 찾아 방황할 것이다.

그리하여 불안의 밤이 가고 절망이 지쳐버릴 때까지, 다시 새로운 잠을 찾고, 영원히 깨어날 수 없는 안식의 고요 속에 묻힐 때까지, 새로이 방황하며 순례할 것이다.

내 나이 스무 살 때도, 그러한 불면의 나날이 있었다. 그것은 오늘까지도 계속되고 있으며, 미래에도, 내가 이 세상에 남아 있을 마지막 시간까지 그림자처럼 따라다닐 것이다. 그래도 나는 살아가야 하며, 나의 인생을 사랑하지 않으면 안 된다.

아아! 지금도 폭풍우를 가득 품은 구름이 산기슭에 잿빛으로 걸려 있고, 흐린 햇살이 게으른 빛을 던지고, 나의 머릿속은 온통 미로에 갇혀 있다.

조그마한 차양이 달린 장밋빛처럼 빨간 지붕을 머리에 인 이 예배당은, 너무나도 선량하고 신앙이 두터운 사람들이 은혜로 지었을 것이다.

오늘날 참된 신앙을 가진 사람은 없다고 말한다. 그처럼 음악도, 푸른 하늘도 쉽게 찾아볼 수 없다. 하지만 나는 아직도 신앙심 깊은 사람들이 많이 있다고 믿고 있다.

나도 그러한 신자들의 한 사람이라고 자부하는 까닭이다. 그러나 늘 그랬던 것은 아니다.

신앙에의 길은 사람마다 다르다. 내 신앙의 길은 많은 과실과 고통과 가책, 은둔과 도피의 원시림을 넘어왔다. 영혼의 병이라는 것도 앓아보았다. 하지만 나는 금욕주의자였다.

그래서 나는 후계를 이을 수 없었다. 또한 나는 신앙이 의미하는 건강과 즐거움을 알지 못했다.

신앙이란 다름 아닌 신뢰다.

진정한 신앙은 단순하고 건강하며, 악의 없는 어린아이나 미개인은 신뢰하는 마음을 가지고 있다.

그러나 단순하게 자기 이익을 위해서는 적당히 속임수를 쓰는 우리는 신뢰를, 어느 길옆에 핀 꽃처럼 발견하는 때가 종종 있다.

그러나 그것은 올바른 신앙이 아니다. 무엇보다도 신앙의 첫걸음은 신뢰하는데, 그 지름길이 있는 법이다.

　죄와 악의를 청산한다든가, 금욕이나 헌신을 한다고 해서 신뢰를 얻을 수 있는 것은 아니다. 이와 같은 모든 노력은 나 자신을 위한 신앙의 기초가 될 조건일 뿐이다.

　우리가 믿어야 할 신은, 우리 자신 속에 살고 있다는 것을 알아야 한다. 자기의 삶을 부정적으로 생각하는 사람은 신을 찬양할 수 없다.

　오! 이 나라의 사랑스럽고 정다운 교회들이여, 신자들은 내가 알지도 못하는 말로 기도를 올린다. 그러나 나는 참나무 숲속에서나 풀밭에서 너희들과 똑같은 기도를 올릴 수 있다.

　또한 너희들은 세계 곳곳에서 마치 젊은이의 봄노래처럼 노랗게, 혹은 하얗게, 빨간색으로 피어나기도 한다.

　교회는 저희 안에서만, 모든 기도가 허용되며 신성한 장소로서 신뢰의 대상이 된다고 강요한다.

　그러나 기도란 신성한 것이다. 노래와 같이 구제하는 힘이 있다. 기도는 신뢰이며 확증이다. 진실로 올바른 자세로 기도하는 사람은 자기 자신을 위해서는, 어떠한 것도 원하지 않는다.

　다만 자기의 입장과 곤궁을 말할 뿐이다. 기도란, 마치 어린아이들이 자기의 잘못과 감사를 노래하는 것과 같다.

　피사 교회 안에 걸려 있는 오아시스와 사슴 사이에 그려져 있는 성스러운 은자들의 모습은, 바로 올바른 기도를 표현한 그림이다. 이것이야말로 이 세상에서 가장 아름답고 가치가 있는 그림이라고, 나는 생각하고 있다.

이처럼 훌륭한 화가의 그림에는 나무도 동물도 모두 기도를 올린다. 신앙이 깊은 집안에서 태어난 사람일지라도 이와 같은 기도에 도달할 때까지는, 먼 길을 걸어야 한다.

그는 양심의 지옥을 잘 알고 있으며, 자기가 붕괴하면 죽음의 가시가 된다는 사실도 알고 있다.

또한 그는 모든 종류의 분열과 고통과 절망을 경험하기도 한다. 그리하여 마지막에 이르러서야 가시밭길에서 찾던 자기만의 행복이 얼마나 단순하며 솔직하고 당연한가를 알고 놀라지 않을 수 없을 것이다.

그러므로 가시밭길도 전혀 무익한 것이 아니라는 사실을 깨달을 수 있는 것이다.

다시 고향에 돌아온 사람은 태어날 때부터 고향에서 살던 사람과는 다르다. 그들은 더 깊이 세상을 사랑하고 정의와 공상에 더 자유롭다. 정의란 고향에 머물러 있는 사람들의 덕이기도 하기 때문이다.

또한 그것은 원시인의 것이기도 하다. 하지만 오늘날의 젊은이들은 그 덕을 사용할 줄 모른다. 다만 우리는 하나의 행복, 하나의 사랑, 하나의 덕, 신뢰만을 알고 있을 뿐이다.

오, 교회여! 나는 너에게 소속된 신자들과 단체를 부러워한다. 수백 명의 신자들이 네 안에서 기도하고 고통을 호소한다. 또한 천진한 어린이들이 문을 꽃으로 장식하고 촛불을 켜놓는다.

그러나 멀리 떠돌아다니는 우리의 신앙은 고독하다. 또한 한번쯤 교회를 떠난 옛 신자들은, 우리의 친구가 되려고 하지 않는다. 그리고 세상의 물결은 인간의 섬에서, 멀고 먼 곳으로 흘러가고 있다.

나는 풀밭에서 꽃을 꺾겠다. 그리하여 앵초, 클로버, 장미로 꽃다발을 만들어 교회 안에 가져다 놓겠다.

이제 나는 창가에 앉아 고요한 아침의 경건한 노래를 부른다. 먼지와 땀으로 얼룩진 갈색의 담 위에 내려앉은 파랑 나비 한 마리가 날개를 접는다.

먼 산골짜기에서 가냘프게 기적소리가 들려온다. 풀잎에는 아직도 아침 이슬이 반짝이고 있다.

너의 조그마한 뜰과 포도원에서 남쪽 알프스산의 향기가 풍겨오고 있다. 이곳을 방문할 때마다 네 옆을 지나치곤 했다.

맨 처음 너를 발견했을 무렵, 내 방랑벽은 극에 달해 있었고, 젊음은 온통 불분명한 것으로 가득 차 있었다.

그러나 너를 발견하고는 지난날 잊어버렸던 젊음의 노래를 다시 불러본 것처럼, 나의 마음은 휴식과 위안을 받았다.

그것은 고향을 갖고 싶고, 고요한 마을 한쪽에 푸른 잔디가 깔린 뜰이 있는 조그마한 집을 갖고 싶은 것이다.

동쪽을 향한 작은 방안에 나만을 위한 침대와 남쪽으로 면한 또 다른 방에는 작은 책상이 놓일 것이다.

그리고 그 방안에는 언제인가 여행할 때, 브레시아에서 산 마돈나의 그림도 걸어둘 작정이다.

하루가 아침저녁 사이를 지나가듯, 나의 생활은 여행하고 싶은 충동과 향수의 짙은 그늘 속에서 외로움의 시간을 보낼 뿐이다.

어느 먼 날에는 분명 내 영혼의 여행을 끝내게 될 것이고, 끝없는 여행에 대한 동경도 가을날의 습기 찬 마른 풀잎처럼 퇴색해 갈 것이다.

그리하여 아름다운 꿈도, 숨쉬기 어려웠던 젊은 날의 열정도, 모두 마음속으로만 간직하게 될 것이다.

그때가 되면 푸른 잔디밭이 딸린 빨간 집에 대한 욕망도 사라지고 마음속에는 아름다운 고향이 깃들 것이다.

이런 마음의 고향에 나를 맡기고 안주하게 될 때, 비로소 나의 생활에 중심이 생기게 될 것이고, 그 중심에서 새로운 삶의 힘이 솟아날 것이다.

그러나 지금 나의 생활은 중심이 없고, 때때로 물결처럼 흔들리면서 수많은 극과 극 사이에서 떠돌고 있다.

고향에 머물고 싶은 끊임없는 동경, 여행에 대한 짙은 향수, 고독과 절망에서 벗어나고 싶은 욕망, 사랑에 대한 강렬한 충동……

나는 내 힘과 능력이 허락하는 대로 책과 그림을 수집했다. 그러나 얼마 못 가, 그것을 처분해 버리기도 했다. 때때로 나는 사치와 악덕을 즐거움으로 삼았다.

하지만, 곧 나는 참회하는 마음으로 금욕과 고해의 시간을 보내기도 했다. 또한 나는 생명을 실체로써 존경했다. 동시에 생명을 기능으로 인식하고 사랑하는 삶의 법칙을 스스로 터득하기도 했다.

아, 저기 푸른 숲속에 서 있는 빨간 집이여! 나는 이미 그대를 내 마음속에 가져보았다. 내가 한 번 더 그대에 대한 영상을 품는 것은 죄악이 되리라.

왜냐하면, 나는 무수히 고향을 등진 일이 있기 때문이다.

이제 나는 귀향의 길목에서 한 채의 집을 짓기 위해 벽도 지붕도 측량해 보고, 정원에 작은 길도 만들어 보았으며, 방안의 벽에 내가 제일 좋아하는 그림도 걸어보았다.

그리하여 많은 소망이 내 삶 안에서 이루어지고, 또 이루어졌음을 안다. 나는 오로지 시인이 되려고 했으며, 결국은 시인이 되었다. 또 나는 집을 한 채 갖기를 원했고, 그래서 정원이 있는 집에서 살아가는 중이다.

나는 아내와 자식을 소망한 나머지, 지금 내 곁에는 아내와 자식이 있다. 그리하여 내 모든 욕망은 이내 충족되었다. 하지만 충족이란 불행을 내포하기도 한다.

나는 시 짓기를 의심하게 되었고, 집은 나에게 비좁은 공간으로 변해 간 것이다. 또한 제대로 도착한 목적지도 없었다.

어느 길이나 반환 지점은 있게 마련이고, 휴식은 새로운 동경을 잉태한다.

아직도 나의 삶은 멀고 먼 길을 가야 한다. 또한 충족할 수 없는 현실이, 나를 실망케 할 것이다. 그리하여 언젠가는, 모든 것이 그리움으로 남게 될 것이다.

대립이 없는 곳에 극락이 있다. 나에게는 아직 동경의 그리운 별들이 밝게 불타고 있다.

〈유리알 유희〉를 쓸 무렵의 헤세.

정원에서 포도를 따는 헤세

낙엽을 태우고 있는 헤세

바덴의 온천장. '베리나 호프'. 신경통과 류머티즘 때문에 매년 유황온천
치료를 받았다. 이 호텔은 헤세 만년의 작업장이 되었다.

끝없는 사랑의 노래

양 떼와 함께 목동이
한적한 오솔길로 들어선다.
집들은 잠에 겨운 듯 어둠 속에 잠기고
꾸벅거리고 있다.

나는 이 마을에서, 지금
단 한 사람의 이방인
그리움의 잔을 마지막까지 비운다.

길을 따라 어디로 향하든
부엌에는 언제나 불이 타고 있었다.
그러나, 나만은
고향과 조국을 느껴보지 못했다.

난롯불이 꺼지자, 다리가 시려 와서, 나는 몸을 떨며 추위 속에서 눈을 떴다. 벌써 아침이 되어 옆의 부엌에서 누군가가 불을 때 는지, 나무 타는 소리가 아련히 들려왔다.

이번 가을에 처음으로 목장에 서리가 내린 모양이었다. 나무 침대였기 때문에, 무척 잠자리가 불편하여 잠에서 깨어도 몸 어딘가 불편한 것 같았다.

그러나 잠은 잘 잔 편이었다. 부엌에서 일하는 할머니께 먼저 아침 인사를 받고 세수하고, 어제 너무 바람이 거셌던 탓으로 먼지가 많이 묻은 옷을 솔질까지 했다.

방에서 뜨거운 커피를 마시려는데 밖에서 손님이 들어오며 점잖게 인사하고는 식사 준비가 되어 있는, 나의 테이블로 와서 앉았다. 그는 여행용 가방에서 흔히 볼 수 있는 브랜디를 자기의 잔에 따른 다음, 내게도 권하였다.

"고맙습니다마는……"

하고 나는 망설이면서 말했다.

"술은 조금도 못 합니다."

"정말입니까? 저는 이것이 없으면 우유도 못 마시거든요. 이건 예사로운 일이 아니지요. 물론 사람마다 제각기 결함이 있긴 하지만요."

"천만에요. 그 정도라면 비관할 필요는 없습니다."

"뭐, 저도 비관까지는 하지 않아요. 제 탓이 아니니까요."

그는 혼자 말하고 변명하는 그러한 타입이었다.

어쨌든 그의 첫인상은 부드러웠고, 좀 지나칠 정도로 점잖았으며, 이해심이 깊고 마음이 활달한 것 같았다.

보통 사람들처럼 검소해 보였고, 매우 침착하고 단정한 용모인 편이었으나, 어딘지 모르게 고집스러워 보였다.

그는 나를 주의 깊게 바라보더니, 내가 짧은 바지를 입은 것을 보고는 자전거로 왔느냐고 물었다.

"아닙니다. 걸어왔습니다."

"아, 네! 도보로 여행하시는군요. 시간만 있다면, 그런 스포츠는 매우 유익한 것이지요."

"쓸만한 목재는 사셨습니까?"

"네, 조금…… 집에 쓰려고요."

"저는 목재상을 경영하시는 분이 아닌가 생각했습니다."

"잘못 보셨습니다. 저는 옷감 장수입니다. 작은 포목점을 하고 있습니다."

나는 커피와 함께 버터를 바른 빵을 아침으로 먹었다. 그가 버터 덩어리를 가져갈 때, 나는 그의 잘생긴 섬세한 손에 눈길을 주었다.

그는 일겐베르그까지의 여정을 여섯 시간으로 잡고 있었다. 또 그는 마차를 가지고 왔다며 동행하자고 친절히 권하였으나, 나는 그의 친절을 거절하지 않으면 안 되었다. 나는 그에게 도보여행의 목적을 말하고 변명까지 늘어놓았다.

그리고 나서 여인숙 여주인을 불러 숙박료를 계산하고는 먹다남은 빵을 가방에 챙겨 넣은 다음, 상인에게 작별 인사를 했다. 그리고는 층계를 내려와 돌을 깐 현관을 지나 찬 서리에 젖은 아침 속으로 선뜻 나섰다.

여인숙 앞에는 포목점 주인이 타고 온 경쾌한 2인용 마차가 있었다. 그때 그의 하인이 마구간에서 말을 끌어내 오고 있었는데, 말은 작고 통통하게 살이 올랐고, 젖소처럼 희고 붉은 점이 있어 장난스러워 보였다.

길은 얼마간 강변을 따라 이어져 있었으나 숲이 나타나자, 언덕을 향해 오르막을 이루고 있었다. 혼자 길을 외롭게 걸어가면서, 나는 결국, 모든 길은 이렇게 쓸쓸하게 이어지고 여행과 산책 길뿐만 아니라, 내 생애는 물론 모든 사람의 길도 이렇게 고독하게 뻗어있으리라는 생각이, 문득 머리에 떠올랐다.

많은 사람들, 친구와 친척, 아름다운 인연을 맺은 사람과 사랑하는 사람. 사실 이러한 사람들이 내 주변에 있으면서도 그들은 나를 자기들 품 안으로 끌어들이지 못했다.

그리하여 나는 나 자신이 발을 들여놓고 닦아놓은 길 이외에는 걸어갈 수 없었다.

사람들은 그가 무엇을 원하든지 간에 숙명적으로 던져진 공같이, 이미 걸어갈 길이 정해져 있어서 그것이 운명이요, 고통이라고 생각하면서도, 그 길을 걸어가는 것이다.

그러나 어쨌든 운명은 우리 내부에 있는 것이지, 결코 밖에 있는 것은 아니라는 사실이다. 그러므로 생의 표면과 눈에 보이는 사건이 불확실성을 띠게 되는 것이다.

보통 괴롭다고 생각하고 비극적이라고 불리는 것조차도 종종 쓸데없는 것이 되어 버린다.

그리고 비극적인 것을 보고 무릎 꿇는 사람들은 미처 생각지도 못한 일에 번민하며, 그로 인하여 파멸의 나락으로 떨어진다.

나는 생각해 보았다, 나와 같은 자유분방한 성격의 소유자를. 그곳의 집이나 사람들과는 아무 관계가 없고 불필요하며 환멸이나 고통밖에 가져다 주지 못하는, 일겐베르그라는 작은 거리로 이끌어가는 것은, 도대체 무엇일까?

그리하여 걷고 또 걸으며, 풍자와 불안 속에서 방황하는 나의 모습을 이상하게 바라보는, 또 다른 내가 존재하고 있었다.

아름다운 아침이었다. 가을의 풍요로운 대지와 투명한 공기는 벌써 초겨울의 분위기가 감돌고, 그 새하얀 맑은 빛도 해가 뜨자 사라지고, 찌르레기 떼가 무리 지어 은빛 날개를 치는 소리가 높아지며 밭 위로 날고 있었다.

또한 골짜기에는 양 떼가 구름처럼 천천히 움직이고, 가볍게 일으키는 먼지 속에 양치기들의 파이프에서 피어오르는 보랏빛 연기가 떠올랐다.

한없이 뻗어간 산줄기, 아직도 빛깔이 선명한 숲, 갈색의 버들이 늘어진 시냇가 등, 이 모든 것이 마치 한 폭의 그림처럼 투명한 공중에 우뚝 펼쳐져 있었다.

대지의 아름다움을 누가 찬미하든 말든, 우리는 꿈같은 동경의 말로 속삭인다.

하늘로 산이 솟아오르고, 바람이 잔잔히 골짜기에 머물러 있고, 떡갈나무 잎이 짙은 갈색으로 물들고, 새가 떼를 지어 하늘을 나는 현상은, 언제나 나에게 일상생활에서 겪게 되는 모든 문제와 끊임없이 의문을 품게 하는, 우리 인간의 존재 이유와 비교해 볼 때 신비스럽고 마음을 매혹한다.

그리하여 그 영원한 수수께끼가 마음속에 깃들어 달콤하게 사색의 나래를 펴서 풀 수 없는 것에 관하여 말하고, 그로부터 얻어지는 순수함으로 교만함을 버리고, 모든 것에 감사하는 마음으로 받아들임으로써, 나 자신이 우주의 손님으로서 엄숙하고 자랑스럽게 느끼곤 했다.

숲속에서 산새 한 마리가 푸드덕 날갯짓하며, 바로 내 눈앞으로 날아갔다. 또한 산딸기의 갈색 잎이 덩굴째로 길 위에 늘어져 있고, 잎마다 투명한 엷은 서리가 비단같이 내려, 마치 비로드의 고운 털같이 은빛으로 빛나고 있었다.

산기슭을 얼마 동안 올라가서 사방이 확 트여 전망이 자유로운 산허리에 이르자, 곧 눈앞에 전개된 풍경이 낯익은 것을 알게 되었다.

그러나 나는 겨우 어제 하룻밤 묵은 이 작은 마을의 이름을 모른다. 또한 물어보려고 하지도 않았다.

나는 북쪽 숲을 따라 걸었으므로 우람한 나무의 밑동, 우람한 가지, 드러난 뿌리 등의 대담하고 괴상한 형상을 바라보며, 그것을 즐기고 있었다. 그런 것들을 보면서 상상력을 넓히고 활동하게 하는 것은, 다시 없는 삶의 가치가 되었다.

처음에 그것들은 우스운 인상을 주는 데 불과했다. 즉 얽힌 나무뿌리, 흙이 드러난 곳, 가지의 형상, 제각기 모양을 달리한 잎사귀들의 이지러진 모양, 기형, 아는 사람의 얼굴과 같다는 등으로 우습게 보였다.

그러고 있노라면, 나의 두 눈은 더욱 빛나 주의 깊게 보지도 않는데, 그것들은 저마다 이상한 모양으로, 나의 시선을 끌었다.

이러한 형태가 늠름하고 대담하게 부동의 자세로 그곳에 서 있고, 마침내는 이러한 묵묵한 군상들의 합법성과 준엄한 필연성을 내포하는 것으로 보이게 되기 때문에 우스꽝스럽던 첫인상은 없어지고, 마치 무시무시하게 호소하는 듯이, 나를 매료시켰다.

그것은 변하기 쉬운 가면을 쓴 인간이 자연을 진실한 내면의 세계를 통해 바라보자, 무한한 대자연의 신비에 비하면 인간의 능력이, 얼마나 미미한가를 새삼 깨닫게 하였다.

가을비가 회색의 숲을 헤치고
골짜기는 아침 바람에 추위에 떨고 있다.
상수리나무에서 후드득 소리 내며 열매가 떨어진다.
갈색의 열매는 벌어져 축축이 웃고 있다.
가을이 내 생활을 파헤쳤다.
바람은 찢긴 이파리를 앗아가고
차례로 가지와 가지를 흔든다.
열매는 어디에 있을까?

나는 사랑의 꽃을 피게 했으나
그 열매는 슬픔이었다.
나는 믿음의 꽃을 피게 했으나
그 열매는 미움이었다.

시든 나의 가지를 바람이 흔든다.
나는 그를 비웃는다.
아직도 폭풍이 저항하고 있다.

나에게 열매란 무엇이며
목적이란 무엇일까?
나는 꽃처럼 피어났다.
그리고 꽃피는 것이 목적이었다.
지금은 시들고 있다.
하지만 목적은 순간적인 것
마음은 그 속에 숨어 있다.

신은 나의 속에서 살고 죽고 괴로워한다.
이것으로 나의 목적은 충분하다.
길이나, 미로, 꽃이나 열매
모든 것은 다 같은 것,
모두가 다 이름에 지나지 않는다.

아침 바람 속에서 골짜기가 떨고 있다.
상수리나무에서 후드득 열매가 떨어진다.
떨어진 열매는 딱딱하게 밝게 웃는다.
나도 함께 웃는다.

매우 쌀쌀한 황혼 무렵이었다. 습기가 있어 기분이 언짢고 어둠이 사방에서 몰려들기 시작했다.

약간 비탈진 산길을 내려온 나는, 떨며 호숫가에서 발걸음을 멈췄다. 호수 건너편 언덕에는 물안개가 껴있고 비는, 어느새 그쳤고, 이따금 물방울이 떨어져 바람에 흩뿌린다.

호숫가에는 작은 보트가 한 척 모래 위에 반쯤 올려놓아져 있었는데, 잘 손질되어 예쁜 칠까지 하였고, 배 밑창에는 조금도 물이 고여 있지 않았다.

노는 며칠 전에 맞춰 놓은 것인지 새것이었다. 조금 떨어진 곳에 전나무로 지은 선착장에 방갈로가 세워져 있었는데, 문이 열린 채로 안은 텅 비어 있었다. 문기둥에는 주석으로 만든 낡은 나팔이 가는 노끈으로 묶여 매달려 있는 것이 보였다.

그것을 쥐고 장난삼아 불어보았다. 끈기 있는 기분 나쁜 소리가 흘러나와 느리게 멀리 사라졌다. 다시 한번, 나는 길고 강하게 불었다. 그러고 나서 보트에 앉아, 누가 오기를 기다렸다.

호수는 어둠과 함께 잔잔히 물결쳤다. 아주 잔 물결이 약간 소리를 내며 뱃머리를 때리고 있었다. 좀 추워져서, 나는 비에 젖은 넓은 망토로 온몸을 잘 감싸고, 두 손을 옆에 끼고는 어둠이 내리는 호수를 바라보았다.

호수에는 큰 바위같이 보이는 한 작은 섬이 납빛의 수면 위에 검은빛을 띠고 솟아 있었다. 정말 저것이 섬이라면, 그곳에 몇 개의 방이 딸린 견고한 탑을 세우고 싶다는 생각이 들었다. 침실과 거실, 식당 그리고 아담한 서재가 있는……

그리고 모든 것을 잘 정돈하고, 매일 밤 맨 위층 방에 불을 켜는 일꾼 하나를 고용해 두면 더 좋을 것이다. 만약 내가 여행을 가게 되면, 언제나 따뜻한 삶의 안식처가 나를 기다리고 있다고 마음으로 그리게 될 것이다.

그리하여 방황을 계속하는, 어느 낯선 먼 도시에서, 나는 젊은 여자들에게 호수에 있는, 나의 탑 이야기를 해줄 것이다.

"거기에는 정원도 있나요?"

그러면 나는 이런 대답을 하리라.

"너무 오래 떠나 있어서 잘 모르겠습니다. 우리 함께 같이 가 볼까요?"

그러면 그 여자는 조용히 미소 지을 것이며, 그 밝은 눈빛이 갑자기 변할는지도 모른다. 그 여자의 눈빛이 푸르거나 검게 되더라도, 내가 탓할 일은 아니다.

또한 여자의 얼굴과 목은 옅은 갈색을 띠고, 입은 옷이 털로 가장자리를 두른 엷은 붉은색일지도 모른다. 이렇게 춥지 않아도 좋을 텐데! 화가 치밀었다.

도대체 저 검은 바위섬이 나와 무슨 상관이란 말인가?

그것은 우스울 정도로 작고, 새똥보다 나을 것 없는 바위에 불과하지 않은가?

대체 그 위에 무슨 탑을 세운 말인가. 왜 탑을 세워야 하는가?

또한 내가 마음속에 그리는 젊고 아름다운 여자가, 정말 이 세상 어딘가에 있고, 그런 탑이 있어 그 여자에게 보여준들, 그것이 무슨 소용인가.

그 젊은 여자의 머리카락이 금발이든, 갈색이든, 그 여자의 옷 가장자리에 털이 달려 있든, 작은 끈이 달려 있든, 무슨 상관이 랴?

불필요한 생각과 평화를 바라는 혼돈된 마음에, 나는 털로 가장자리를 두른 옷이며, 탑이며, 섬을 다 버리고 말았다.

마침내 불쾌한 마음은, 나의 환상을 부수어 침묵하고 진정하기는커녕, 더욱더 희망을 잃게 했다.

"저녁 무렵이라 공기가 찹니다. 떨고 계시는군요."

그때 모래 밟는 소리가 들리며 낮은 목소리로, 나를 부르는 사람이 있었다. 뱃사공이었다.

"오래 기다리셨습니까?"

그가 물었다. 나는 그를 도와 보트를 물속으로 밀어 넣었다.

"오래 기다리신 것 같군요. 자, 떠나실까요!"

우리는 한 쌍의 노를 고리에 끼우고 배를 저어 강기슭을 떠나 방향을 잡고 침묵한 채, 힘껏 노를 저어 앞으로 나아갔다.

그러자 온몸이 더워지면서 새로운 힘이 솟아 올랐다. 박자를 맞추어 경쾌하게 노를 저어나가자, 마음속에서는, 또 다른 영혼이 나타나 떨리듯 기분 나쁘던 감정을 재빨리 내몰았다.

뱃사공은 턱수염을 길렀고 키가 크고 여윈 편이었다. 나는 그를 이미 알고 있었다. 몇 년 전에도 몇 번인가, 나를 건네준 일이 있다. 그러나 그는 나를 알아보지 못했다.

우리는 반 시간가량을 저어갔다. 수면 위에 푸른빛으로 깔려있던 어둠은, 이제 캄캄한 밤의 장막을 드리우고 있었다. 내가 노를 저을 때마다 녹슨 무딘 소리가 삐걱거렸고 배꼬리에서는, 약한 물결이 불규칙하게 배 밑을 때리며 찰싹찰싹 소리를 냈다.

얼마 후 나는 망토를 벗었고, 다음에는 웃옷까지 벗어 옆에 놓았다. 건너편 기슭에 가까워졌을 때는 땀으로 젖어 있었다. 마음 또한 진정되었다.

언덕의 불빛이 어두운 수면 위에서 흔들렸다. 동강 잘린 줄과 무늬를 던지면서 반짝반짝 떨고 있는 것이 빛난다기보다는 눈이 부실 정도였다.

이윽고 배가 육지에 닿았다. 뱃사공이 닻줄을 던져 말뚝에 비끄러매자, 검은 아치형의 문으로부터 세관원이 황급히 등불을 들고나왔다.

나는 뱃사공에게 뱃삯을 건네주고는 세관원에게 망토를 보이고, 재킷 속에 입은 셔츠의 소매를 바로 잡았다.

그리하여 그곳을 떠나려는 순간 잊어버렸던 뱃사공의 이름을 기억해 냈다.

"안녕히 계시오. 한스 로이트빈."

하고 말하며, 그곳을 떠났다.

그러자 그는 손을 눈에 대고 놀라워하며 뭐라고 말하면서, 나의 뒷모습을 바라보고 있었다.

나는 높은 아치형 석조로 조형된 문을 지나, 오래된 작은 거리로 발걸음을 옮겨 놓았다. 이제야 비로소, 나의 즐거운 여행이 시작되었다.

지난날 잠시 이 지방에 머무른 일이 있어, 그때의 즐겁고 괴로운 경험이 있었는데, 다시 그러한 경험을 맛보고 싶었다.

밝은 창문을 통해 희미하게 비치는 밤의 거리를 걸어 낡은 집과 계단과 대문 앞을 지났다.

좁은 골목 안에 자리 잡은 '마이엔' 거리의 고풍스러운 저택 앞에서, 경외심을 일으키는 한 그루 협죽도 나무에 마음이 매료되었다.

또한 다른 집 앞에 놓여 있는 낡은 벤치와 낯익은 음식점의 작은 간판, 가로등이 빛나는 전주 하나에도 그와 같은 친절한 느낌이 정다웠다.

그리고 벌써 잊어버린 줄 알았던 많은 것이, 그대로 마음속에 잊히지 않고 남아 있는데, 새삼 놀랐다.

십 년 동안, 나는 이 옛 거리의 모습을 한 번도 보지 못하였다. 그러자 갑자기 저 뚜렷한 젊은 날의 모든 일들이 떠올랐다.

나는 좀 더 걸어 오래된 성 옆을 지나갔다. 검은 탑과 사각의 붉은 창이 희미하게 보이는 성곽이 용감한 모습으로, 묵묵히 비가 올듯한 가을밤 어둠 속에 우뚝 솟아 있었다.

내가 청년이었던 그 옛날, 매일 밤 이곳을 지날 때마다, 탑 맨 꼭대기의 방에서 홀로 쓸쓸히 울고 있을 백작의 딸을 생각하고, 망토와 줄사다리를 가지고 위험한 성벽을 넘어, 그녀가 있는 창까지 올라갔던, 나를 떠올려 보지 않을 수 없었다.

"나의 구세주!"

하고 백작의 딸은 기뻐 놀라며 말을 더듬기까지 했다.

"그보다 저는 당신의 종입니다."

나는 절하며 말했다. 그러고 나서 나는 무섭게 흔들리는 사다리로 조심스럽게 백작의 딸을 끌어내렸다.

'앗! 줄이 끊어졌다.'

나는 다리가 부러지고 도랑으로 떨어졌다.

옆에는 아름다운 백작의 딸이 화사한 손을 비비며 서 있었다.

"오! 하나님. 어떻게 하면 좋아요? 무엇을 도와드릴까요."

"멀리 도망가십시오. 고마운 아가씨, 충실한 종이 뒷문 밖에서 기다리고 있습니다."

"그러나 당신은??"

"아무 일 없을 겁니다. 염려 마십시오! 오늘은 더 이상 당신을 도와드리지 못하는 저 자신이 딱하게 생각될 뿐입니다."

나중에 신문을 통해서 안 일이지만, 그 후 이 성에는 불이 났다. 그러나 지금은 밤이어서 그런지 불난 흔적은 찾아볼 수 없고, 모두가 옛날 그대로의 모습이었다.

아주 잠깐, 이 그리운 건물의 윤곽을 바라본 후, 가장 가까운 사잇길로 접어들었다.

나는 이미 온갖 죽음을 체험했다.

앞으로도 또 갖가지의 죽음을 맞이하리라.

수목 속 나무 같은 죽음을

산속의 돌 같은 죽음을

모래 속의 흙 같은 죽음을

살랑이는 여름 풀 속에서 풀잎의 죽음을

그리고 불쌍한 피에 젖은
인간의 죽음을 맞이하리라.
꽃이 되어 다시 태어나리라.
수목이 되어, 풀이 되어
물고기, 사슴, 새, 나비가 되어 태어나리라.
그리고 갖가지 모습으로부터도
그리움이 최후의 고뇌로, 인간의 고뇌로
나를 이끌어갈 것이다.

오, 떨리면서 당겨진 활이여!
그리움의 광포한 추억이
삶의 양극을
서로 맞서게 굽히려 한다면
앞으로도 끊임없이 당신은
고뇌에 찬 형성의 길을
성스러운 형성의 길인 탄생으로
당신은 죽음에서, 나를 내몰 것이다.

그곳의 고상한 여인숙 간판에는 옛날과 다름없는 그로데스크
한 주석으로 만든 사자상이 걸려 있었다. 나는 여기서 하룻밤을
묵으려고 마음먹었다.
넓은 현관 안으로 들어서자, 자욱한 담배 연기 속에 시끄러운
음악, 떠드는 소리, 여기저기 심부름하는 애들의 발소리, 술 마시

는 소리 등이 들려왔다.

안마당에는 말을 푼 마차들이 나란히 서 있고, 한 마차에는 전나무 가지와 조화로 꾸며진 관과 꽃다발이 놓여 있었다.

복도로 들어서자 넓은 방이며, 객실. 그리고 결혼식 손님들로 가득 찬 옆방들을 바라보았다.

조용하게 저녁을 먹고 홀로 앉아 포도주 한 잔을 마시며, 명상과 추억에 잠기는 황혼의 한때를 즐기기에는 그리고, 일찍 잔다는 것은 여기에서라면 처음부터 포기해야 좋을 성싶었다.

넓은 방문을 열자, 밖에 있던 조그만 개가 기다렸다는 듯이 내다리 사이를 지나 안으로 뛰어들었다. 그것은 귀가 뾰족한 검은 개였는데, 아주 즐거운 소리를 내며 테이블 밑으로 들어갔다.

그때 주인은 홀의 테이블에 서서 연설하는 중이었다.

"그런데 친애하는 여러분."

하고 주인은 얼굴을 붉히며 소리를 높여 부르짖었다.

그러자 테이블 밑에 있던 개가 바람같이 그에게로 뛰어오르며 기쁜 듯이 짖어대는 바람에, 그만 주인은 연설을 중단할 수밖에 없었다. 당황한 연설자는 웃으며 개를 끌고 밖으로 나갔다.

그러자 연설을 듣고 있던 친애하는 사람들은 심술궂게 폭소를 터뜨리며 서로 축배를 들었다. 나는 옆으로 비켜서서 개 주인이 제자리로 돌아와 다시 연설을 시작하자, 옆방으로 들어가 모자와 망토를 벗고 테이블 끝에 가 앉았다.

오늘은 훌륭한 식사가 나왔다. 구운 양고기를 먹으면서 옆방 사람에게 오늘 낮에 있었던 결혼식에 관해 주고받는 말을 들었다. 신랑 신부는 전혀 모르는 사람이었으나, 손님들은 대부분 낯익은 얼굴들이었다.

몇 년 전에는 친하게 지내던 얼굴이었고, 지금은 대부분 술에 취해 불빛을 받고 둘러앉아 있는데, 옛날보다 다소 모습이 변하고 늙어 보였다.

바로 그 자리에서 진실한 눈초리에, 약간 여위고, 온순하게 생긴 귀여운 옛 소년을 다시 만나게 되었는데. 지금은 성인이 되어 턱수염을 기르고 웃으며 여송연을 피워 물고 있었다.

키스하기 위하여 인생을 버리고, 어리석은 일을 하기 위해 세상을 돌보지 않던 옛날의 젊은이들이, 지금은 부인을 동반하고 와서 토지의 가격이며, 기차 시간표가 달라진 것 등 자질구레한 세상 이야기로 꽃을 피우고 있었다.

모든 것이 변했으나, 그래도 그것들을 알아볼 수가 있었다. 그래도 즐거운 일은 이 객실과 질 좋은, 이곳의 백포도주만은 조금도 변함이 없었다.

백포도주는 옛날과같이 강한 향기를 뿜내며 경쾌하게 흘러 유리잔 속에서 누르스름한 빛을 발하고 있었다.

그러자 수많은 술집의 밤과 그곳에서 일어난 지난날의 일들이 머리에 떠올랐다. 그러나 아무도 나를 알아보는 사람은 없었다.

나는 이 혼란한 내밀한 곳에 앉아 우연히 들어오게 된 낯선 사람으로서, 그들의 이야기 속으로 끼어들게 되었다.

한밤중이 되었고, 갈증에 물을 한 잔인지, 두 잔인지 마신 후였는데, 사소한 일로 언쟁이 시작되었다. 그러자 차츰 언성이 높아지고 거나하게 취한 몇 사람이 한 무리가 되어 소리를 지르며, 나에게 욕설을 퍼부었다. 그래서 나는 그만 자리에서 일어났다.

"그만두시지요. 여러분, 싸우지 않으렵니다. 아무 일도 아닌 것으로. 그렇게 화내실 필요는 없지 않습니까? 아마 간장병이라도 앓으신 모양이죠."

"당신이 어떻게 그걸 다 알아?"

그는 거칠게 소리를 질렀으나 당황하고 있었다.

"나는 당신을 잘 압니다. 의사니까요. 올해 마흔다섯 살 되셨지요. 안 그렇습니까?"

"맞소."

"그리고 한 십 년 동안 폐결핵에 걸렸던 일이 있지요?"

"옳소. 대체 어떻게 그리 잘 아시우?"

"직업에 오래 종사하게 되면, 그런 것쯤은 다 알게 되어 있습니다. 그럼 안녕히 주무시오, 여러분!"

그러자 그들은 모두 정중하게 인사를 하고, 폐환자는 절까지 하였다.

나는 그의 성명과 그의 아내 이름까지도 말하라면 밝힐 수 있었다. 그만큼 그를 잘 알았고, 언젠가는 일을 마치고 그와 많은 이야기를 나눈 적도 있다.

침실에서 달아오른 얼굴을 씻고, 창문 너머로 어둡게 흔들리는 호수를 바라보다가 자리에 누웠다. 얼마 동안은 그대로 연회장의 소음이 들려왔으나 갑자기 피로가 몰려오자 깊은 잠에 빠졌다.

다음 날 아침, 이른 시간이 아닌 때에, 나는 다시 여행을 떠났다. 밤사이에 변한 하늘에는 조각구름이 여기저기 흩어져 잿빛과 보랏빛을 띠며 날고, 세찬 바람이 나를 맞았다.

이윽고 언덕 위에 올라서서 조용한 거리며 성곽, 고풍스러운 엄숙한 교회, 작은 나루터 등이 자그마하게, 그리고 장난감같이 호숫가를 따라 놓여 있는 것이 내려다보였다.

지난날 이곳에서 잠시 머물렀을 때의 우스운 일이 생각나서 그만 웃고 말았다. 목적지에 차츰 다가갈수록 마음속에 품고 있던 것을 더욱 깊이 묻어두고 싶었으나 가슴이 점점 괴로워지고 불안해져서 더 이상 견딜 수가 없었다.

찬 바람이 휙휙 부는 속을 걸어가는 것은 때로 기분을 밝게 해주었다. 사나운 바람에 귀를 기울이고 환희에 차서 산등성이를 타고 앞으로 걸어가니 시야가 트이면서 드넓은 풍경이 나타났다.

어느새, 동북쪽 하늘이 밝아오고 한눈에 푸른 산들이 곡선을 그리며 정연하게 뻗은 것이 보였다.

높이 올라갈수록 바람이 세차게 불었다. 바람은 신음하며, 웃으며, 가을답게 미쳐 날뛰어 이 세상에 마지막으로 쏟는 듯한 열정을 보였다.

거기에 비하면 우리 인간의 정열이란, 어린아이들이 장난감을 가지고 싶어 하는 작은 소망처럼 보잘것없게 생각되었다.

바람은 옛 신들의 이름을 귀에 대고 외치는 것 같았다. 그리고 흩어진 구름 조각을 하늘에 가득 모아 긴 모양으로 변형시켰다.

그 긴 구름의 가장자리 둘레에는 무엇인지 억지로 누른 듯한 자국이 나 있었고, 산들도 그 밑에서는 허리를 굽히고 있는 것처럼 보였다.

바람이 포효하는 소리를 들으며 넓은 산과 들판을 보았을 때, 나의 가벼운 낭패와 불안감은 곧 사라졌다.

내가 지나간 청춘 시절을 다시 만난다고 하더라도, 어떤 흥분과 기대감도 지금 걸어가는 이 길과 날씨가 생명력을 갖고 찾아오는 것에 비하면, 그리 중대하거나 압도적이지 않았다.

정오가 가까워질 무렵, 나는 산 맨 꼭대기에서 힘겨운 걸음을 멈추고 잠시 쉬었다. 나의 눈은 무엇을 찾으려는 듯 사방을 두리번거리며, 멀리까지 펼쳐진 평지 끝 쪽을 아득히 바라보았다.

거기에는 푸른 산들이 있고, 더 멀리에는 푸른 숲과 암갈색의 돌산이 솟아 있어, 겹겹이 쌓인 언덕으로 이어지고, 그 뒤로 험준한 산이 울쑥불쑥 바위와 눈으로 빛나는 봉우리들과 전설처럼 잇대어 있었다.

발 아래에는 바다와같이 푸른 큰 호수 전면에 물결이 머리를 들고 그 위를 빠른 범선 두 척이 미끄러지듯 달리고 있었다.

세상이 너에게서 멀어져 간다.
지난날, 네가 사랑하던
황홀한 기쁨은 모두 타버리고
그 재 속에서 절망이 위협한다.
더 큰 힘에 밀려
어쩔 수 없이 너는
안으로, 안으로 가라앉아

추위에 떨며 죽음 앞에 선다.
바로, 네 뒤에서 잃어버린 고향의 모습이
아이들의 노래와 사랑의 노래가
흐느끼듯 들려온다.
고독에 이르는 길은 너무 멀다.
네가 알고 있는 것보다 더
꿈도 샘도 말라 있다.
그러나 너는 믿게 될 것이다.
네 길의 끝엔 분명 고향이 있고
죽음과 재생이, 그리고 무덤과
영원한 어머니가 있을 것이다.

이제는 누런빛을 띤 언덕과 수확이 끝난 포도밭과 어두운 숲과, 그 사이로 하얗게 뻗어간 길 속에 파묻혀 있는 농가들, 밝고 혹은 어두운 탑이 서 있는 작은 거리가 선명하게 바라보였다.
이 모든 것 위에 떠 있는 갈색 구름 사이로 청록색과 담백색의 깊고 맑은 하늘이 보이며, 햇빛은 겹겹이 쌓인 구름층을 뚫고 부챗살 모양으로 비치고 있어, 모든 것이 살아 움직이듯 보였다. 그러자 산맥까지도 흐르는 물결처럼 보였다.

거센 바람과 달리는 구름처럼, 나의 감정과 욕망도 맹렬히 솟구쳐 열에 들뜬 듯 멀리 날아가 눈 덮인 봉우리들을 끌어안기도 하고, 푸른 호숫가에서 쉬기도 했다.

그립고 방랑하는 감정이 구름의 그림자같이, 점점 나의 마음을 현혹하며 스치고 지나갔다.

지난날, 소홀히 한 것에 대한 슬픈 느낌과, 짧은 인생과 차고 넘치는 세계와, 고향을 잃은 서러움과, 다시 고향을 찾는 그리운 마음이 시공간을 완전히 떠나서 흐르는 것 같은 감정이 뒤섞여 함께 마음을 스쳤다.

그러자 세찬 바람도, 거세기만 했던 물결도 차츰 조용해지면서 평온해지자, 나의 마음도 진정되어 창공에 높이 뜬 새같이 고요히 쉬고 있었다.

그때 나는 미소를 머금고, 다시 소생한 듯 따뜻한 마음으로 낯익고 가까이 있는 굽은 도로와, 둥근 숲의 모습과, 교회의 탑을 다시 편안한 시선으로 바라보았다.

또한 내 아름다운 청춘 시절의 꿈이 그리운 눈빛으로 옛날과 다름없이 나를 바라보고 있었다.

마치, 군인이 지도 위에서 이전에 행군한 길을 찾아 따라가며 감격과, 지금의 안도감에서 마음이 달아오름을 느끼듯이, 나는 가을이 물든 풍경 속에 여러 가지 놀랄만한 어리석은 일과, 벌써 옛이야기가 되어 버린 연애 사건을 읽게 되었다.

넓은 바위가 바람을 막아주는 한적한 모퉁이에서, 나는 점심을 먹었다. 검은 빵, 소시지, 치즈—찬바람을 헤치고 몇 시간이나 산길을 걸어온 뒤라 샌드위치를 한입 베어 문 순간—그것은 나의 즐거움이었다.

어린이와 같은 순진한 기쁨 속에서 마음껏 포식하고 휴식을 취하고, 그리고 미련 없이 떠남은 나그네의 가장 아름다운 즐거움이리라.

아마 내일은 너도밤나무 숲속의 그 장소를 지나게 될 것이다. 그곳에서 나는 율리에의 최초의 키스를 받았었다. 그것은 그녀가 입회한 콘크르디아 시민 클럽이 야유회를 갔을 때였다. 그 야유회가 있은 다음 날, 나는 클럽에서 탈퇴하였다.

그리고 예정대로 간다면, 아마 모레쯤엔 그녀를 만나게 될는지도 모른다. 그녀는 헤르쉘이라는 부유한 상인과 결혼하여 아이가 셋이라는 말을 들었다.

그중의 한 아이는 그녀를 똑 닮았고, 이름까지 율리에라고 부른다는 것이었다. 그 이상은 아무것도 알 수 없으나, 그것만으로 충분했다.

그러나 내가 여행을 떠난 지 일 년 후, 그녀에게 편지를 써 보냈던가!

나는 앞으로 지위를 얻거나 돈을 벌 가망이 없으니 더 이상 기다리지 말라고 썼던 것을, 지금도 분명히 기억한다. 그때 그녀의 편지에는, 나와 그녀의 마음을 쓸데없이 슬프게 하지 말라고, 내가 돌아온다면, 언제까지나 기다리겠다는 내용이 쓰여 있었다.

그러나 반년 후, 그녀는 다시 편지로 헤르쉘을 위하여 자유롭게 해 달라는 내용이었다.

나는 번민과 분노에 처음에는 글도 보내지 않았으나, 결국에는 남은 돈을 털어 네다섯 통의 사무적인 전보를 쳤다. 전보는 바다를 건너갔고, 그것은 돌이킬 수 없는 결과를 가져왔다.

인생은 이렇게도 어리석게 지나는 것인가! 그것은 우연인지, 운명의 조롱인지, 혹은 절망에서 솟아나는 용기였던 것인지―사랑과 행복이 부서지는 순간, 마치 마술에 걸린 듯 성공과 복권으로 딴 돈이, 마구 굴러들어 왔다.

기대도 하지 않았던 것이, 장난으로 한 것이 성공으로 이어졌다. 그러나 그것은 아무 가치도 없었다.

운명이란 기분이며, 감동이라고 생각하고, 밤낮을 가리지 않고 단 이틀 만에 친구와 함께 주머니에 가득 들었던 지폐를 술로 다 흩어버리고 말았다. 그러나 나는 이런 일로 번민하거나 오랫동안 생각하지도 않았다.

떨어지는 나뭇잎과 거센 바람이
걸어가는 나를 향하여 흩어져 온다.
그러나 나는 모른다. 가엾은 아가야.
오늘은 어디서 우리의 여장을 풀까.

언젠가는 나도 지친 나머지 바람 속을
근심에 싸여 뛰어다닐 것이다.
그러나 나는 모른다. 가엾은 아가야.
그때도 내가 아직 살아 있을지.

이윽고 식사를 마치고, 점심을 쌌던 빈 종이를 바람에 날려 버리고, 망토를 뒤집어쓰고 편한 자세로 쉬었다.

나는 지난날의 연애를 생각하고 율리에의 모습과 얼굴, 고상한 눈썹과 검고 큰 눈의 갸름한 얼굴을 회상하였다.

야유회가 있던 한적한 숲속에서 그녀는 잠시 주저하는 듯하다가 나에게 몸을 맡겼고, 나의 키스에 몸을 부르르 떨었다. 나는 다시 한번 깊고 힘찬 키스를 했다.

그러자 그녀의 눈가에는 눈물이 반짝였고 꿈속에서 깨어난 듯 아주 조용히 미소를 띠었다.

지난 일들이여! 그러나 그중에서 가장 아름다운 것은 그녀와의 키스도 저녁의 산책도, 그리고 사람의 눈을 속인 사랑도 아니었다. 그것은 사랑으로부터 내 마음에 흘러 들어온 힘이었다.

사랑을 위하여 살고 싸우며, 어떤 고통이라도 인내하는 초월적 힘이었다. 그 한순간을 위하여 몸을 내던질 수 있고, 그녀의 미소를 위해 몇 년이라도 희생할 수 있는 것, 그것이 행복이었다.

나는 그 행복을 아직 잃지 않고 마음속 깊이 간직하고 있었다.

나는 휘파람을 불며 일어나서 다시 걸어갔다.

길은 산등성으로부터 저쪽 아래로 내리받이가 되어서 할 수 없이 호수의 조망을 떠나게 되었을 때는, 해는 바로 머리 위에 흐리멍덩한 황색 구름 떼와 싸우며, 천천히 사라져가고 있었다.

나는 잠시 걸음을 멈추고 하늘의 이상한 모양을 바라보았다.

황색의 광선 뭉치가 군데군데 널린 무거운 구름 가장자리로부터 터져 나오고 있었다. 그러한 한순간에 하늘 전체가 누렇고 붉은 불빛을 발하더니, 번쩍번쩍 빛나는 진홍의 광선이 공간을 달리고, 동시에 모든 산이 검푸른 빛으로 변하면서, 호수 기슭에서 붉게 마른 갈대가 등불같이 타오르고 있었다.

잠시 후에, 모든 누런빛이 사라지고, 또한 붉은빛은 따뜻하고, 부드럽게 변하여 꿈같이 떠 있는 구름의 가장자리를 엷게 물들이고 있어, 낙원처럼 보였다.

그러자 무수한 가는 혈관 같은 빛이 생기 잃은 잿빛의 구름 속을 화려하게 달리고 있었다.

그 구름의 잿빛이 장밋빛과 섞여 말할 수 없이 아름다운 연보랏빛으로 변하기 시작했다. 그리하여 호수는 진한 푸른색이 되어 거의 검게 출렁였고, 기슭 가까이에 있는 물은 예리한 경계선을 그으며 밝고 푸른빛을 띠었다.

광대한 지평선 주위에는 아직 스러지지 않은 노을이, 애조의 덧없음으로 사람의 마음을 끌었고, 가슴 답답하도록 아름다운 빛깔의 경련이 사라졌을 때, 나는 산뜻한 산골짜기의 풍경을 놀라워하며 바라보았다.

큰 호두나무 밑에 떨어져 나뒹구는 호두 한 알을 밟고, 그것을 주워 껍질을 벗기고 깨뜨려서는 신선하고 밝은 갈색의 축축한 알맹이를 꺼냈다. 그것을 깨물며 예민한 향기와 풍미를 느끼는 가운데, 갑자기 생각나는 것이 있었다.

그것은 거울 조각으로 햇빛을 반사해, 어떤 어두운 장소를 비추듯이, 이미 과거가 되어 잊었던 인생의 한 조각이 보잘것없는 일로 인하여 현재의 시간 속에서 사람의 마음을 놀라게 하려는 듯 불쑥 나타나는 일이 종종 있게 마련이다.

어쩌면 그 순간의 애매모호함은, 아마도 십 년 혹은, 그 이상을 뛰어넘어 연민의 아픔이 되었다.

언제인가, 나는 타향의 고등학교에 다녔는데, 어느 가을날 어머니가 갑자기 찾아왔다. 그때 나는 고등학생이라는 철부지 자존심에 대단히 냉정하고 거만한 태도로 여러 가지 쓸데없는 일로 어머니를 괴롭혔었다.

그 이튿날 어머니는 집으로 돌아가게 되었는데, 그 전에 학교로 와서 오전 수업이 끝나기를 기다리고 계셨다.

우리가 떠들면서 교실에서 나오니, 어머니는 정숙한 태도에 미소를 띠며 밖에 서서 나를 기다리고 계셨다. 그 아름다운 온화한 눈은 벌써 멀리서, 나를 발견하고는 웃음을 띠고 있었다.

그러나 나는 친구들의 눈치를 살피며 마지못해 천천히 어머니에게로 가서 가볍게 머리를 끄덕이었다. 그리하여 나에게 이별의 키스와 축복을 하려던, 어머니의 생각을 단념하게 했다.

매우 섭섭한 모양이었으나, 어머니는 조금도 내색하지 않고 여전히 웃으면서 재빨리 길을 건너 과일가게로 뛰어가서는 호두를 한 봉지 사서, 그것을 나에게 내밀었다. 그러고 나서 어머니는 기차를 타려고 떠났다.

나는 유행에 뒤떨어진 작은 가죽가방을 들고 거리 모퉁이로 사라지는, 어머니의 뒷모습을 어두운 마음으로 바라보았다.

어머니의 모습이 눈에서 채 사라지기도 전에 나의 어리석은 행동을 눈물겹도록 뉘우침과 후회로 넘쳤다.

그때 반 친구가 지나갔는데, 그는 모양을 잘 내기로는 나의 가장 강력한 경쟁자였다.

"어머니가 주신 사탕이냐?"

그는 웃으며 조롱하듯이 놀렸다.

나는 다시 거만한 태도로 그에게 호두 봉지를 내밀었다. 그러나 그는 경멸하듯 나를 바라보면서 지나쳤다.

나는 인자한 어머니가 사준 호도를 한 개도 먹지 않고, 그대로 하급생들에게 나누어 주었다.

이런 회상을 하자, 그만 얼굴이 붉어지면서 자책의 분노가 치밀어올라, 나는 호두를 깨물어 땅을 덮고 있는 검은 잎들 속으로 힘껏 뱉어버렸다.

그리고 녹색과 금빛으로 저물어가는 저녁 하늘을 바라보며 기분 좋은 길을 따라 골짜기를 향하여 걸어갔다.

얼마 안 되어 단풍 든 떡갈나무와 그밖에 풍성한 나무숲을 지나 어린 전나무가 나란히 서 있는 푸른빛을 띤 박명 속을 걸었다.

잠시 후에는 정정한 너도밤나무 숲의 깊고 어두운 그림자 속으로 걸어 들어갔다.

검은 수목들이 쌓인 그림자의 꿈을 식히는
어둠 속을 그는 즐겨 걸었다.

그러나 그의 가슴 속에는 빛에서 빛으로
타오르는 욕망에 갇혀 괴로웠다.

은빛으로 밝은 별이 가득 찬 머리 위에
갠 하늘이 있음을 그는 몰랐다.

오랫동안 조심조심 걸어가는데, 두 시간 후에는 저녁 무렵이
되었다. 숲속의 좁고 어두침침한 데서 길을 잃었다.
점점 주위가 어두워지고 추워짐에 따라, 성급하게 길을 찾아
헤매기 시작했다.
바다 같은 활엽수 숲을 헤치고 곧장 빠져나갈 수가 없었다. 숲
은 너무 우거져 길이 보이지 않았고, 땅은 여기저기 낙엽이 쌓여
썩어서 발이 빠졌다. 그뿐만 아니라 주위는 무섭도록 빠르게 어
두워지고 있었다.
어둠 속 산중에서 길을 잃고 이상한 흥분에 싸인 채, 나는 오랫
동안 걷고 피로한 가운데 숲을 헤쳐 나갔다. 이따금 멈춰서서 소
리를 지르고 귀를 기울였다.
그러나 모든 것은 고요하고 적막한 숲속의 냉랭한 공기에 젖
고, 짙은 어둠은 마치 두꺼운 비로드의 휘장같이 사방으로 둘러
쌌다.
참으로 어리석고 쓸데없는 일이지만, 타향이 되어 버린 곳에서
살아가는, 이제는 거의 잊어버린 애인을 다시 만나려고 숲과 밤
과 추위 속을 걸어간다는 생각이 이상하게 내 마음을 즐겁게 해
주었다.
나는 내가 지은 지난날 사랑의 노래를 낮은 목소리로 불렀다.

이제 나의 눈동자는 내리떠야만 한다.
나의 마음은 알 수 없는 기적을 바라며
모든 문을 닫았다.
그래도 그대는 아름다워라.

이 어리석은 시를 읊으며, 오랜 세월에 빛이 바랜, 소년 시절 한때의 어리석은 그림자를 찾아서, 나는 여러 지방을 방황하며 오랜 투쟁으로 심신에 깊은 상처를 입은 것이다.

그러나 때로는, 그것이 나를 기쁘게 하고, 피로를 무릅쓰고 한없이 뻗어간 길을 따라가는 동안, 다시금 나는 노래 부르며, 시를 지으며 몽상하다가 결국, 피곤해져서 묵묵히 걸어갔다.

손을 저으며 너도밤나무 밑동을 어루만지면서 걸었다. 칡넝쿨이 그 나무에 엉켜 있었으나, 가지와 나무 끝은 어둠에 싸여 분별할 수 없이 떠 있었다.

이렇게 반 시간을 더 걷고 나자, 결국 기진맥진해졌다. 그때 나는 잊을 수 없는 귀중한 일을 체험하게 되었다.

미처 예상도 하지 않았는데, 어느새 숲이 끝나 있었다. 그런데 나는 험한 절벽 위의 마지막 나무 밑동 사이에 서 있는 것이었다.

아래를 내려다보니 드넓은 숲의 골짜기가 밤의 푸른 빛 속에 잠들어 있고, 그 한복판 바로 내 발밑에 작은 창문을 빨갛게 비치는 여섯 채인가 일곱 채의 집이 있고, 그리운 이를 그리는 마음이 고요히 어둠 속에 저물어 있었다.

언제나 같은 꿈이다.
빨간 꽃이 피어 있는 마로니에
여름꽃이 만발한 뜰
그 앞에 외로이 서 있는 옛집.

저 고요한 뜰에서
어머니가 어린 나를 잠재워 주셨다.
아마도―이제는 오랜 옛날에
집도 뜰도 나무도 없어졌을 것이다.

지금은, 그 위로 초원의 길이 지나고
쟁기와 가래가 지나갈 것이다.
고향의 뜰과 집과 나무들
이제는 꿈에만 남을 것이다.

넓고 희미하게 비치는 얇은 판자 지붕 이외에 분간할 수 없는
낮은 집들은 서로 이웃하여 붙어 있었다. 그 집들 사이로 그림자
진 길이 좁고 어둡게 뻗어있고, 그 끝에는 큰 분수가 있었다.
　조금 위쪽으로 나와 마주 선 산허리에는 많은 묘표 한가운데
교회가 홀로 서 있었다.
　바로 그 주변 산 쪽에서 급경사진 언덕길을, 한 남자가 밝은
등불을 켜 들고 급히 걸어 내려오고, 마을 아래쪽 어떤 집에서는
몇 명의 소녀가 함께 어울려 명랑한 소리로 노래를 불렀다.

나는 지금 어디에 있으며, 이 마을을 뭐라고 부르는지 알 수가 없었다. 또한 그 이름을 물어보고 싶은 마음도 없었다.

지금까지 내가 걸어온 길은 숲 언저리를 지나, 산 쪽으로 이어져 있었다. 그래서 나는 길도 없는 급경사진 목장을 지나 조심조심 마을을 향해 아래로 걸어 내려갔다.

어느 정원 안으로 들어서자, 좁은 돌층계에 걸려 그만 나동그라졌다. 결국 생나무 울타리를 기어오르고 얕은 개울을 건너뛰어야만 했다. 그리고 나서 곧 마을로 들어가 첫 농가 옆을 지나 한적한 길로 들어섰다.

나는 곧 '황소집'이라는 간판이 걸린 여인숙을 발견하였는데, 아직 문이 열린 채로 손님을 기다리고 있었다.

아래층은 조용하고 어두웠다. 현관으로부터 배가 부푼 난간이 있고, 오래되고 사치한 층계가 등불을 받으며 위층의 복도와 객실로 통하고 있었다.

객실은 대단히 크고, 매달려 있는 등불에 비친 난로 옆에 놓인 테이블은, 마치 빛 속의 섬같이 약간 어둡고 큰 방에 놓여 있었는데, 농부 세 사람이 포도주잔을 앞에 놓고 앉아 있었다.

난로는 뜨겁게 달아 있었다. 그것은 암녹색의 벽돌로 된 정방형으로 불빛이 따뜻하게 어울렸고, 그 밑에는 검은 개가 누워서 졸고 있었다.

여인숙 여주인은 내가 들어서자

"어서 오세요."

하고 말하였고, 한 농부가 나의 거동을 살피듯이 주의 깊게 바라보았다.

"그 사람 누구요?"

농부가 의아하다는 태도로 물었다.

"나도 모르겠어요."

하고 여주인이 말했다.

나는 테이블 앞에 앉아 인사하고 포도주를 주문했다.

포도주는 올해 짠 것밖에 없었는데, 강하게 발효된 밝고 붉은 빛의 새 술이었다.

나는 그것을 한 잔 단숨에 마시고 몸을 녹였다. 그러고 나서 방이 있느냐고 물었다.

"어쩌나! 사정이 있어요."

하고 여주인은 어깨를 들썩였다.

"물론 방은 있습니다마는, 그 방에 손님이 한 분 먼저 들었어요. 빈 침대가 하나 더 있는데, 벌써 손님이 주무시고 있군요. 손님이 가셔서, 그 사람과 의논하신다면?"

"그건 싫습니다. 다른 방은 없습니까?"

"방은 있는데 침대가 없어요."

"그럼, 난로 옆에서 자면 어떻겠습니까?"

"그야 손님만 좋으시다면…… 그럼 덮을 것을 가져다드리지요. 난로에 장작 몇 개 더 지피면 춥지 않을 거예요."

나는 달걀을 삶아 달라고 하고 곁들여 소시지를 주문했다.

식사하면서, 나의 여행 목적지까지 얼마나 더 가야 하는지 물어보았다.

"여보시오. 여기서 일겐베르그까지는 얼마나 걸리지요?"

"다섯 시간가량 걸립니다. 위층에 있는 손님도, 내일 그곳으로 돌아갈 예정입니다. 거기서 오신 분이니까요."

"아! 그렇습니까? 여기서 무슨 일을 했나요?"

"목재를 샀어요. 매년 오시는 손님이에요."

세 농부는 우리의 말에 끼어들지 않았다. 그들은 일겐베르그의 상인과 재목 매매를 알선한 사람과 소유자, 그리고 운반을 맡은 사람들이라 생각되었다.

그들은 분명히 나를 상인이나 관리로 생각하고 꺼리는 눈치였다. 나는 그들이 생각하는 대로 내버려두었다.

식사를 마치고 의자에 앉자마자, 산기슭에서 들었던 처녀들의 노랫소리가 아주 가까이에서, 다시 들려왔다.

그녀들은 '정원사의 아름다운 아내'란 노래를 부르고 있었다. 삼절까지 부를 때, 나는 일어나 소리가 나는 쪽을 향해 가서 부엌 문을 가만히 열어보았다.

두 젊은 여자와 할머니가 전나무 테이블 위 촛불 밑에 앉아서 콩을 까며 노래 부르고 있었다. 그때 할머니가 어떤 모습을 하고 있었는지, 나는 지금 기억할 수가 없다.

하지만 젊은 여자 중 한 여자는 붉은빛을 띤 금발에 몸맵시가 좋고 혈색도 빛나 보였다.

다른 여자는 착실한 얼굴에 아름다운 갈색 머리였는데, 머리를 틀어 올려 더욱 앳되어 보였다. 명랑한 목소리로 정신없이 노래를 부르는, 그녀의 눈에 촛불이 비치고 있었다.

그녀들은 내가 문밖에 서 있는 것을 보자, 할머니는 웃음을 가득 띠었고, 붉은빛을 띤 금발 여인은 얼굴을 찌푸리고, 갈색 머리를 틀어 올린 여자는 잠시 내 얼굴을 바라보고 나서 머리를 숙이고, 약간 얼굴을 붉히며 더 큰 소리로 노래를 불렀다.

　그래서 나도 될 수 있는 대로 가다듬은 목청으로 그녀들을 따라 함께 불렀다. 다음에 나는 포도주를 그곳으로 가지고 가서, 삼각의자를 끌어다 놓고 노래하면서 테이블 옆에 앉았다.

　붉은빛을 띤 금발 여인은 아직 까지 않은 콩을 한 줌 내게 밀어 주기에 나는 껍질 까는 일을 도왔다.

　여럿이 함께 노래를 부르고 나자, 우리는 서로 바라보고 웃었다. 갈색 머리의 여자에게는 틀어 올린 머리 모양이 아주 잘 어울렸다.

　나는 그녀에게 포도주를 한 잔 주었는데, 받지 않았다.

　"당신은 냉정하시군요."

　나는 얼굴을 흐리며 말했다.

　"슈트가르트에서 오셨지요?"

　"아닙니다. 어째서 슈트가르트에서 왔다고 생각하십니까?"

슈트가르트는 아름다운 거리
슈트가르트는 골짜기에 있고
그곳의 여자는 아주 미인이지만
그만큼 인정이 없다네.

"저 사람은 슈바벤에서 온 사람이야."

할머니는 금발 여인을 보며 말했다.

"맞습니다. 슈바벤 사람입니다."

나는 맞다고 대답했다.

"그리고 당신은 양배나무가 많이 있는 산촌 사람이지요."

"그럴지도 모르죠."

그녀는 그렇게 말하며 살며시 웃었다.

그러나 나는 자꾸 갈색 머리의 여자를 바라보며 콩으로 'M' 자를 만들어 보이면서, 그녀의 이름이 그렇지 않으냐고 눈빛으로 물었다.

그러자 그녀는 머리를 저었다. 그래서 이번에는 'A' 자를 만들었다. 그때 그녀는 그렇다고 고개를 끄덕였다.

그렇게 하여 나는 그 이름을 맞추기 시작했다.

"아그네스?"

"아네요."

"안나?"

"아뇨."

"아델하이트?"

"그것도 아닙니다."

내가 맞추어 본 이름은 모두 틀렸다. 그러나 그녀는 아주 기쁜 나머지 소리쳤다.

"오, 당신은 바보예요!"

그럼, 뭐라고 하는지 이름을 알려 달라고 자꾸 졸랐더니, 약간 부끄러워하다가 재빨리 낮은 목소리로 이렇게 말했다.

"아가테에요."

비밀이라도 밝힌 듯, 그녀는 얼굴을 붉혔다.

"당신도 목재상을 하시나요?"

금발 여인이 물었다.

"아닙니다. 그렇지 않습니다. 그렇게 보입니까?"

"그럼 측량 기사가 아니신가요?"

"아닙니다. 하필이면 왜 측량 기사로 보십니까?"

"왜라고요? 그 이유는 뭘까요?"

"당신 애인의 직업이 그런가 보죠. 안 그런가요?"

"뭐, 그렇다고 해도 좋아요."

"우리 끝으로 한 곡만 더 불러요."

아름다운 갈색 머리의 여인이 말하였다. 그리하여 우리는 마지막 콩 껍질을 벗기며 '나는 어두운 밤중에 홀로 서서'라는 노래를 불렀다.

노래를 다 끝내자, 처녀들은 자리에서 일어났다.

"안녕히 주무세요, 아가테……"

객실에서는 방금 무례한 세 사람이 막 나가려고 하는 참이었다. 그들은 나를 거들떠보지도 않고, 남은 술을 천천히 다 마신 후에 한 푼도 내지 않는 것을 보니, 그들이 오늘 밤은 일겐베르크 상인의 손님인 것이 분명했다.

"안녕히 주무십시오."

그들이 일어서자, 내가 말했더니, 그들은 아무 대답도 없이 문을 꽝! 하고 소리가 나게 닫고는 밖으로 나갔다.

그때 여주인이 담요와 베개를 가져왔다. 우리는 난로 옆에 놓인 벤치와 삼각의자로 조그마한 간이침대를 만들었다.

여주인은 친절하게도 숙박비는 필요 없다고 위로하듯 말하였다. 그것은 나에게 좋은 인상으로 남았다.

옷을 일부만 벗고 망토를 뒤집어쓰고 기분 좋게 더운 난로 곁에 누워서 갈색 머리의 아가테를 떠올려 보았다.

내가 어렸을 때, 어머니와 함께 부르던 옛날 경건한 노래의 한 구절이 생각났다.

꽃은 아름다워라.

그러나 더 아름다운 것은

젊음을 가진 여자란다.

아가테는 그와 같은 여자로 꽃과 비슷하면서도, 그보다 더욱 아름다웠다.

어느 나라에나 가는 곳마다 이러한 미인이 있으나 많지는 않을 것이다. 나는 이러한 여자를 볼 때마다 즐거웠다.

그녀들은 큰 어린아이와 같았고, 수줍어하면서도 친밀감이 있고, 맑은 눈에는 아름다운 동물이나 숲의 샘물 같은 빛이 어려 있었다.

그녀들을 바라보면 욕망은 일어나지 않고 다만, 즐거울 뿐이고, 그런 중에 젊음과 인생의 꽃인 아름다운 모습도, 언젠가는 늙어 없어지리라는 생각에 슬퍼졌다.

곧, 나는 잠에 빠졌다.

벽난로가 더운 탓이었던지, 남국의 어느 바닷가 섬 바위에 누워 뜨거운 태양에 등을 태우며, 갈색 머리 소녀가 혼자서 배를 저어 멀리 바다 한가운데로 점점 사라져 작아지는 모양을 바라보는 꿈을 꾸었다.

아침에 나는 일찍 잠에서 깨었다. 곧 다시 여행을 떠나겠다고 결심했다. 날씨는 차고 안개가 짙어 길이 잘 보이지 않았다.

떨면서 커피를 마시고, 식비와 숙박료를 치르고 천천히 컴컴한 아침 조용한 거리로 나섰다.

얼마쯤 걷자. 다소 몸이 더워졌다. 안개 가까이 있는 모든 것과 그것과 함께 있는 것처럼 보이는 것을 떼어서, 그 형태를 싸고 가두어 고립시키는 모습을 바라보니, 이상하게도 마음을 사로잡는 그 무엇이 있었다.

가령 누가 내 옆을 지나간다. 소나 양을 몰고 간다, 또는 수레를 끌고 가거나 짐을 운반하기도 하고, 그 뒤를 개가 꼬리를 저으며 따라간다.

또한 그가 오는 것을 보고 인사하면, 그도 따라 인사한다. 그러나 그가 지나가자마자 뒤돌아보면, 그는 벌써 몽롱하게 흔적도 없이 잿빛 안개 속으로 사라지는 것을 보게 된다.

집이나 정원의 생나무 울타리, 포도원 울타리 모두가 그렇다. 이미 주위의 모습을 모두 잘 아는 것처럼 생각한다.

그러나 사실은 저 담이 큰길에서 얼마나 떨어져 있고, 이 나무가 얼마나 크며, 저 집이 얼마나 낮은지 나중에야 알고 놀라게 된다. 붙어 있는 듯 보이던 집들이 서로 멀리 떨어져 있어 한 집문 앞에서 다른 집의 문이 보이지 않을 때도 있다.

그리고 볼 수도 없던 사람과 짐승이 바로 옆에서 걸어가고, 일하는 소리와 잡담으로 떠드는 목소리를 듣게 된다.

모두가 동화의 세계 같고 이국적이며 매혹적인 면이 있다. 순간, 그 속에서 상징적인 것을 무섭도록 분명히 느끼게 된다.

근본적으로 한 사물은 다른 사물과, 한 사람은 다른 사람과 완연히 다르다.

우리의 길은 언제나 몇 걸음 동안, 몇 순간 동안만 서로 교차하는 데 불과하고, 또한 공동성이라든가 근접성이라든가 우정 같은 일시적인 외관을 보이는 데 불과하다.

문득 나는 한 편의 시가 떠올라 걸으면서 나직이 읊었다.

안개 속을 방황하는 것은 신기하다.
숲도 돌도 모두 쓸쓸해 보이고
어떤 나무도 다른 나무를 보지 못하니
모두가 혼자다.
나의 인생이 빛날 때는
세상의 친구도 많았건만
지금 안개가 내리니
아무도 볼 수 없다.
이 어둠의 의미를 모르는 자는

지혜로운 자가 아니다.
피할 수 없게 조용히
만물에서 떠나게 하는 이 어둠을
안개 속을 방황하는 것은 신기하다.
인생은 외로운 존재
아무도 남을 모르니
모두가 혼자다.

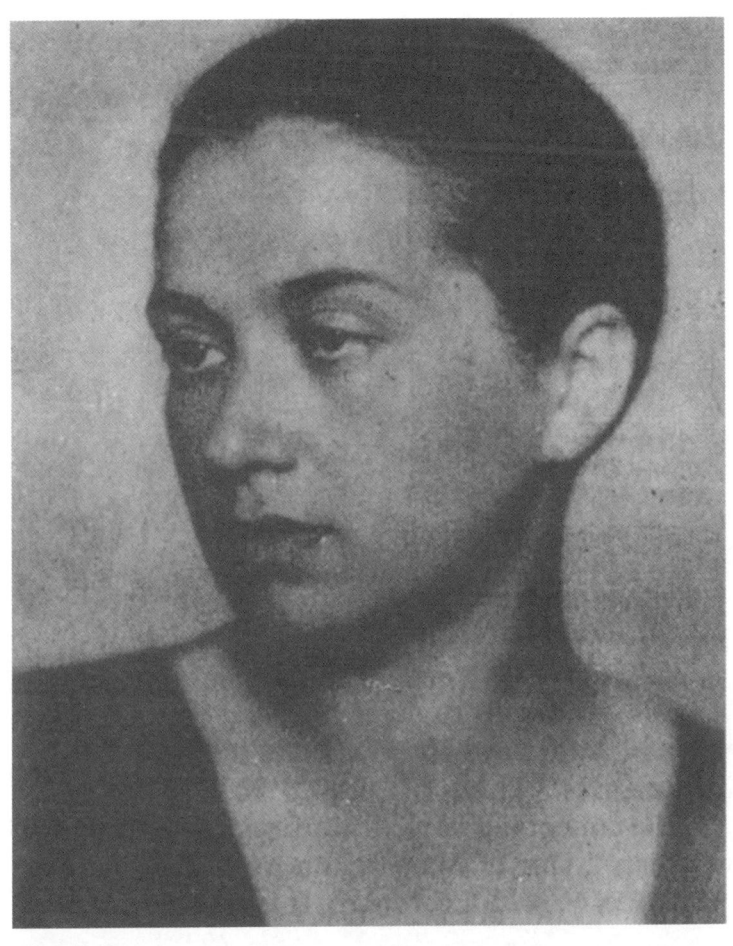

니논(Ninon Ausläder. 그녀는 풍자화가 도르빈과 결혼했으나 이혼하고 14세 때 편지를 띄운 인연으로 1931년 11월 헤세와 재혼하여 만년을 함께 생활했다.

만년의 헤세.

헤세와 두 아들. 하이머(Hemner)와 마틴(Martin)

손자 다비드와 함께.

헤세의 서재. 세계 각지로부터 온 많은 편지가 잘 정돈되어 있다.

헤세와 니논의 묘소가 있는 아본디오 성당.

나에게는 사랑할 만한 가치가 없습니다.
불붙어 타버릴 뿐 어떻게 타는지도 모릅니다.
나는 구름에서 떠나 흐르는 번갯불입니다.
바람이고, 폭풍이고, 노랫소리입니다.

그러나 많은 사랑을 즐겨 받아들입니다.
육체의 쾌락도, 그리고 희생도 감수합니다.
남들에게 성실하지 않기 때문에
먼 곳이나 가까운 곳이나 눈물이 나를 따라다닙니다.

따뜻한 밤, 지금 너의 친구는 잠을 이루지 못하고 있다.
아직도 따스한 너의 체온
눈길, 머리와 입맞춤에 벅차다. 오, 한밤이여.
달이여, 별이여, 파란 안개여!
연인이여, 너의 내부로 나의 꿈이 찾아간다.
마치 바다와 산과 계곡을 찾아가듯이 앞은 내면으로
태양도, 뿌리도, 동물도
모두 네 곁으로
너 가까이에 있는 곳으로
부서지는 물결이 되고, 거품이 되어 흩어진다.